KB058837

악역 영애입니다만 공략대상의 상태가 이상합니다

I

이다 소
t피스☆왕

c o n t e n t s

차례

일러스트 하치피스☆왕 디자인 AFTERCLOW

미스티아 아렌

주인공. 전통 있는 아렌 백작가의 영애. 전생의 기억을 떠올려 자신이 여성향 게임 [두근두근 러브 스쿨]의 세계 속 악역 영애 캐릭터라는 것을 알게 된다. 일가족과 사용인들이 뿔뿔이 흩어지고 투옥, 사형당하는 데드 엔딩을 피하고자 분투 중. 전속 메이드인 멜로와 사이가 좋다.

레이드 녹터

미스티아의 약혼자. 신사적인 성격으로 공부, 체술, 예술 모든 분야에 우수한 왕자님 캐릭터. '미스티아가 웃는 모습을 보고 싶어, 친하게 지내고 싶어'라고 생각하지만 공포심을 유발해 피하게만 만든다. 매우 딱함.

에릭 하임

미스티아보다 한 살 연상인 선배로 소꿉친구. 게임 속에서는 거만한 캐릭터라는 설정이었으나 미스티아와 만나 성격이 변해 버렸다. 미스티아의 첫 번째가 되고 싶어서 그를 '주인'이라고 부른다. 미스티아의 약혼자인 레이드와 전속 메이드 멜로를 적대시한다. 의존 체질.

로베르토 와이즈

자신에게도 남에게도 엄격하며, 본래 게임 설정으로는 처음부터 미스티아를 싫어하던 동급생 캐릭터. 장래희망은 의사지만 와이즈 가문의 당주 자리를 이어받아야 해서 고민 중이다. 현재, 미스티아를 '의료에 관심 있는 영애'라고 착각 중.

제이 시크(제시 선생님)

담임 교사. 미스티아가 어릴 적에 승마를 가르쳤으며 장대한 착각으로 혼자서 나이 차이를 극복한 세기의 사랑을 시작했다. 험한 인상과 말투와는 다르게 순정을 지닌 청년이지만 '미스티아와 행복한 가정을 꾸리고 싶다(내 신부)'라는 생각으로 비뚤어진 첫사랑 중이다. 기적적인 대화 성공률을 자랑한다.

아렌가의 사용인

멜로

미스티아의 '안전과 행복'을 바라는 전속 메이드. 미스티아의 신변에서 일어나는 일을 모두 책임지며 호위와 가정 교사직도 겸하고 있다. '미스티아 님이 행복하다면 나는 어찌 되든 좋아, 헤어져도 괜찮아.'라고 생각하면서도 속으로는 '계속 함께 있고 싶어.'라는 마음을 품고 있다.

루크

집사. 멋 내기용으로 외알안경을 끼고 가슴팍에 회중시계를 찼다. 저택 내 위험인물로부터 미스티아를 지키고 싶어 한다(자애).

포레스트

정원사. 아렌가의 넓은 정원을 혼자서 관리하는 실력자. 가정 교사도 겸하고 있다. 숭배하는 미스티아의 말투를 특히 좋아한다.

스티브

집사장. 저택의 사용인이 늘어나는 것을 좋아하지 않으며 정기적으로 사용인을 해고하거나 지원자가 채용되지 않도록 한다.

랜스데이

전속의. 미스티아가 평소 건강하기 때문에 기본적으로 한가하며, 평소엔 저택 내를 산책하거나 아렌가를 수선하고 그림 교사도 맡고 있다.

라이아스

요리장. 평소엔 밝고 쾌활하지만 미스티아가 위실하려고 하면 주변에 아무것도 보이지 않는 듯이 허둥댄다.

솔

마부. 더듬거리는 말투와 낯을 가리는 성격 모두 꾸며낸 것으로, 어떻게 하면 미스티아와 가까워질 수 있을지를 항상 생각한다.

브람

문지기. 원래는 음악가가 되고 싶어 하던 불량배. 미스티아에게 도움을 받아 지금은 음악 교사도 겸하고 있다. 미스티아를 숭배한다.

리자

청소부장. 원래 술집에서 일하던 평민 여성이었다. 남편으로부터 폭력을 당하던 때 미스티아에게 도움을 받았다.

토마스

문지기. 미스티아의 생일에 설립된 고아원 출신. 밝고 천진난만하며 바느질을 잘한다.

악역 영애입니다만
공략대상의 상태가 이상합니다

제
11
장

악역 영애와 연적

나를 구해 줘

"레이드 님!"

수업 종료를 알리는 종이 울리자마자 아렌가의 수호신, 헬렌 루키트라는 이름의 여신님이 레이드 녹터에게 다가갔다. 그 가련한 모습에 교실 내 학생들의 시선이 집중했다.

루키트 님이 전학을 온 지도 벌써 약 1주일하고도 며칠이 지났다. 그녀는 사랑스러운 외모와 더불어 레이드 녹터에게 호감을 감추지 않는 것으로 주목을 받고 있었다.

"저기, 괜찮다면 교내 안내를 부탁드려도 될까요?"

올려다보는 시선과 꿀이 흐르는 듯한 달콤한 목소리. 두 사람이 함께 있는 모습은 그야말로 그림 같았다.

"오늘 하루도 수고하셨습니다. 미스티아 님!"

그림과도 같은 두 사람을 관찰하고 있자 옆에 있던 앨리스가 내게 인사했다. 나는 "앨리스 씨도 수고했어요."라며 어색하게 고개를 끄덕였다. 어제 자리 교체를 위한 제비뽑기를 했는데 나는 여전히 복도 쪽 열의 가장 뒷자리, 그리고 앨리스는 또 내 옆자리였다. 영원히 그녀와 붙어 앉아야 하는 건 아닌지 걱정이 되기 시작했다. 게다가 불안한 것은 하나 더 있었다.

최근 앨리스는 쉬는 시간이 되면 바로 교실을 나가 버린다. 그 탓에 그녀가 선생님의 부탁을 받아 교재를 옮기다가 공략 대상들에게 도움을 받는 이벤트나, 간단한 대화를 나누는 미니 이벤트가 발생하지 않았다. 같은 반 학생이 어디로 가는지를 묻자 앨리스는 "미술실에 예배를……."이라고 대답했다. 게임 시나리오에는 나오지 않는 행동이었기에 매우 불안했다.

"그럼 저는 먼저 실례하겠습니다!"

레이드 녹터와 대화를 나누는 것도 조금 더 고려해 주면 좋으련만, 앨리스는 내게 "실례하겠습니다!" 하고 미소 지으며 바로 교실을 나가 버렸다. 나는 애매하게 손을 흔들어 인사하고 루키트 님과 레이드 녹터에게 시선을 돌렸다.

"저, 아직 아카데미에 익숙하지가 않아서……."

"전학 왔을 때 지도를 나눠주지 않았어? 보는 방법을 모르는 거야?"

어째서인지 두 사람의 사이에 도랑이 있는 기분이었다. 문 근처에 서 있던 제시 선생님도 같은 생각을 했는지 그에게 말했다.

"반장, 나도 부탁하지. 이 아카데미는 넓은 데다가 루키트는 아직 전학을 온 지 한 달도 지나지 않았으니까 말이야."

"……알겠습니다."

레이드 녹터가 조금 뜸을 들이고는 제시 선생님의 요청을 받아들였다.

"헬렌 양, 오늘은 할 일이 있으니 내일 안내해 줘도 괜찮을까?"

"네. 감사합니다!"

루키트 님은 볼을 붉히며 매혹적인 미소를 그렸다. 하지만 레이드 녹터의 표정은 굳어 있었다. 그래도 앨리스가 이런 두 사람을 보고 질투해서 연애 이벤트가 진행될 가능성이 생기지 않을까?

교실을 나가는 앨리스를 붙잡는 게 좋았으려나. 나는 고민하면서 교실을 뒤로했다.

앨리스에게서 상당한 위화감이 느껴졌지만, 원인이 무엇인지는 알 수 없는 상태였다. 조금 알아보는 편이 좋을까 고민하면서 계단을 내려가는 중이었다. 앞에 있는 제시 선생님과 마주쳤는데, 선생님은 곧바로 발을 헛디디고 말았다.

"위험해요!"

서둘러 손을 뻗어 제시 선생님의 어깨를 붙잡았다. 그대로 체중을 뒤로 실어 끌어당기자 선생님이 내게로 쓰러지듯이 착지했다.

"저, 괜찮으세요?"

"어…… 이 목소리는, 미스티아인가……. 앗, 미안! 네 위로 쓰러지다니──!"

말을 걸자 선생님은 벌떡 일어나 뒤로 쓰러진 내게 손을 뻗었다.

"감사합니다. 다치진 않으셨어요?"

"다친 곳은 없어. 그나저나 넌 괜찮나? 어딘가 부딪히거나……."

"아, 전 괜찮아요."

"그래도 보건실…… 아니, 의사에게 보이는 게 낫나?! 당장……."

"정말 괜찮아요."

"그런가…… 미안하군, 계속."

제시 선생님이 어두운 표정으로 고개를 숙였다. 그 표정을 보니 퍼뜩 무언가가 생각났다.

제시 선생님, 계단, 낙하.

선생님의 연애 이벤트에, 비슷한 시츄에이션이 있었다. 앨리스가 계단에서 발을 헛디뎌서 제시 선생님이 끌어안아 붙잡아 주는 장면. 그리고 그녀는 보답의 의미로 쿠키를 구워 선생님에게 선물하며 게임 스토리가 진행된다. 그런 연애 이벤트와 비슷한 상황에 악역인 내가 있으면 안 된다. 나는 제시 선생님에게 인사를 하고 바로 그 자리를 떴다.

도망치듯이 특별동의 여자 화장실에 들어가 세면대 앞에서 숨을 골랐다. 이곳은 공략 대상이 절대로 들어오지 않는 영역이다. 앨리스가 올 가능성은 있지만, 그녀는 이미 귀가했을 터. 커다랗게 한숨을 쉬고 고개를 들었다가, 거울 너머로 내 뒤에 서 있던 루키트 님과 눈이 마주쳤다.

"앗."

"죄송해요. 놀라게 했나요? 죄송해요!"

'뿅' 하는 귀여운 효과음이 튀어나올 듯한 애교 있는 태도로 그녀는 양손을 얼굴 앞에 모았다.

"저는 헬렌 루키트라고 해요. 편하게 헬렌이라 불러 주세요."

"미스티아 아렌이에요. 잘 부탁드려요. 저도 미스티아라고 불러도 괜찮아요."

루키트 님은 항상 레이드 녹터를 따라다닌다. 여자 화장실이

라고는 하지만 혹여나 그가 근처에 있을까 봐 경계하고 있는데
그녀가 수줍게 말을 건넸다.

"저, 미스티아 씨는 레이드 님과 무슨 관계인가요?"

"네?"

그녀의 입에서 나온 이름에 말문이 막히고 말았다. 하지만 그
녀는 "낮에…….".라며 어두운 얼굴로 중얼거렸다.

"레이드 님께는 연모하는 영애가 있다고…… 반 학우분께 전
해 들었어요. 그리고 미스티아 님의 이름이 나와서…….".

"네?"

그런 일이 있을 리가 없다. 레이드 녹터는 내가 어린아이에게
비상식적인 감정을 품는 인간이라고 생각하고 있을 터였다. 혹
시 체육제를 준비할 때 도와주던 것을 보고 오해한 건가……?

"그건 아닌 것 같은데요……. 오해인 것 같아요."

"그럼 미스티아 님은 레이드 님께 아무 감정도 없으세요?"

"전혀요."

"정말로?"

"네."

"그렇다면 전, 정말 기뻐요! 미스티아 님과 친구가 될 수 있겠
어요!"

루키트 님은 달콤하게 미소 지으며 내 손을 잡았다. 나는 레
이드 녹터를 좋아하지 않는다. 그리고 그도 나를 좋아하지 않는
다. 그 사실에 기뻐한다는 것은 분명, 확정이다.

루키트 님은 레이드 녹터를 좋아한다.

레이드 녹터가 나를 좋아하는 줄 알고 내게 직구로 좋아하는
지 아닌지를 묻는 행동력과 정신력은 아주 훌륭했다. 공략 대상
과 히로인의 사이를 확실히 전진시키는 존재가 되어줄 것이다.
　역시 그녀는 나의 구세주다.
　"좋아요! 잘 부탁드릴게요!"
　나는 웃어 보이며 그녀의 손을 상냥하게 맞잡았다.

SIDE: Helen

미스티아 아렌은 레이드 님을 좋아하지 않는다. 그렇게 말해서 나를 방심시키려는 게 아닌지 잠시 의심했으나 그런 기색은 보이지 않았다.

가벼운 발걸음으로 멀어져 가는 그녀의 뒷모습을 잠시 지켜본 후 나는 발길을 돌렸다.

분명 저 여자는 레이드 님을 좋아하리라고 생각했다. 영애들에게 그만큼 이상적인 존재는 없으니까. 그에게 흥미를 보이지 않는 것은 관심이 없는 척하며 우월감에 빠져 있는 것이라고 생각했는데.

"우왓."

찜찜한 기분으로 걷다가 너무나도 평범하고 존재감 없는 남자와 부딪히고 말았다. 나와 부딪힌 상대는 뭔가 작업을 하고 왔는지 손도 옷도 더러웠고, 그 탓인지 냄새도 나서 매우 불쾌했다. 머리카락은 아무렇게나 뻗어 있다고 하기에도 뭐할 정도로 부스스해서 외모에 전혀 신경 쓰지 않는 사람이란 것을 확실히 알 수 있었다. 그런 모습의 남자가 저 여자를 따라가듯이 멀어져 가는 것을 지켜본 후, 나는 저택으로 돌아가기 위해 다시 발을 움직였다.

"안녕. 헬렌 루키트 양."

짜증 나는 기분으로 계단을 내려가고 있자 이번엔 뒤에서 나를 부르는 목소리가 들려와 심장이 멈출 뻔했다. 계단을 내려가기 전에 주변을 제대로 확인했고 위에서 누군가 내려오지 않는지 귀를 기울여 확인도 했다. 그런데 누군가가 뒤에 서 있다는 사실에 등에 식은땀이 흐르고 위가 울렁거렸다.

안 돼. 이런 모습은 나답지 않아.

내 생각을 들키지 않도록 웃으며 뒤돌자, 그곳에는 미형의 남자가 서 있었다.

"안녕하세요. 처음 뵙겠습니다…… 그쪽은…….."

"하임이라고 하는데 기억하진 않아도 돼. 저기, 너. 녹터를 좋아한다는 말이 사실이야?"

하임──, 이 나라의 무역을 책임지는 하임가의 영식이다. 용모단정하고 밝은 성격. 수많은 영애의 주목을 받고 있지만, 그 누구도 상대하지 않는 것으로 유명한 영식. 그런 그가 왜 내게 이런 질문을 하지?

"저는 그분께 마음이 있어요."

"그럼 미스티아에게 절대, 절대로 이상한 짓 하면 안 돼. 그 애는 녹터를 싫어하거든."

방금 처음 만난 사이인데 하임가의 영식은 내게 차가운 시선을 꽂아 넣었다.

"저, 저는 미스티아 님에게 이상한 짓이라고는…….."

"다들 그래. 이상한 질투로 미스티아에게 장난을 치는 녀석들은 항상 그렇게 말하더라고…….."

"저기, 저는 무슨 말씀이신지 잘 모르겠어요."

"녹터한테는 추문을 만들든 뭘 하든 상관없지만 미스티아에게는 아무 짓도 하지 말라는 뜻이야."

같은 사람에게서 나왔다고는 상상할 수 없을 정도로 억양이 없는 목소리에 소름이 돋았다.

"친구가 될 수 있겠다거나, 그런 소리를 잘도 하네. 기회를 노려서 떠밀칠 생각이면서."

친구가 될 수 있겠다. 내가 그렇게 말한 것은 그때뿐이었다. 미스티아 아렌과 대화했을 때. 그 장면을 보고 있었던 거야? 하지만 그곳은 여자 화장실이었다. 혹시—— 밖에서 듣고 있었던 건가?

"확인이 너무 지나치면 허튼 마음을 품고 있다는 것 정도는 바로 알 수 있거든."

"저는……."

"여기서 떨어져서 머리 깨진 채로 죽고 싶다면 변명해도 돼."

그 말에 아무 말도 할 수 없었다. 반항하면 죽는다는 것을 직감적으로 깨달았다.

"딱히 어려운 일 아니잖아? 녹터를 좋아하면 그 녀석만 따라다니면 되는 거야."

하임가의 영식이 스쳐 지나가듯이 멀어졌다. 심한 공포감에 움직일 수조차 없었다. 나는 그대로 계단 중간에서 혼자 다리가 풀려 주저앉았다.

네게 거는 주문

루키트 님이 레이드 녹터를 좋아한다는 것을 확실히 알게 된 다음 날. 실내화로 갈아 신기 위해 신발장을 열자 알 수 없는 위화감이 피부를 통해 전해져 왔다. 의아해하며 실내화를 꺼내려는데 누군가가 내 어깨에 손을 얹었다.

"헬렌 루키트."

귓가에 속삭이는 목소리에 깜짝 놀라 뒤로 물러섰다. 바로 뒤에 클라우스가 활짝 웃으며 서 있었다. 내 어깨를 강하게 붙잡고 있는 그의 손을 뿌리치려고 했는데 이번엔 팔을 단단히 붙잡혔다.

"네 약혼자님과 꽤나 친해진 모양이던데. 약혼자님을 헬렌 루키트에게 넘길 생각이야?"

"애초에 약혼은 부모님이 정하신 거고, 그분이 제 소유인 것도 아니에요."

"하아, 재미없기는. 또 나왔네, 평화주의 쓰레기 사상. 나중에 후회해도 난 모른다?"

"……그럴 일 없어요."

"인생은 무슨 일이 있을지 모른다고. 모르는 녀석이 갑자기 적이 되기도 하고. 게다가 믿었던 녀석이 실은 엄청난 배신자일 수도 있고 말이야."

클라우스는 내 옷깃을 확 잡아당기더니 입꼬리를 올렸다. 나를 꿰뚫어 보는 듯한 금색 눈동자를 마주하고 나도 모르게 흠칫하자 그는 내게 코웃음을 쳤다.

"뭘 원하는 거예요?"

"딱히? 조금 재밌게 해 줄까 해서…… 아, 벌써 이 시간이네."

조금 재밌게? 좋지 않은 예감밖에 들지 않는다. 왜냐하면 그가 말하는 재미란 파멸뿐이기 때문이다.

"저기, 저는 당신이 기대하는 재미에 부응할 수 없어요."

"너는 그렇게 생각해도 상황이 너를 끌어내릴걸?"

"그렇지 않아요."

"뭐, 밑바닥에도 바닥이 있는 법이니 말이야."

기대하고 있는 건가……. 클라우스의 이 자신감은 어디서 나오는 걸까. 엄청나게 불안해졌다. 빙글 뒤돌아 땅을 가리키며 웃던 그는 다시 내게 등을 보이고는 경쾌하게 걸어가기 시작했다. 나도 옷깃을 고치고 뒤돌아 걷자 이번에는 히스테릭한 목소리가 들려왔다.

"뭔가 착각하고 있는 거 아니야? 네가 레이드 님과 어울릴 거라고 생각해?!"

게임의 미스티아 같은 대사다. 서둘러 목소리가 흘러나오는 빈 교실로 향하자 다른 반의 여학생들이 루키트 님을 둘러싸고 있는 장면이 보였다.

"이…… 도둑고양이 같으니!"

찰싹, 하고 가벼운 소리가 울려 퍼졌다. 루키트 님의 뺨을 때린 학생은 엄청나게 화가 났는지 매서운 얼굴을 하고 있었다.

하지만 루키트 님의 뒤…… 교실의 문 옆에 선 나를 알아챈 순간 몸을 떨기 시작했다.

"아, 아렌가의……."

뺨을 때린 여학생은 그 말을 남기고는 곧바로 도망쳤다. 다른 학생들도 그녀의 뒤를 따르듯이 자리를 떴다. 체육제 때의 앨리스 사건도 있었고, 내가 학생들을 협박했다는 등의 소문이 돌고 있는 걸까.

루키트 님의 뺨은 여학생의 손톱에 긁혔는지 상처가 나 있었다. 피를 닦아 내기 위해 손수건을 꺼내자 그녀는 나를 노려보았다. 하지만 뺨에서 피가 나는 것을 방치할 순 없었으므로 나는 개의치 않고 그녀에게 다가갔다.

"뭐, 뭐야! 다, 다가오지 마! ……으왓, 뭐, 뭐야?"

대답을 하면 어쩐지 언쟁을 벌이게 될 것 같았다. 전에 로베르토 와이즈에게 반론했다가 분노를 증폭시킨 일도 있었으니까 말이다. 나는 내가 할 수 있는 일만 하자.

"지혈하는 거예요."

루키트 님의 뺨을 손수건으로 닦고 잠시 눌러서 지혈했다. 상처가 깊지 않으니 화장으로 가릴 수 있을 듯했다.

"손톱엔 균이 있으니까 소독하는 편이 좋을 거예요."

"뭐? 뭐야? 착한 척하는 거야? 나한테 빚을 지우려고?"

"손톱엔 균이 있으니까 소독하는 편이 좋을 거예요."

그렇게 말하며 나는 루키트 님을 교실에 남겨두고 복도로 나왔다. 다리를 다친 게 아니니까 보건실까지 부축할 필요는 없겠지.

이 아카데미는 귀족 아카데미인 것치고 치안이 나쁜 것 같다. 게임에서는 미스티아라는 최대 빌런이 있었지만, 그것과 별개로 피나 선배는 화상을 입기도 했으니……. 나는 불안한 마음을 품고 교실로 향했다.

"오늘 날씨 정말 좋다. 기온도 딱 좋아."

그렇게 말하며 피나 선배가 푸른 하늘 아래 도시락 가방을 풀어놓았다. 점심시간에 우연히 마주친 우리는 중앙 정원에서 함께 점심을 먹기로 했다.

"있잖아, 이런 날엔 밖에서 먹는 것도 좋지 않아?"

"맞아요."

벤치 옆자리에 앉은 피나 선배가 온화하게 웃었다. 어쩐지 요염한 그 웃음과 단정하게 식사하는 모습에 저절로 눈길이 갔다.

체육제가 끝난 후에 알게 된 사실인데 선배는 2학년뿐만 아니라 3학년 선배들도 인정하는 존재라고 한다. 게다가 레이드 녹터가 복도를 걸어 다니고 있어서 미처 돌아가지 못하고 화장실에 틀어박혀 있을 때, 다른 학생들이 피나 선배를 '완벽한 영애'라고 부르는 것도 들은 적 있다.

"그러고 보니 미스티아 양의 반에 전학 왔다는 아이는 어떤 사람이야?"

피나 선배는 고기가 듬뿍 들어간 샌드위치를 깔끔하게 베어 물고는 내게 시선을 보냈다. 루키트 님이 전학 왔다는 소문은 이미 선배들의 귀에도 들어간 모양이었다.

"머리카락이 폭신폭신해서, 뭐라고 해야 하나, 케이크의 요정? 같은 느낌이에요. '어제 구해 주신 딸기 타르트입니다'라고 말해도 고개를 끄덕이게 될 정도로요."

"후후후. 역시 미스티아 양의 비유는 독특하다니까. 그 아이, 녹터 군과 항상 같이 있다는 이야기를 들었는데…….'"

"네. 아마 반장을 찾으면 금방 발견할 수 있을 거예요."

그렇게 대답하자 피나 선배는 "흐음……." 하며 내 얼굴을 빤히 바라봤다. 선배는 쿡쿡 웃더니 내게로 몸을 쑥 내밀었다.

"그러면 미스티아 양은 오라버니와 결혼할 수 있을까?"

"네?"

뭐야, 갑자기? 그러나 당황할 새도 없이 피나 선배가 내 손을 붙잡았다.

"오라버니와 미스티아 양이 친해지면 미스티아 양이 내 가족이 될 수 있잖아. 그러면 정말 좋겠다고 생각했어. 내가 언니고, 미스티아 양이 여동생. 지금은 결혼해도 침실만 같이 쓰고 계약 결혼처럼 관계를 이어나가는 경우도 있다고 하니까 괜찮을 것 같은데……."

"안 돼."

바로 위에서 에릭의 목소리가 들려와서 고개를 들려던 순간 머리 위에 팔이 얹어졌다. 그리고 그는 교복 위에 앞치마를 입은 모습으로 우리 앞에 휙 나타났다.

"네인 양은 정말 방심할 수가 없네. 오라버니의 결혼 상대라면 다른 데서 찾아. 정 뭐하면 내가 도와줄까?"

에릭이 내 옆에 앉자 피나 선배가 바로 반론했다.

"거절할게요. 하임 군에게 맡기면 왠지 저 구석 변경 지역으로 보내질 것 같은걸요."

"좋지 않아? 옆 나라는 경치도 좋다던데."

"그러면 미스티아 양. 나중에 같이 여행 가지 않을래?"

"그땐 나도 갈 거야."

"여자끼리 느긋하게 경치 좋은 곳을 돌아보겠다는데 굳이 끼어들겠다니, 신사답지 못하네요."

"그렇게 말하면서 뻔뻔하게 오라버니도 데려갈 거잖아? 그 사람 요즘 이리저리 휘둘리던 것 같던데. 피나 양이라면 오라버니를 홀딱 벗겨서 미스티아가 자고 있는 침대에 던져 놓는 일 정도는 아무것도 아닐 것 같은데 말이야."

"어머. 무슨 그런 말도 안 되는 모욕을 하시는 거죠? 다음엔 법정에서 만나게 되겠네요."

피나 선배와 에릭 사이에 서늘한 공기가 흘렀다. 분위기를 전환해야 해. 나는 아까부터 신경 쓰였던 에릭의 옷차림에 관해 묻기로 했다.

"저, 저기. 에, 에릭 선배, 그 앞치마는 왜⋯⋯?"

"아, 이거? 오늘 미술 수업이 있어서 말이야. 유화를 그리고 있었어."

"유화⋯⋯."

"응. 석고상이나 도끼나 사과처럼 좋아하는 걸 골라서 그리기만 하는 시시한 수업이야."

에릭은 정말 따분하다는 듯이 말했다. 피나 선배는 "우리도 마찬가지야."라며 쓴웃음을 지었다. 두 사람은 미술 수업을 그다지 좋아하지 않는 모양이었다.

"미스티아 양은 어때? 미술 시간에 어떤 걸 해?"

"저는 점토로 제 손을 만들고 있어요."

"작년에 나도 비슷한 소조 수업이 있었어."

피나 선배는 여유롭게 미소 지으며 내 손을 잡았다.

"그 수업이라면 나도 들었는데…… 저기, 주인은 어떤 손 모양으로 했어?"

"엄지, 검지, 중지만 뻗고 나머지는 쥔…… 이 모양이요."

말하는 것보다 직접 보여주는 게 빠르다고 생각한 나는 손 모양을 만들어냈다. 이른바 플레밍의 법칙이었다.

"실은 주먹을 만들고 싶었는데, 어떻게 해봐도 뭉그러진 빵처럼 만들어지기만 해서 포기했거든요. 그래서 약간 진도가 늦어졌어요."

"어머……, 미술 과제 제출은 몇 학년이든 시험 전까지 아니었어?"

피나 선배가 고개를 갸웃했다.

"어라. 시험이 다음 주 초에 시작하니까 시험이 끝난 후에 열심히 만들려고 했는데, 그러면 제출일에 맞출 수 없겠네요……?"

"그럴 것 같은데. 주인, 괜찮겠어?"

"으음, 아직 끝난 건 아니니까…… 힘내서 수업 시간 내에 끝낼게요. 감사합니다."

그렇게 말했지만 내일부터는 방과 후에 남아서 과제를 마저 만들어야 할지도 모르겠다. 일단 오늘 방과 후에 확인하러 미술실에 가 보자. 나는 그렇게 마음을 먹고 피나 선배, 에릭과 식사 시간을 마쳤다.

내 미술 과제가 망가져 있었다.

저번 달쯤부터 만들기 시작해서 제출 마감은 이번 달 말. 점토로 자신의 손을 만드는 과제로, 조금만 더 만들면 완성이었는데. 어제 미술 수업 시간에 내 작품을 찾으러 갔더니 손가락이 전부 사라진 상태였다. 아마 누군가가 실수로 망가트린 듯했다. 그렇다면 망가트렸을 때 바로 말해 줬으면 좋았을 텐데. 아마도 아렌이라는 이름이 부담스러워서 차마 내게 말을 못 한 거겠지.

그래서 오늘부터 매일 방과 후에 남아 과제를 만들게 되었다.

"미스티아 님!"

방과 후, 어깨를 축 늘어트리고 미술실로 향하고 있는데 뒤에서 알리 씨의 목소리가 들려왔다.

뒤돌아보니 그가 급한 얼굴로 다가오고 있기에 나는 멈춰서서 용건을 물었다.

"알리 씨? 무슨 일이세요?"

"에헤헤. 미스티아 님의 모습이 보여서 서둘러 인사하려고…… 오늘은 어디로 가세요?"

"실은 미술 수업에서 만들던 점토 손이 망가져서 마저 만들러 가는 중이에요."

오늘은 엄지, 내일은 검지. 이렇게 하루에 손가락을 하나씩 만들면 어떻게든 기한에 맞출 수 있을 것이다. 집에 점토를 가져가고 싶지는 않지만, 정 안 되면 집에 가져가서 만들자.

"그러면 직원실에서 작업하시는 건 어떠신가요? 미술실은 미술부원이 활동하니까 수돗가가 복잡하잖아요? 직원실이라면 항상 비어 있으니까요."

그렇게 말하고 그는 "저, 항상 혼자 있거든요!"라며 자신의 가슴에 손을 얹었다.

"그, 그렇게 되면 일하시는 데 방해가 되는 게 아닌지……."

"전혀요. 오히려 기쁜걸요. 게다가 미스티아 님이 계시다면 안심하고 직원실을 비울 수 있으니까 말이에요."

그의 말대로 직원실을 지키는 것 정도는 나도 가능하다. 정말 고마운 제안이었다. 하지만 이렇게 신세를 져도 괜찮은 걸까.

"그, 그래도 괜찮을까요……?"

"네! 저는 미스티아 님과 함께 있으면 마음이 안정되거든요."

"그럼 잠시 신세를 지겠습니다……."

미술실이 아니라 직원실에서 작업할 수 있는 것은 솔직히 반가운 이야기다. 나도 알리 씨와 있으면 마음이 차분해지고 두근 러브의 등장인물과 마주칠 걱정을 하지 않아도 되니까.

"저는 여기 있을게요."

함께 걷다 보니 미술실이 보이기 시작했다. 안으로 들어서자 1m 정도의 캔버스 앞에 선 남학생과 입구 근처에서 작은 캔버스에 달라붙은 학생이 있었다. 아마 미술부원이겠지. 남학생이 무엇을 그리는지는 모르겠지만 입구 옆에 있는 여학생은 지금 그림을 그리는 남학생을 그리고 있었다.

새빨간 머리카락이 층층이 겹쳐진 사실적인 묘사가 정말 아름다웠다. 바라보고 있자 여학생이 이쪽으로 몸을 돌렸다.

"앗, 죄송해요. 그림이 예뻐서……. 실례하겠습니다."

나는 서둘러 미술실 안쪽에 있는 내 점토 작품을 들고 바로 복도로 나왔다.

"방범을 위해서 문은 잠글게요."

직원실에 들어가자 알리 씨는 바로 문을 잠갔다.

"네?"

"얼마 전부터 문을 잠그라는 규칙이 생겼거든요. 말씀 안 드리고 잠그면 실례일 것 같아서요."

그는 그렇게 말하면서 미소 짓고는 내가 들고 있던 점토 작품으로 시선을 돌렸다.

"손가락이 전부 부러져 버렸네요."

"맞아요……. 그래도 저번 건 연습이라고 생각하면 되니까요. 원래 잘 만들지도 못했고……."

"아하. 미스티아 님, 미술은 잘 못하신다고 말씀하셨었죠."

"'엄청'이라고 해야 할까요. 알리 씨는 어떠세요? 뭔가 만들거나 그리기도 하세요?"

"저는 만드는 건 딱히…… 어느 쪽이냐 하면 감상하는 사람을 보는 게 좋아요."

알리 씨는 "취미라고 할 정도는 아니지만요."라고 말을 덧붙였다.

그러고 보니 나는 그가 뭘 좋아하는지 전혀 모른다. 그는 항상 내 이야기를 들어주기만 했으니.

"알리 씨의 취미는 뭔가요?"

그에게는 매우 신세를 지고 있다. 도료나 티켓을 받기도 했고 피나 선배와 관련된 일도 상담받았다. 그 보답을 하고 싶었다. 좋아하는 게 있다면 알고 싶었다.

"홍차를 마시는 걸까요……? 그리고 취미……라고 해도 될지는 모르겠지만 일기를 쓰는 습관이 있어요."

"일기 말인가요?"

"10대 때 쓰기 시작해서, 처음 쓴 일기장은 잃어버렸지만 그 이후로 계속 쓰고 있어요."

10대부터 쓰기 시작했다는 건 알리 씨는 10대가 아니라는 뜻이다. 그는 지금 몇 살인 걸까.

역시 30대는…… 아닐 것 같다. 20대 초반이나 후반일 것 같은데 전혀 가늠이 되지 않았다.

"그래도 추억은 제대로 마음에 담아둘 수 있으니까요."

"마음에요?"

"네. 그러니까 글로 남기는 건 마음을 정리하려는 목적이고, 일기 작성을 마쳤을 땐 이미 끝난 일이나 마찬가지예요."

마음 정리인가. 정리를 위해서 글로 남기는 건 좋은 방법일지도 모른다.

"게다가 눈을 감으면 언제나 옆에 있으니까요."

알리 씨는 후후, 하며 웃었다. 그가 입꼬리를 천천히 들어 올리는 것을 보니 이상하게도 앞머리에 가려진 그의 해바라기색 눈동자처럼 따뜻하다는 생각이 들었다.

직원실에서 과제를 만든 다음 날의 자습 시간. 나는 칠판 옆에 있는 달력에 시선을 두었다.

다음 달 초에 기말시험이 있으니 곧 스터디 모임 이벤트가 발생할 것이다.

레이드 녹터, 에릭, 제시 선생님, 그리고 로베르토 와이즈, 이 네 명의 공략 루트 중 어느 것을 선택해도 발생하는 이 이벤트는 시내 도서관이나 아카데미 등, 장소는 각각 다르지만 앨리스와 만나 함께 귀가하기만 하면 되는 풋풋한 이벤트라서 파란만장한 전개는 전혀 없다. 연애 요소가 짙은 것도 아니고 그저 학생의 본분대로 공부만 열심히 하는 이벤트였다.

이번엔 교외학습처럼 미스티아가 앨리스에게 해를 가하는 내용은 없으니까 조금 안심이었다.

"미스티아 님. 저, 이 문제는 어떻게 풀어야 하나요……?"

달력에서 앞에 있는 노트로 시선을 돌리자 앨리스가 내게 자신의 노트를 내밀었다.

"이건 공식을 조합하면 풀 수 있어요. 처음엔 이 공식을 사용하고, 중간부터 이 공식으로 전환하면 돼요."

"와! 감사합니다! 미스티아 님!"

"아뇨. 천만에요."

나는 문제를 풀기 시작하는 앨리스를 노려보는 것으로 오해받지 않도록 신중하게 곁눈질했다.

앨리스는 왜 공부를 나한테 물어보는 걸까. 레이드 녹터도 있는데.

그를 보니 루키트 님께 일대일로 공부를 가르치고 있었다. 잠시 그 모습을 관찰하고 있는데 그는 벌떡 일어나 내게로 다가왔다. 오싹해져서 문제집으로 시선을 내리자 그가 손가락으로 책상을 톡 두드렸다.

"미스티아. 루키트 양이 도서관에 가서 같이 공부하자고 하던데 같이 안 갈래?"

"……네?"

너무나도 큰 충격에 고개를 들자 레이드 녹터가 무척이나 상큼하게 미소 짓고 있었다. 8할은 영혼이 없고, 2할은 사회에 적응하기 위해 띄운 희귀한 웃음이었다.

"괜찮으면 앨리스 양도 같이 갈래?"

"네?! 저도 말인가요?"

"응."

레이드 녹터가 앨리스에게 말을 걸었다.

아니, 앨리스 양도'가 뭐야. 앨리스를 먼저 초대했어야지……. 음? 이건 혹시 앨리스를 직접 초대하기에는 쑥스러워서 나라는 쿠션을 둔 건가? 그렇다면 나는 여기서 슬쩍 빠져야——.

"저는 미스티아 님이 계시다면…… 꼭 참가하고 싶어요…….."

그렇게 말하며 옆자리의 앨리스는 히로인력 100퍼센트의 웃음으로 나를 바라봤다.

깨진 유리구두를 신다

이른 아침, 나는 납덩어리처럼 무거운 몸을 이끌고 교실로 들어섰다. 당연히 교실에는 아무도 없었다. 이 세계의 절대적인 히로인인 앨리스가 '미스티아가 간다면 가겠다.'라는 의미 모를 선언을 한 탓에 결국 스터디 모임에 함께 가기로 약속하고 말았다.

"하아."

……한숨밖에 나오지 않는다. 위가 더부룩한 느낌이었다. 조만간 위에 구멍이 뚫릴지도 모르겠다. 내 자리에 앉기 위해 책상에 손을 얹자 무언가 위화감이 느껴졌다. 책상의 촉감이 다른 느낌이 들었다. 뭐지? 책상이 어제보다 깔끔한 듯한 기분이었다. 어제보다, 빛을 더 반사하는 느낌?

"여어, 변태. 책상 만지면서 흥분하는 거야?"

목소리가 들린 방향으로 뒤돌자 문을 살짝만 열어 놓은 채 클라우스가 나를 보고 있었다.

"아니에요. 뭔가 어제보다 책상이 깔끔해진 것 같아서."

"뭐? 여전히 재미없는 녀석이네. ……아, 그렇지. 네 약혼자에게 접근하는 특례 전학생인 헬렌 루키트에 관해 알려줄 게 있어서 왔어."

"관심 없어요."

"이히히히히! 역시 신경 쓰이는구나! 그 녀석이!"

이야기가 통하지 않았다. 나는 머뭇거리며 조금 신경 쓰였던 단어에 관해 묻기로 했다.

"……특례 전학생이라는 게 무슨 말인가요?"

"바보인 건 여전하네. 말 그대로의 의미야."

"네?"

"알겠어? 자―알 생각해 보라고. 귀족 아카데미에는 반드시 15세 봄에 입학해야 하는데, 걔만 굳이 이런 시기에 들어왔다고. 봄에 들어오는 게 보통이잖아?"

"그건 그렇지만…… 뭔가 사정이 있었던 게 아닐까요?"

"무슨 사정이 있든, 이런 애매한 시기에 전학 온다고 하면 받아주지도 않는다고. 큰 부상을 입었든, 죽기 직전까지 갔든 무슨 사정이 있어도 말이야. 게다가 왕족도 뭣도 아닌 녀석이고."

──루키트 님은 특례로 전학을 왔다고?

"조사해 보니까 지금까지 유학생이 돌아오는 경우는 있었지만, 그것도 마지막 1년뿐이었어. 공작가 도련님에 시기는 제대로 봄의 신학기부터. 이런 애매한 시기가 아니었다고."

공작가 영식도 마지막 1년만, 신학기부터 편입……?

"루키트가가 왕가와 뭔가 큰 연결고리가 있다는 뜻인가요?"

"처음엔 그것도 의심돼서 조사해 봤는데 말이야. 가문 자체는 어디에나 있을 법한 평범한 자작가야. 아카데미 측에서 우대할 가치가 없는 가문이지. 전학 갈 테니까 지금 당장 넣어 달라고 말해 봤자, 코웃음은커녕 무례하다면서 끌려갈 정도라고."

클라우스는 내게 얼굴을 내밀고는 빈손으로 가위 모양을 만들고는 자르는 시늉을 했다.

"여기서 떠올릴 수 있는 두 가지 경우는 뭘까—? 두뇌 체조야. 잘 생각해 봐."

움직이면서 다가오는 손가락. 나는 눈을 찔리지 않기 위해 손으로 그의 손가락을 막으며 생각했다. 루키트가는 우대할 필요가 없는 가문. 이 시기에 전학생이 들어온 전례는 없다. 어떤 이유로 아카데미 측이 특별히 배려해야만 하는 상황이었거나, 아카데미 측이 루키트가의 영애를 불러왔다는 것이다.

"아카데미 측이 루키트가의 요청을 받아들여야 했거나, 아니면 직접 루키트가를 부른 건가요?"

"100점이야."

아무래도 정답인 모양이다. 하지만 만일 아카데미가 그녀를 불러왔다면 대체 목적이 뭐지?

"불러올 이유가 뭐죠?"

"……뭐, 헬렌 루키트의 외모에, 아카데미의 이사 녀석들이 함락당했다는 건 말이 안 되겠지? 지금 이사장은 대리. 내년에 바뀔 녀석이 그런 귀찮은 일에 발을 들일 리가 없어."

"대리였나요?"

"그래. 지금 이사장은 후작이야. 원래 공작가 녀석이 맡아야 하는데 이사는 25세부터 이을 수 있다더라고? 지금은 24세니까 한 살이 부족하단 말이지…… 아니, 지금 이사가 어쨌다느니 하는 이야기는 됐고. 어이, 내가 상냥하고 구체적으로 알려줄 테니까 잘 들어. 루키트가 아카데미를 협박해서 들어왔다면 아카데미는 분명 루키트를 배제하려고 할 거야. 천하의 레이드 녹터

님이 루키트가의 영애와 가까워진다면 루키트가 망할 때 레이드 녹터도 분명 같이 망해버릴걸!"

레이드 녹터가 같이 망하다니. 그 말에 정신이 퍼뜩 들었다. 아카데미가 불러왔거나, 루키트가가 무리한 요구를 했다. 상식적으로는 그런 일이 있을 것 같지 않지만, 이 아카데미는 게임에서 미스티아의 난동을 묵인하지 않았던가. 그런 일이 아예 없으리라고는 단정하지 못한다. 루키트 님의 가문이 어떤 가문인지는 잘 모르지만 레이드 녹터에게 영향이 가면 안 된다.

"처음엔 평민이 숨어들더니 이번엔 엄청 수상한 시기에 들어온 전학생이라니! 미스티아 씨는 참 재밌겠어!"

클라우스는 멍하니 선 나를 보고는 입꼬리를 더욱 끌어 올리더니 잠갔던 문을 열고 교실을 나갔다.

루키트가가 입학한 과정에 관해 조사해야만 한다.

저택에 돌아가면 바로 조사해 보자. 하지만 지금부터 조사한다고 해도 스터디 모임 전까지는 알아낼 수 없을 것이다.

게다가 클라우스가 이미 조사했는데도 알아내지 못한 듯하니, 조사 결과만 가만히 기다릴 수는 없다.

최대한 두 사람을 지켜보는 편이 좋겠어. 나는 어깨가 무거워지는 듯한 착각을 느끼며 그 자리에 멍하니 서 있었다.

"아렌 양."

방과 후, 귀가할 기분이 들지 않아 별동에서 그저 창밖만 바라보고 있자 로베르토 와이즈가 복잡한 표정으로 내게 다가왔다. 그러나 너무 가까이 다가올 생각은 없는지 묘하게 거리를 두었다.

"펴, 편지는 도착했나?"

편지…… 분명 저택에 사과하고 싶으니 시간을 내 달라고 적혀 있었던가.

"죄송해요. 편지는 도착했어요. 답장은 아직 못 했지만…… 이미 그 일은 딱히 마음에 두지 않으니까 사과는 필요 없어요."

"그럴 리 없잖아. 내가 오해해서 네게 심한 태도를 보였는데."

그는 그렇게 말하며 기사가 충성을 맹세하듯이 무릎을 꿇었다.

"잠깐, 기다려요. 고개를 들어 주세요. 저기, 저는 진짜 괜찮으니까요."

"……난 아카데미를 그만두려고 해."

"네?"

"네 앞에 다시는 나타나지 않을게."

로베르토 와이즈는 믿기지 않게도 퇴학신청서를 내게 보여줬다. 이런 일이 있어선 안 된다. 나는 서둘러 그의 어깨를 붙잡았지만 그는 꼼짝도 하지 않고 고개를 숙일 뿐이었다.

"나는 용서받지 못할 짓을 했어. 사정도 모르고 혼란스러워하는 상대를 일방적으로 폄하했지. 정말 몹쓸, 그야말로 비겁한 짓을 했어……. 물론 이걸로 끝낼 생각은 없어……. 이 나라에서도 떠날 생각이야."

"아니, 잠깐만, 잠깐만요. 나, 남은 인생이 있잖아요?!"

"내 인생 같은 건 어찌 되든 상관없어. 그리고 나라를 떠나는 것만으로는 충분하지 않겠지. 계속 속죄할게, 평생."

"아니, 괜찮다니까요. 정말 괜찮다고요!"

"괜찮지 않아. 나는 비인도적이고 끔찍한 짓을 했어. 사람도 아니야. 정말, 추악하고……."

"아니, 잠깐만요. 아카데미는 졸업해야죠? 그러지 않으면 가문을 물려받을 때 문제가 되잖아요?!"

"마음의 상처는 평생 사라지지 않겠지. 그러니 나는 당주가 될 자격도 없어."

안 돼. 로베르토 와이즈가 퇴학에 출국이라니. 그래서는 안 된다.

"그러면 그 퇴학신청서 좀 보여주세요. 정말 퇴학신청서가 맞는지 확인할 의무가 있으니까요."

내게 퇴학을 막을 의사가 없다고 판단했는지 로베르토 와이즈는 서류를 머뭇거리며 내밀었다. 나는 서류를 받자마자 단숨에 찢어서 교복 주머니에 넣었다. 그는 "아아아아아!" 하며 크게 소리치더니 패닉에 빠졌다.

"무, 무, 무슨 짓을!"

"저는 이런 걸 원하지 않아요. 모처럼 지금까지 공부해 왔으니까 제대로 졸업하세요."

"그럴 순 없어! 아카데미를 졸업하면 그건 더 이상 벌이 아니잖아!"

"오해가 생기지 않도록 서로 철저히 감시하는 거라고 생각하세요……. 퇴학은 절대로 안 돼요!"

"그건 속죄라고 할 수가!"

"있어요. 저도 당신에게 미움받아도 상관없다고 생각해서 방치했다가 다른 분께 민폐를 끼쳤는걸요."

"뭐……."

로베르토 와이즈의 눈동자에서 커다란 눈물방울이 뚝 떨어졌다. 그리고 그는 "윽." 하면서 입가를 가렸다.

"저기, 그게……."

"아니, 신경 쓰지 말아 줘."

로베르토 와이즈가 고개를 숙였다. 나는 조금 머뭇거리다가 말을 이어나갔다.

"저기, 정말로, 아카데미를 그만둔다거나 나라를 떠난다는 이야기는 절대 하지 말아 주세요. 저는 그러기를 원하지 않아요. 약속해 주세요, 지금 여기서."

"……하지만."

"약속해 주세요."

"그, 그래……."

"믿을게요. 꼭이에요. 나중에 멋대로 그만두는 것만큼은 정말 안 돼요."

"그, 그러면 적어도 내가 뭐라도 하게 해 줘. 손가락을 자른다거나, 뭐, 뭐든 괜찮으니까."

로베르토 와이즈는 절박한 표정이었다. 이 이상은 물러서지 않을 것 같았다. 어떻게 할까 고민하다가 문득 한 가지 '작전'이 떠올랐다.

"……이, 이번 휴일에 시간 괜찮으신가요?"

"괜찮아."

"스터디 모임에 같이 와 주실 수 있나요?"

"그건 저번 자습 시간에 말했던 그 모임인가?"

"네."

아마 로베르토 와이즈는 태생이 선하고 정의감이 강한 사람일 것이다. 그러니 위증은 불가능하겠지. 혹시 무슨 일이라도 생기면 내가 아무 짓도 하지 않았다고 증언해 줄 증인이 되어 줄 수 있다.

"꼭 갈게. 나는 거기서 무슨 말을 하고 뭘 하면 되지?"

"언젠가 누군가가 그곳에서 일어난 일을 묻는다면 그저 본 대로 말하면 된다고 해야 하나. 그때 제가 아무 짓도 하지 않고 그저 공부만 했다는 걸 증언해 주셨으면 해요."

"증언 말이지. 알았어. 꼭 그러도록 할게."

로베르토 와이즈는 내 부탁을 흔쾌히 받아들였다. 이유를 물을 줄 알았는데 다행이었다.

"그러면 약속 장소와 시간을 알려줘."

"어어, 약속 장소는 도서관 앞, 아침 9시 집합이고 점심은 각자 지참이에요."

"그것 외에는?"

"그것 외요?"

"그래. 그것 외에 또 할 건 없나?"

"아뇨. 그것만으로도 충분해요. 정말 그것만 해 주신다면 다른 건 아무것도…….”

“그런가. 나중에 생각난다면 그땐 꼭 알려 줘. 그럼 이만.”

“자, 잠시만요.”

나는 그대로 자리를 뜨려고 하는 로베르토 와이즈를 붙잡았다.

“뭐라도 생각났어?”

“아뇨. 그게 아니라. 그게, 감사 인사를 하고 싶어서요. 감사합니다.”

“감사 인사는 할 필요 없어. 당연한 일을 했을 뿐인걸. 너는 내게 감사하지 않아도 괜찮아. 그럼 실례하지.”

로베르토 와이즈는 그렇게 말하고는 멀어졌다. 일단 이걸로 그의 퇴학은 없던 일이 되었고 스터디 모임의 위험성도 조금은 완화되었을 것이다. 단지 방금 “또 할 건 없나?”라며 할 일을 찾는 필사적인 얼굴은 조금 불안했지만……. 일단 다음 문제는 루키트 님이었다.

그녀에 관해서는 직접 물어보는 게 좋을지도 모르겠다. 스터디 모임 때, 그녀와 단둘이 되면 레이드 녹터, 앨리스와도 멀어질 수 있을 테니 일석이조다.

나는 올 때보다 많이 가벼워진 발걸음으로 특별동을 뒤로했다.

“멜로. 정말 같이 갈 거야?”

스터디 모임 당일 아침. 마차 안에서 나는 멜로에게 물었다.

“당연하죠. 저는 아가씨의 호위니까요.”

멜로는 씩씩한 얼굴로 고개를 끄덕였다. 레이드 녹터와 앨리스. 그 두 사람이 함께 있는 장소에 미스티아의 사용인인 그녀를 데려가고 싶지 않았다.

그래서 다른 호위를 고용했는데, 그녀가 전부 쓰러트리고는 그들을 돌려보내고 말았다. 그리고 내가 스터디 모임으로 출발하려 하자 아무렇지 않은 표정으로 마차에 올라탄 것이다. 설득해 봤지만 내리지 않았다. 이내 마차는 감속하기 시작하더니 도서관 앞에 멈춰 섰다.

멜로와 함께 마차에서 내리자 로베르토 와이즈가 호위를 데리고 서 있었다. 그가 추가로 스터디 모임에 참가한다는 것은 모두에게 이미 말해뒀다. 레이드 녹터는 반대했지만 루키트 님이 설득해 줬다.

"좋은 아침이에요. 일찍 오셨네요."

"그래. 좋은 아침."

도착한 것은 나와 그뿐인 듯했다. 멍하니 경치를 둘러보고 있자 앨리스가 도착했다.

"미스티아 님! ……와이즈 님. 안녕하세요."

앨리스가 커다란 종이봉투를 끌어안고 이쪽으로 다가왔다. 그녀는 멜로를 보고 눈을 반짝였다.

"어, 이쪽은……."

"제 호위예요."

"그렇군요! 안녕하세요!"

앨리스가 멜로에게 인사하자 멜로도 조용히 고개를 끄덕여 인사했다. 투옥, 사형 엔딩을 생각하면 앨리스가 멜로를 알게 되는 건 찜찜하지만…… 어쩔 수 없지.

"어머, 레이드 님. 다들 모이셨나 봐요."

"……응."

레이드 녹터가 루키트 님과 함께 나타났다. 그 두 사람의 뒤에도 호위가 붙어 있었다.

"다들 좋은 아침. 일찍 올 생각이었는데 조금 더 서두를 걸 그랬어."

레이드 녹터가 쓴웃음을 짓고는 앨리스의 종이봉투에 시선을 돌렸다.

"앨리스 양, 들고 있는 건 필기구야? 꽤 무거워 보이는데 들어 줄까?"

"아뇨. 이건 여러분께 드리려고 쿠키를 구워온 거예요. 점심 때 괜찮다면 드시라고……."

"그래? 기대되네."

두 사람의 사이에는 달달한 분위기가 풍겼다. 정말 연애 이벤트 같아. 저 쿠키에는 절대로 다가가지 않도록 하자. 굳게 다짐하고 있는데 문득 시선이 느껴졌다.

루키트 님이 험악한 표정으로 두리번거리고 있었다. 그 모습은 무언가로부터 필사적으로 숨고 싶은 것처럼 보였다. 하지만 그녀는 나와 눈이 마주치고는 바로 평소와 같은 가련한 표정으로 돌아왔다.

"여긴 대화해도 괜찮은 곳이니까 모르는 게 있으면 서로 가르쳐 줄 수 있어. 자리는 여기로 할까?"

레이드 녹터를 선두로 도서관에 입장하여 자습실 안쪽으로 향했다. 그가 가장 안쪽 자리를 가리키자 루키트 님은 "저는 레이드 님의 옆자리가 좋아요."라며 그의 손을 잡았다.

나는 그들과 떨어져 앉기 위해서 슬쩍 앨리스를 레이드 녹터의 반대편에 앉도록 권유했다. 하지만 그녀는 고개를 가로저었다.

"저, 저…… 괜찮다면 미스티아 님의 옆자리에 앉고 싶어요…. 저기, 물어볼 게 잔뜩…… 있어서……."

뭐? 진심이야?

앨리스는 긴장했는지 떨고 있었다. 그리고 뒤를 돌아보니 로베르토 와이즈가 옆에 앉아 있었다. 안 돼. 막혀 버렸어. 레이드 녹터나 앨리스, 둘 중 한 명의 옆자리밖에 안 남았다면 앨리스의 옆에 앉을 수밖에 없었다.

머뭇거리며 자리에 앉자 눈앞에 루키트 님이 있었다. 그건 상관없다. 하지만 왼쪽의 앨리스, 오른쪽의 로베르토 와이즈에게 낀 상태가 되었다. 왼쪽 대각선 앞에는 레이드 녹터. 이 상황 뭐지? 그냥 병원에 실려 가고 싶어. 조만간 위에 구멍이 뚫릴 테니까 미리 가도 괜찮겠지. 하지만 루키트 님의 집안에 관해 물어볼 것이 있으니 지금은 돌아갈 수 없다.

우리와는 떨어진 곳에 앉은 멜로와 호위들을 보고 마음을 바로잡은 후 필기구를 꺼냈다. 오늘은 멜로가 있다. 슬쩍 루키트 님의 집안에 관해서만 묻고 바로 돌아가자.

"저기, 헬렌 씨는 남쪽 변경 지역에서 이사 오셨다고 들었는데 가족분들은 무슨 일을 하세요?"

당장이라도 도망가고 싶은 마음을 억누르고 있자 운명인지, 아니면 이 세계의 히로인이라 본능으로 위험을 감지할 수 있는 건지, 앨리스가 루키트 님에게 질문했다.

"왜 갑자기 그런 걸 물으시죠……?"

"실은 저희 외조모가 남쪽 변경 출신이에요. 귀족분들의 옷을 만드는 일을 해서…… 그리고 자주 기사단에 계신 분들과 일을 했다고 해요. 그래서 어쩌면 외조모가 헬렌 씨의 가족분들과 만난 적이 있지 않을까 해서요."

"……후작의 비서로 일하고 계세요. 기사 일을 하는 가문은 아니에요. 그리고 연이 있는 공작가에서 아버지에게 이직 명령을 내리셨어요. 변경이 아니라 여기서 일하는 게 어떠냐고."

"이직이요?"

"네. 아버지도 어머니도, 물론 저도 당황했죠. 원래 저는 여름부터 옆 나라에서 유학할 예정이었거든요. 하지만 이곳에 와서 레이드 님과 만나게 되어서 정말 기뻐요."

그렇게 말하며 루키트 님은 레이드 녹터의 소매를 살짝 잡으려 했다. 하지만 그는 무표정한 얼굴로 팔을 들어 올려 교재를 확인하기 시작했다. 너무 냉정하잖아. 한편 옆에서 로베르토 와이즈는 "이상한 이야기군."이라며 중얼거렸다.

나도 같은 생각을 했다. 그렇다고 해서 루키트 님이 거짓말을 하는 것처럼 보이지는 않는다. 공작가의 명령으로 이곳에 왔다면 신분도 확실히 보장되었다는 뜻이다. 나는 클라우스에게 속은 게 아닐까…….

아니, 애초에 그는 혼돈을 좋아하는 사람이란 걸 알고 있었잖아? 그냥 내가 바보 같았던 것뿐이겠지. 완전히 내 패착이다. 나는 클라우스가 나를 비웃는 듯한 환청을 들으며 공부를 시작했다.

스터디 모임을 시작하고 1시간이 지났을 때. 나는 역사서 코너에서 앨리스에게 맞는 참고서를 고르면서 집에 돌아갈 기회를 엿보고 있었다. 하지만 앨리스가 너무 많이 질문한다고 해야 하나, 그녀의 학력이 불안해지는 질문들도 섞여 있어서 아직은 귀가할 수가 없었다.

"그러면……."

시내 중심에 위치하며 국내에서 가장 큰 건축물이기도 한 이 도서관은 역사서만 해도 상당한 장서를 보유하고 있었다. 참고서도 막대한 양이다.

"음?"

별생각 없이 손에 잡힌 책의 페이지를 넘기다 보니 마침 클라우스가 말했던 교회 사건에 관해 기술되어 있었다. 지금으로부터 약 11년 전, 교회 지하에서 아이들이 감상용으로 학대받고 감금되어 있었다고 한다. 그곳에서 자란 아이 중에서는 과도한 스트레스와 열악한 환경으로 인해 병을 앓거나 성장과 발육이 멈추는 경우도 있었다고 한다. 교회의 신부가 아이들을 식별하기 위해 그들에게 새긴 낙인 증표에 관해서도 적혀 있었다.

"이건, 그 화상······?"

그 낯익은 증표를 보고 심장이 덜컹했다. 뒷골이 지끈지끈 당겨 오는 듯한 기분에 책을 든 손에 힘이 들어갔다.

"미스티아."

목소리가 들린 방향으로 시선을 돌리자 통로를 막듯이 레이드 녹터가 서 있었다. 몸을 틀자 그는 내게로 다가왔다.

"네, 네?"

"자르드가 미스티아에게 오늘 꼭 보여주고 싶은 게 있다고 하는데, 돌아가는 길에 녹터 저택에 잠시 들러줄 수 있을까? 혹시 다른 용건이라도 있어?"

"아뇨······."

"그럼 잘 부탁해. 자르드도 기뻐할 거야."

"네······."

레이드 녹터는 용건을 전하고는 바로 자리를 떴다. 녹터 저택에 가게 되었으니 중간에 귀가하기는 글렀다. 책을 돌려놓고 머리를 감싸고 있자 멜로가 레이드 녹터와 교대하듯이 다가왔다.

"미스티아 님. 이쪽에 있는 역사서는 전문적인 것들이 많아요. 아동서부터 찾아보시는 건 어떨까요?"

"아동서?"

"네. 그쪽이 미스티아 님이 찾으시는 책에 가까울 듯해서요."

그렇게 말하며 멜로는 내 손을 잡아끌었다. 아동서 코너에도 대화는 소곤소곤 작게 하라는 종이가 붙어 있었다.

"이 나라의 성립이나 역사를 아이들이 이해하기 쉽게 쓰인 책인데, 출전(出典)도 확실하니 입문서로서는 안성맞춤이라고 생각해요."

멜로가 건넨 책을 하나씩 살펴보다 보니 어느새 막다른 길에 이르렀다. 이쪽에는 역사 관련 서적이 아니라 아이들을 위한 소설들이 모여 있었다.

"여긴 관계없나…… 아."

다시 뒤로 돌자 낯익은 책등이 시야에 들어왔다. 멜로와 읽었던 책이다.

"저기, 멜로. 이거 어릴 적에 나랑 같이 읽었던 책 맞지?"

"어……."

멜로는 기억이 나지 않는지 멍하니 대답했다. 둘이서 같이 읽었던 책인데…….

의아하게 생각하고 있자 마침 멜로의 뒤——책장 사이로 루키트 님의 모습이 보였다. 책장에 가려져 사각지대가 형성된 구석에서 루키트 님은 아침에 앨리스가 가져온 종이봉투를 쓰레기통에 버리려 하고 있었다. 나는 서둘러 루키트 님에게 달려갔다.

"뭐 하시는 거예요?"

버려질 뻔했던 종이봉투를 붙잡자 루키트 님은 내 시선을 피하고는 미간을 찌푸렸다.

"앨리스 씨가 만든 쿠키를 어쩌려고 하신 거예요?"

"……그 여자가, 평민 주제에 레이드 님께 꼬리 친 게 문제야."

"그건 쿠키를 버릴 이유가 되지 않아요."

루키트 님의 행동은 게임 속 미스티아와 같은 행동이다. 사랑스러워 보이도록 연구한 몸짓까지 보이며, 항상 자신이 남들 눈에 어떻게 비칠지를 생각하며 행동하는, 자신에게 철저한 루키트 님이 보일 행동이 아니다.

"네가 내 기분이 어떤지 알아?"

루키트 님이 감정을 토해내듯이 말했다.

"……나는 얼굴, 이 얼굴 하나뿐인데……. 과자를 만들 줄 아는 게 무슨 의미가 있어? 게다가 기뻐하는 레이드 님도 그래…… 정말, 왜 나만……!"

"당신에겐 얼굴 하나만 있는 게 아니잖아요?"

"뭐?"

루키트 님이 목소리를 높였다. 하지만 이건 내 솔직한 마음이고 딱히 이상한 의견은 아니다.

"자신을 좀 더 좋게 보이기 위해서 연구하고 노력하잖아요? 그 시점에서 얼굴 하나뿐이라는 건 말이 안 돼요."

"무, 무슨 소리를 하는 거야?"

"게다가 얼굴뿐이라는 것도 이상해요. 사람은 원래 아무것도 없어도 괜찮은 존재라고요."

"그건 전부 허울 좋은 말일 뿐이야. 결국 너도 나를 어리석은 여자라고 경멸하고 있잖아?"

비통한 목소리에 의아함이 들었다. 어째서인지 루키트 님은 내가 그녀를 경멸한다는 전제로 말하고 있었다. 나는 그녀를 경멸하지 않는다.

"저기, 뭔가 오해를 하고 계신 것 같은데요. 제가 비난하는 건 당신이 쿠키를 버리려고 했던 행위뿐, 당신 자체가 아니에요."

루키트 님은 아까부터 '내가, 내가······.' 하면서 자기부정을 하는데, 그런 식으로 말을 돌리는 것도 바라지 않고 그녀의 존재를 부정하고 싶지도 않다.

"방금 당신이 한 행동은 누군가를 상처 입히고, 자신의 긍지까지 더럽히는 자해행위로 보였어요. 좋지 않다고 생각해요. 단지 이 이야기를 하고 싶었어요. 그러니——."

"미스티아 님."

나를 부르는 목소리에 핏기가 가시는 기분이 들었다. 뒤돌아보니 앨리스가 서 있었다. 내 손에 있는 것은 앨리스의 쿠키 봉투. 나는 머릿속으로 재빠르게 상황을 정리해 보려다가—— 막히고 말았다.

"저기······ 저는, 쿠키가 더 먹고 싶어서······ 저, 쿠키, 정말 좋아해요."

루키트 님이 쿠키를 버리려던 것을 말해서 앨리스를 상처 입히는 것, 내가 버리려 했다고 오해받는 것, 내가 먹보가 되는 것 중 하나만 선택해야 한다면 당연히 먹보를 고를 수밖에 없었다.

앨리스의 안색을 조심스레 살피자 그녀는 입가에 손을 대고 뺨을 발갛게 물들였다.

"세상에······ 저 전생에 나라라도 구했나 봐요······! 에헤헤."

그리고 바로 환하게 웃었다. 앨리스는 손가락을 꼼지락거리더니 등 뒤로 감추고는 눈을 반짝였다.

"실은 저, 미스티아 님께 제대로 선물해 드리려고 미스티아 님 것만 포장을 따로 했거든요. 그러니 잔뜩 드셔도 돼요! 지금까지 도와주신 것도 보답하고 싶어서…….."

그녀는 내가 든 종이봉투에서 커다란 상자를 꺼내더니 내게 내밀었다. 검은색 상자에 빨간 리본이 감겨 있고 중앙에는 장미 장식이 달려 있었다.

"레이드 님이 슬슬 점심을 먹자고 하셔서, 저, 준비하고 올게요! 미스티아 님. 다 같이 먹으려고 쿠키를 잔뜩 구워 왔으니까 꼭 드셔 주세요."

앨리스는 히로인 스마일을 남기고 가벼운 발걸음으로 멀어져 갔다. 멍하니 뒷모습을 바라보고 있자 루키트 님은 "나를 감싸는 거야?"라며 내뱉듯이 중얼거렸다.

"아뇨……. 기껏 만들어 온 쿠키가 버려질 뻔했다는 걸 알게 되면 상처를 입을 테니까요."

루키트 님은 대답하지 않고 눈을 내리깔고는 뒤돌아 가 버렸다. 멜로가 나를 보며 말했다.

"어떻게 할까요. 제거할까요?"

"뭐를?"

"저 영애요. 미스티아 님에게 저런 무례한 행동을 보이다니. 처리해야만 해요."

"아니, 안 돼, 안 돼."

멜로라면 정말 간단히 사람을 처리할 수 있을 테니 위험하다. 나는 불안한 마음을 품고 모두가 있는 곳으로 돌아갔다.

SIDE: Helen

"저는 잠시만 실례할게요."

나는 점심 식사를 마치고 웃으면서 평민 여자가 만든 쿠키를 바라보는 무리에서 슬쩍 빠져나왔다. 그리고 호위를 데리고 절대 그 남자가 들어오지 못할 화장실로 향했다. 그리고 몇 번이나, 몇 번이나 손을 닦았다.

그 평민 여자에게도 짜증이 났다. 레이드 님이 선물이나 수제 간식으로 간단히 회유되는 바보 같은 사람일 줄은 몰랐다. 저택을 나온 후부터 나를 바라보는 끈적한 시선도 느껴졌다. 정말 모든 게 싫었다. 3개월 전 변경에서 작별 인사라며 내 손을 쥐던 손의 감촉이 지워지지 않았다. 하지만 손을 더 닦았다가는 피부가 다치겠지. 나는 몸서리를 치며 손을 닦는 것을 멈추고 거울을 바라봤다.

나는 사랑스러워. 사랑스러운 존재야. 무가치하지 않아.

몇 번이나 명심한 후, 나는 호위와 함께 화장실을 나섰다. 하지만 수제 쿠키에 관한 화제에 끼고 싶지가 않아서 도서관의 통로에 놓인 의자에 잠시 앉았다. 반짝거리는 보석이 달린 내 구두를 내려다보고 있는데 작은 발소리가 들려와서 바로 고개를 들었다.

"루키트 양……."

항상 나를 흥미가 없는 눈으로, 아니, 그뿐만 아니라 경멸하는 듯한 눈으로 바라보는 로베르토 와이즈가 앞에 서 있었다.

그가 나를 싫어하는 것은 잘 알고 있다. 대체 무슨 용건으로 나를 부른 걸까.

"무슨 일이죠?"

"……아렌 양에게 공격적인 태도를 보이는 건 그만뒀으면 해."

당당하고 성심성의를 담아 말하는 그 말투에 나는 어금니를 꽉 깨물었다. 어째서 다들 그 여자만 소중히 대하는 거야? 왜 그 여자만 지키는 거야? 나는 아무도 도와주지 않는데.

"아렌 양은 네가 아무리 무례한 행동을 보여도 아무 대응도 하지 않을 거야. 그렇지 않았다면 자작 영애인 너는 지금쯤 입장이 꽤나 난처해졌겠지."

"그래서, 제게 하고 싶은 말씀이 뭔가요?"

"뭐냐니. 그게 뭔지는 너도 알 거 아닌가? 아렌 양은 상냥해. 그런 식으로 업신여겨도 될 사람이 아니——."

"저기, 하나만 묻고 싶은데요. 미스티아 님이 당신의 약혼자인가요? 당신과 미스티아 님은 무슨 관계죠?"

상대의 말을 끊고 짜증을 담아 몰아붙였다. 로베르토 와이즈는 당황한 얼굴을 하고는 양손을 쥐었다.

"아무것도…… 아무 관계도 아니야. 하지만 가만히 지켜보고만 있을 수는 없어."

"그것참 갸륵한 마음이네요. 그렇게 미스티아 님을 생각하신다면 오히려 저는 응원해 드리고 싶은데 말이에요."

"……뭐?"

"저는 레이드 님을 좋아하고, 당신이 미스티아 님을 좋아한다면 협력할 수 있지 않겠어요?"

내 말에 로베르토 와이즈는 얼굴이 창백해졌다. 짧게 신음하고는 손으로 입가를 가렸다. 구역질을 참는 듯한 행동에 당황하고 있자 그의 뒤에서 레이드 님이 다가왔다.

"와이즈 군은 루키트 양에게 협력하지 않아. 미스티아를 계속 상처 입혀왔는걸. 행복하게 만들어 주고 싶다거나, 지키고 싶다는 식의 연정은 품지 않아."

레이드 님이 어깨를 두드리자 로베르토 와이즈는 그게 신호였다는 듯이 손바닥을 더럽히며 달려 나갔다. 레이드 님이 도와주신 거야. 나는 차갑게 미소 짓는 그에게 달려갔다.

"레이드 님, 감사합니──."

"네게도 한번 말해야겠다고 생각했는데. 날 쫓아다니는 건 그만둬 주겠어?"

"네?"

너무나도 무감정하고 충격적인 말에 시간이 멈춘 듯한 착각에 빠져들었다. 귀로 들려오는 모든 소리가 믿기지 않아서 주저하며 고개를 들자 그는 나를 차가운 눈으로 내려다보고 있었다.

"내가 지금까지 너를 가만히 둔 건 네가 미스티아에게 뭔가 나쁜 짓을 하지 않을까 감시하기 위함이었어. 네게 마음이 있어서가 아니라."

생각하고 또 생각해 봤지만 어떻게 대답해야 할지 알 수가 없었다. 지금 무슨 말을 해야 좋을지 전혀 머릿속에 떠오르지 않았다. 레이드 님은, 나의 왕자님이 아니야? 나를 구해 주려는 게…….

"……제가 끼어들 여지는 전혀 없는 건가요? 저로는 부족한가요? 제가 겨우 자작가의 영애라서——."

"아니? 난 가문을 그렇게 따지지 않아. 게다가 너와 다르게 외모에도 별로 신경 쓰지 않지. 미스티아가 가난하고 외모도 별로였다면 이렇게까지 걱정하지 않아도 되니 오히려 안심했을걸."

"그, 그렇게까지 그녀를……."

"미스티아가 죽더라도 너를 좋아할 일은…… 아니, 다른 사람을 좋아할 일은 평생 없을 거야."

머리가 새하얘지려 했지만, 손톱으로 손바닥을 찌르며 참아냈다. 뭐라도 해야 해. 어떻게든 손을 써야 해. 부정할까? 아니면 빌까? 어떻게 해야 레이드 님의 마음을 얻을 수 있지? 그래, 한번 포기한 척을 하고 도와준다고 하면서 방심시킨 후에…… 딱하루만, 작전을 짜자고 하면서 단둘이 만날 기회를 만들고 억지로라도 추문을 만들면. 분명 상냥한 레이드 님은…….

"……그러면 제가 레이드 님을 도와드릴……."

"……내가 그렇게 어리석어 보인 적은 없을 텐데."

레이드 님은 모든 것을 간파한 듯이 차가운 목소리로 말했다. 마치 내가 떠올린 방법을 차단하듯이. 한 발짝 뒤로 물러서자 그는 코웃음 치며 이야기를 이어나갔다.

"도와준다니, 어떻게? 내가 널 좋아하는 척하면서 미스티아의 질투라도 유발할까?"

"저는, 그러려던 게……."

"너무 뻔해서 지겨울 정도야. 미스티아가 나를 좋아한다면 나를 위해 마음을 포기하겠지. 나를 싫어한다면 기뻐하면서 떠날 거야. 어느 쪽을 선택하든 의미가 없어. 이득을 얻는 건 단 한 명. 내게 마음이 있는 너뿐이야."

단호하게 내뱉는 말에, 나를 바라보는 시선에, 레이드 님은 나를 완전히 적으로 본다는 것을, 아니, 내가 전학을 왔을 때부터 지금까지 계속 적으로 봐왔다는 것을 깨달았다.

"미스티아는 상대의 행복을 빌어줄 줄 아는 사람이야. 나와는 다르게 말이지."

"그럼 저희는 동류네요. 그러니 사이좋게──."

"나와 너는 같지 않아. 나는 도망치기 전에 발목을 끊어버릴 거고, 그래도 안 되면 숨통을 끊어놓을 거야. 너는 나를 어떤 사람으로 생각해서 좋아했는지 모르겠지만 내 본질은 그런 사람이라고."

레이드 님의 이런 표정은 지금껏 본 적이 없었다. 무서워. 하지만 나의 왕자님은 레이드 님이야. 그 누구보다 상냥하고 정의감이 넘치는 레이드 님을, 나는 알고 있다. 분명 그 여자가 레이드 님을 바꿔놓은 거야. 레이드 님의 마음을, 돌려놔야만 해.

"지금, 제가 여기서 레이드 님이 억지로 제게 입을 맞추려 했다고 소리치면 주변 분들은 뭐라고 생각할까요? 이곳은 아카데미가 아니라 도서관. 당신을 믿는 사람만 모여 있는 게……."

"자포자기한 사람은 무섭네. 그런 무모한 방법을 대책이라고 내놓은 거야?"

"아무리 녹터가라고 해도 아무 일도 없던 것처럼 넘어갈 수는 없겠죠."

통로에는 나와 레이드 님, 둘뿐이다. 이번엔 내가 레이드 님을 도와줄 차례다. 협박해서라도, 나는 왕자님을 구하고야 말 것이다. 그렇게 결심하고 내가 단추로 손을 가져가려 하자 레이드 님은 크게 한숨을 쉬었다.

"……그만두는 게 좋을 거야. 내가 아무 생각 없이 상냥한 척하는 게 아니거든. 너와 다르게 제대로 신뢰 관계를 구축하고 있다고. 아니면 정신 이상으로 진단받고 요양 목적으로 혼자 변경으로 돌아가고 싶어?"

"거, 거짓말, 분명……."

"……게다가 여기 너와 나만 있는 게 아니야. 제삼자가 있지. 너는 몰랐겠지만 원래 나는 여성과 단둘이 남는 상황 자체를 만들지 않거든. ……고마워, 이제 나와도 돼."

레이드 님이 내 뒤를 향해 말하자 용구함 뒤에서 남자 한 명이 나타났다. 미스티아 아렌과 대화하는 것을 멀리서 본 적이 있었다. 다른 반의 남학생── 클라우스 센트릭이었다.

"처음 뵙겠습니다. 제 이름은 클라우스 센트릭. 죄송하지만 지금 나누신 대화는 전부 기록으로 남겨뒀어요."

그가 눈앞으로 내민 수첩을 보고 나는 말문이 막혀 버렸다. 할 말을 잃은 내게 레이드 님이 부드럽게 미소 지었다.

"하지 마. 네가 하려는 게 뭐든 전부."

"하지만 저는 당신을……!"

"네가 미스티아에게 이상한 짓을 한다면 나는 절대 용서하지

않을 거야. 내가 너를 좋아할 일은 평생 없어. 오늘은 그걸 말해
주려고 온 거야…… 잘 가.”

그렇게 말하고 레이드 님은 클라우스 센트릭과 함께 나를 혼
자 남겨두고 떠나갔다.

바라보는 자, 채도의 단편

SIDE: ???

액자를 만들며 그녀를 생각했다.

이제 곧, 곧 그녀를 만나러 갈 수 있다. 그러니 빨리, 빨리 만들어야 하는데 좀처럼 쉽게 되지가 않았다. 예전부터 나는 뭘 하든 느렸다. 요령도 없고 아무것도 하지 못한다. 특기가 뭐냐는 질문에 아무 대답도 할 수 없는 게 바로 나였다.

눈에 띄는 단점은 무수히 많지만, 장점은 하나도 없다. 좋아하는 것은 있지만 특기라고는 할 수 없었다. 가문은 괜찮았다. 하지만 그녀의 가문이 군사 산업에서 손을 뗀 여파 때문에, 몰락 직전까지 갔던 우리 가문은 후작가에서 남작가까지 떨어져 버렸다. 하지만 그래도 괜찮아. 가문이 어찌 되든 상관없었다.

"그러면——."

일단 책상에 액자를 내려놓고 창문을 열어 바깥 풍경을 내려다봤다.

아래에 그녀가 있었다면 좋았겠지만, 그곳엔 아무도 없었다. 그저 사람이 오갈 뿐이었다.

"미스티아. 너는 지금 어디에 있어?"

눈을 감고 그녀의 모습을 그렸다. 그녀는 여전히 여신처럼 아름답다.

매일, 매일 그녀를 생각하며 마음을 고백하는 사이에 나는 의문을 하나 품게 되었다.

……왜 그녀는 나를 봐 주지 않는 걸까.

나는 이렇게나 그녀를 지켜보고 있는데. 그녀는 내게 조금도 눈길을 주지 않았다. 지켜보는 건 항상 나뿐이었다. 그녀의 웃음이 향하는 곳은 항상 내가 아니었다. 나만이 그녀를 보고 있다.

처음엔 그래도 괜찮다고 생각했다. 그녀는 나와 어울리지 않고 사는 세계가 다르다고 생각했다. 하지만 처음으로 그녀가 내게 말을 걸어줬다.

나를 먼저 발견해 준 것은 그녀였다. 계속 음지에만 있던 나를 발견해 준 것은 그녀였다. 그녀가 나를 발견했다. 이건 정말 불공평한 일이라고 생각한다. 나는 항상 그녀를 보고, 그녀를 생각하는데.

전부 잘못됐어.

왕자님 신앙

"그럼 집에 가자."

레이드 녹터가 자리에서 일어나 해산을 선언했다. 외부 음식 반입이 가능한 카페테리아에서 점심 식사를 마치고 앨리스의 쿠키를 먹은 우리는 마저 공부하다가 귀가 시간을 맞이했다.

"오늘은 쿠키 고마웠어요. 맛있었어요."

내가 가방에 필기구를 담는 앨리스에게 말하자 그녀는 "언제든 또 만들어 드릴게요!"라며 힘차게 고개를 끄덕였다. 점심에 먹은 그녀의 쿠키는 내 것만이 특별한 모양이었는데, 전부 캐릭터화된 나의 얼굴──미스티아의 얼굴이었다. 맛은 좋았지만 강렬한 위화감이 느껴졌다. 게다가 앨리스의 쿠키가 상당히 마음에 든 듯한 레이드 녹터가 내 쿠키까지 가져가 먹는 모습이 무서웠다. 두 사람의 사이가 진전된 것이라면 좋은 일이지만. 귀신에 홀린 것만 같은 이상한 모습이었다.

"미스티아, 방금 자르드 얘기했던 거, 잘 부탁해."

레이드 녹터가 내게 다가왔다. 일단 지뢰를 밟지 않도록 자르드 군과 만난 후 빠르게 귀가하자. 짐도 정리했고 슬쩍 자리를 뜨려는데 로베르토 와이즈가 나를 불렀다.

"괜찮나?"

"네. 오늘은 정말 감사했어요. 큰 도움이 됐어요."

로베르토 와이즈에게는 감사한 마음뿐이었다. 내가 그에게 감사 인사를 건네고 있자 레이드 녹터가 앨리스에게 다가갔다.

"앨리스 양의 집은 어디 쪽이야?"

"아, 저희 집은 이 큰길로 쭉 나가서 뒤쪽으로 가면 있어요."

"그럼 앨리스 양을 중간까지 데려다주고 해산하기로 할까? 어두워져서 위험하니까."

레이드 녹터의 제안에 앨리스가 엄청난 기세로 나를 바라봤다.

"그건, 다 같이 가자는 말씀인가요?"

앨리스는 계속 내 얼굴을 보며 레이드 녹터에게 물었다.

"응. 괜찮지?"

레이드 녹터가 모두를 바라봤다. 로베르토 와이즈는 이해했다는 얼굴이었으나 어째서인지 루키트 님은 어두운 표정이었다.

"정말, 오늘은 감사했습니다. 미스티아 님 덕분에 정말 좋은 점수를 받을 수 있을 것 같아요! 아니, 꼭 받을게요! 미스티아 님의 가르침을 걸고!"

"그럴 것까지는……."

도서관을 나온 우리는 그대로 큰길로 걸어 나갔다. 도보로 앨리스를 중간까지 배웅한 뒤 마차로 돌아와 각자 귀가하는 흐름인 듯했다. 무리에서 한 발짝 벗어난 포지션을 취하고 있었는데, 앨리스가 옆으로 다가온 탓에 어느새 그녀와 같이 걷게 되었다. 반대편에 미래의 증인이 되어 줄 로베르토 와이즈가 있는 것이 다행이었다.

"안녕하세요."

큰길을 따라 계속 걸어가고 있자 맞은편에서 누군가가 나타나 내 앞에 있던 루키트 님에게 말을 걸었다. 상대는 매우 고급스러운 옷을 입고 있었으나 덥수룩하게 수염이 나서 어쩐지 이상한 분위기를 풍기는 남자였다. 나이는 30대 정도일까. 그가 루키트 님에게 속삭이자 루키트 님은 순간 겁먹은 듯한 표정을 지었다.

"하지만, 전."

"말은 잘 들어야지, 헬렌."

남자가 루키트 님의 머리를 쓰다듬고는 인파 사이로 사라졌다. 일련의 동작에서 정체를 알 수 없는 불쾌함이 느껴져서 소름이 돋았다.

"죄송하지만 급한 일이 있던 게 생각나서, 먼저 실례할게요."

루키트 님은 뒤돌아 감정이 느껴지지 않는 눈동자로 그렇게 말하고는 빠른 발걸음으로 자리를 벗어났다. 그녀가 향하는 방향은 마차가 있는 방향이 아니었다. 방금 그 남자가 사라진 방향이었다. 루키트 님의 호위가 서둘러 그녀의 뒤를 쫓았지만 불안한 마음이 가시지 않았다. 급한 일이라고 했지만…… 그런 것치고는 어쩐지 상태가 이상했다. 좋지 않은 예감이 들었다.

"레이드 님. 지금 루키트 씨가 무슨 이야기를 들은 건가요?"

"전부 들리진 않았지만 '이제 즐거운 추억은 충분히 만들었지?'라는 이야기는 들었어."

레이드 녹터도 위화감을 느꼈는지 루키트 님이 떠나간 방향을 빤히 바라봤다. ……지인과 만났다고 그런 겁먹은 표정을 지을까?

"저기, 멜로."

"알겠습니다."

내가 멜로를 부르자, 멜로는 전부 파악했다는 듯이 내 손을 잡고 뛰었다.

일단 루키트 님을 따라가 보자. 아무 일도 없었다면 다행인 거고. 범죄에 휘말렸다면 주위 사람들에게 도움을 구하자.

"멜로는 어떻게 생각해? 평범하지는 않았지? 그 남자."

"스토킹 납치가 아닐까요?"

"납치⋯⋯?"

"그 영애는 혼자 있을 때 계속 뒤를 신경 썼어요. 평범한 영애가 그렇게까지 과하게 뒤를 신경 쓸 이유는 없죠. 스토킹을 당한 적 있는 사람의 반응이에요. 남자는 고급스러운 옷차림이었고 영애는 바로 따라갔죠. 협박당했을 가능성이 있어요."

"그러면 사람을 불러서⋯⋯ 윽."

멜로가 갑자기 멈춰서서 골목을 가리켰다.

"⋯⋯그리고 이 주변 일대에서 다른 사람의 눈에 띄지 않고, 마차가 들어올 수 있는 골목길은⋯⋯ 여기뿐이에요."

그녀가 가리킨 곳은 어두워서 길 끝이 보이지 않을 정도였다. 무심코 발을 들이기에도 어려울 듯한, 누군가를 끌고 와 마차에 집어넣기에는 적합한 곳――이라는 생각밖에 들지 않았다.

일단 누군가를 불러오는 게 좋겠다. 주위를 둘러보자 바로 근처에 가게가 있었다.

"죄송하지만 위병분들을 불러와 주실 수 있을까요? 수상한 사람이 있어서…… 부탁드립니다."

마침 가게 밖을 청소하던 점원에게 그렇게 말하자 그는 안에 있던 점주와 대화를 나누고는 서둘러 위병을 부르러 거리로 뛰어나갔다.

"아직은 루키트가의 영애가 위해를 받지는 않았을 것 같습니다만, 위병이 이곳으로 도착할 때면 늦을지도 몰라요. 어떻게 하시겠어요?"

"도와줘야 해. 바로 대책을……."

이대로 무턱대고 돌격해봤자 그저 사태를 악화시킬 뿐이다. 뭔가 좋은 방법이 없을까 고민하고 있자 멜로가 "그럼."이라면서 앞으로 한 발 내디뎠다.

"미스티아 님의 뜻에 따르겠습니다."

그렇게 말한 멜로는 조용히 가게 밖에 놓인 빈 술병을 집어 들었다.

"잠깐, 멜로. 병을 무기로 삼으려고? 안 돼. 깨지면 무기로 쓸 수 없……."

"아뇨. 다른 작전이 있어서요."

멜로는 병에 뭔가를 하고는 길 안쪽으로 던졌다.

"이제 저희가 들어가지 않아도 저쪽에서 바로 나오겠죠……. 미스티아 님은 절대 여기서 움직이지 말고 가만히 계세요."

다음 순간. 골목 안쪽에서 무시무시한 폭발음이 울려 퍼졌다.

혹시 멜로는 지금 폭탄 같은 걸 만든 거야……?

머리도 좋고 손재주가 뛰어난 줄은 알고 있었지만 그런 것도 가능해……?

놀라고 있자 체격이 좋은, 무척이나 세 보이는 두목 같은 남자를 선두로 10명 정도의 남자들이 이쪽으로 도망쳐 나왔다. 그중 한 사람은 입에 천이 물린 루키트 님을 안아 들고 있었다.

"멜로. 우선 큰길로 나가자! 저쪽은 루키트 님을 데리고 있으니까 바로 사람을 불러서——."

"미스티아 님은 가만히 계세요."

내게 거듭 주의하는 목소리와 함께 눈앞에 있던 멜로의 모습이 사라졌다.

"어, 어떻게?"

눈을 깜빡이자 멜로는 순식간에 남자들의 중심—— 그것도 공중에 모습을 나타내더니 남자 한 명을 발로 차 순식간에 쓰러트렸다.

그뿐만 아니라 멜로는 자세를 바로잡지도 않고 다른 남자를 공격했다. 갑작스러운 습격에 남자들은 놀라면서도 공격 태세로 전환했다. 하지만 그 누구도 멜로에게 닿지 못했고, 쓰러지는 사람의 수만 엄청난 기세로 늘어났다. 분명 10명도 넘었건만, 어느새 우두머리로 보이는, 눈에 상처가 난 남자밖에 남지 않았다.

"네 녀석은 누구냐! 이 여자애가 고용한 군인이냐?"

"……."

"어이, 듣고 있는 거냐? 고용되었냐고 물었잖아!"

"저는 그분이 어떻게 되든 상관없습니다만."

"뭐야? 그럼 비켜! 영웅 놀이인지는 모르겠지만 예정된 시간이 지나면 추가로…… 크악!"

멜로가 남자의 말이 끝나기도 전에 남자의 얼굴에 주먹을 꽂아 넣었다. 얼굴, 턱, 명치를 정확히 가격하여 남자의 공격을 제압하고는 발로 걷어찼다.

"아가씨의 귀에 그 추한 목소리가 들어가게 하지 마세요."

그렇게 속삭인 멜로는 다가온 남자의 공격을 가볍게 흘리고는 무릎으로 남자를 가격했다. 남자는 의식을 잃고 풀썩 쓰러져 버렸다. 멜로는 쓰러진 남자들 사이에서 웅크리고 있는 루키트 님을 한 손으로 들어 올리고는 내게로 돌아왔다. 멜로가 내 앞으로 돌아오자마자 위병도 도착했다. 루키트 님은 몸의 떨림이 멈추지 않는지 계속 겁먹은 채였다.

번외. 심모단려

밤이 깊은 시각, 책상에 체스 세트를 꺼내 체스 말을 하나하나 배열했다. 이것은 미스티아와 처음 만났을 때 함께 뒀던 체스 세트였다.

"미스티아. 내일은 같이 공부하는 날이네."

혼자 있을 땐 그 이름을 온화하고 상냥하게 부를 수 있었다.

"미스티아는 어느 부분이 이해가 안 돼?"

나는 체스 세트에서 하얀 퀸을 꺼내 들고 내일 있을 스터디 모임을 상상하며 말을 걸었다.

"나는 이번 시험, 조금 자신이 없어. 이 문제 좀 알려 줄래?"

미스티아가 내게 호의를 품지 않는다. 그건 당연히 알고 있다.

순간 루키트 양을 이용해서 미스티아의 질투를 유발하면 어떨까 하는 생각이 들었지만, 그 방법은 바로 포기했다. 미스티아는 애초에 나를 보려고 하지 않는다. 루키트 양이 내게 다가오든, 내게 말을 걸든, 전혀 신경 쓰지 않는다.

변하지 않아서 더욱 루키트 양의 존재가 성가셨다. 이상한 소문이 돌면 미스티아는 그걸 약혼 파기의 구실로 삼겠지. 바보 같은 남자들의 호감을 잘 사는 루키트 양에게 매정하게 굴면 남학생들에게 반발을 사서 귀찮아질 테고, 내 이미지에도 금이 간다. 주위 평판이 높지 않으면 만일의 상황이 생겼을 때 미스티아를 지킬 수 없다.

정말, 루키트 양은 얼마나 나를 귀찮게 해야 그만둘 생각인 걸까.

일부러 체육제 뒤풀이를 연 것은 뒤풀이를 명목으로 꾀어낸 미스티아와 단둘이 되어 대화를 나누기 위해서였다. 미스티아의 옆자리에 앉은 앨리스 양에게 부탁하여 절대 도망칠 수 없도록 해서. 그날은 에릭 하임은 이동 수업, 네인 양은 오빠의 학생회 회의 준비가 있어서 절대 나타나지 않을 날이었다.

그날 미스티아에게 선언할 생각이었다. 미스티아가 누굴 좋아하게 되든 약혼은 절대 파기할 수 없다고. 그리고 약혼을 주변에 발표하도록 잘 구슬려 볼 생각이었다. 체육제에서 그녀를 안은 건 그것을 위한 포석이었다. 사전에 우리 사이가 친밀하다는 것을 주위 사람들에게 인지시킨 후, 우리가 서로 마음이 있는 것처럼 인식시키기 위한 포석.

그런데 교실로 돌아가는 길에 겨우 단둘이 되었을 때, 루키트 양이 나타난 탓에 계획이 엉망이 되었다. 계획을 처음부터 다시 짜야만 했다. 어떻게 할까 고민하다가 나는 계획 하나를 떠올렸다. 그 계획을 떠올린 계기는 에릭 하임과 루키트 양이 대화할 때 들었던, 에릭 하임이 집요하게 강조하던 '추문'이란 단어였다.

하지만 계획이 애매했다. 성공할 확률이 매우 낮은 꿈 같은 것. 준비 단계에서 루키트 양의 감정을 부채질해서 미스티아를 향한 적대심을 다른 쪽으로 이동시킬 생각이었다.

루키트 양은 미스티아와 내가 약혼했다는 사실을 알고 있다. 미스티아에게 피해가 가기 전에 루키트 양의 적대심이 어딘가 다른 쪽을 향하도록 만들고 싶었다. 그래서 나는 평민 여자아이를 스터디 모임에 초대했다. 미스티아는 분명 그녀를 신경 쓰고 있다. 결국 루키트 양은 놀랍도록 단순하게 평민 여자아이를 적대하기 시작했다. 차례대로, 완벽하게, 준비는 전부 마쳤다.

"미안, 미스티아."

하얀 퀸을 잡은 손에 힘을 더했다. 목제 체스 말은 바로 부러져서 그대로 바닥으로 떨어졌다.

스터디 모임은 녹터 저택에 부모님이 없는 날을 골랐다. 어린 자르드도 부모님을 따라갔고 나 혼자 저택에 남았다. 사용인도 있지만 내 지시를 따르지 않을 듯한 사람은 부모님을 따라갔다.

스터디 모임 당일, 자르드를 이유로 삼아 미스티아를 녹터 저택에 들르도록 유도하고, 귀가하는 길에 도서관에서 미스티아의 전속 메이드와 마부를 아렌 저택으로 일단 돌려보낸다.

그리고 사람을 써서, 자르드가 우는 바람에 어쩔 수 없이 미스티아는 녹터 저택에서 하룻밤 묵고 간다는 내용의 편지를 아렌 저택에 보내면 준비는 완벽했다. 계획은 잘 풀렸다. 앨리스 하트펄은 평민이고, 입수 경로가 불확실한 재료로 만든 쿠키를 미스티아에게 먹이려 했다는 점은 불쾌하고 예상 밖이었지만, 내가 앨리스 하트펄을 칭찬함으로써 루키트 양은 미스티아에게 적의를 보이는 것을 그만두었다. 원래 미스티아는 루키트 양에게 매우 호의적이었고 앨리스 하트펄과 다르게 동성과의 교류를 적절히 삼가는 편이었다. 그러니 계획은 그 시점까지는 완벽했다.

미스티아는 상냥하다. 아이가 생겼다는 추문이 생기면 도망치지 못할 것이다. 나를 피하지 않게 될 것이다.

확신할 수 없는 일이니 언제가 될지는 모르겠지만, 그 가능성이 존재하는 동안에는 내 옆을 떠나지 않을 것이다. 결과가 생기지 않더라도, 다시 붙잡으면 된다. 결과가 생기면, 미스티아는 아프다고 하면서 아카데미를 그만두게 한다.

아카데미에 입학한 후로 도료가 사라지거나 작품이 망가지는 등 미스티아의 주위엔 불온한 사건이 자주 일어났다. 아카데미에서 범인을 찾아 붙잡는 것보다, 아예 미스티아를 격리하는 편이 빠르게 해결된다. 이제 나는 정공법으로 미스티아와 함께하는 건 불가능하니까.

미스티아를 얻을 계획도, 처음엔 아무것도 하지 않고 하룻밤을 같이 보냈다는 사실만 있으면 충분하다고 생각했다. 하지만 그렇게나 미스티아를 모욕하던 로베르토 와이즈. 그런 그와 온건한 우호 관계를 쌓으려 하는 미스티아를 보고, 나는 앞으로 무슨 짓을 해도 미스티아의 마음을 얻지 못하리라는 사실을 혐오스러울 정도로 깨닫게 되었다.

그렇게 모욕당하고 공격받았는데, 로베르토 와이즈를 용서하는 미스티아. 상냥한 미스티아. 마음이 넓은 미스티아. 그런 미스티아에게 배신감을 느낀 나와는 전혀 다른 그녀.

어떤 더러운 방법을 쓰고, 얼마나 타락하든 미스티아만은 손에 넣고야 말 것이다. 잡은 손은 절대로 놓지 않을 것이다. 만일 지옥 바닥에 떨어지더라도. 나는 미스티아를 얻을 것이다. 그렇게 마음먹었는데——.

"전원 제압해!"

위병 여럿이 무뢰한들을 제압하는 광경을 놀란 채로 바라봤다. 스터디 모임이 끝나고 메이드와 함께 루키트 양을 찾으러 간 미스티아를 따라갔더니 눈앞에는 5년 전을 방불케 하는 소란이 펼쳐져 있었다.

"정말, 정말로 계속 방해되네, 루키트 양은······."

작은 목소리로 중얼거린 말은 거리의 소음에 묻혔다.

행복한 공주님

그 후에 우리는 일행들과 무사히 합류했고, 남자들은 위병에게 제압되었다. 나는 다리에 힘이 풀려 걷지 못하는 루키트 님을 그녀의 호위와 함께 부축하며 큰길로 나갔다. 거리에는 소란을 듣고 몰려온 구경꾼들이 모여 있었고, 위병은 루키트 님에게 귓속말하던 남자를 이송하려던 중이었다. 하지만 조금 이상한 일이 있었다. 한 할머니가 남자에게 계속 소리치고 있었다.

"아아……, 아아아……."

루키트 님이 할머니를 보고 입술을 덜덜 떨었다. 아까 남자와 마주쳤을 때와 비슷할 정도로 겁먹은 표정이었다. 그리고 우리를 눈치챈 할머니가 몸을 돌리더니 엄청난 기세로 다가왔다. 와이즈가와 녹터가의 호위가 서둘러 붙잡을 정도의 기세였다. 할머니는 저항하면서 크게 소리쳤다.

"이거 놔! 너! 헬렌! 네 짓이지! 너!"

이름을 불린 루키트 님은 그대로 주저앉고 말았다. 서둘러 부축하려고 했으나 위병 중 한 명이 이쪽으로 다가왔다.

"저분은 변경에 사는 후작가의 부인, 사디 부인입니다. 아무래도 사디가의 영식……이 헬렌 루키트 양의 납치 사건을 꾸민 듯하여……."

멜로의 말이 맞았다. 사디 부인은 루키트 님에게 손가락질하며 그녀를 비난하기 시작했다.

"애초에! 네가! 아들에게 꼬리를 친 게 잘못이잖아?! 네가 아들을 무시한 게 잘못이잖아! 편지에 답장도 안 하고! 후작가가 모처럼 총애해 주겠다는데! 분수도 모르고! 죽어 버려!"

"꼬리 치지 않았어…… 대화한 적도 없는걸……! 한눈에 반했다면서 동물의 사, 사체를 보내기나 하고……! 계속 일방적으로 편지를 보낸 건 그쪽이었으면서……!"

루키트 님이 눈물을 흘리며 중얼거렸다. 부인은 몇 번이나 그녀를 손가락질하며 화냈다.

"애초에! 자수도, 요리도 못 하고 교양도 없는, 남자를 홀릴 줄만 아는 너같이 천한 여자를 우리 아들이 기껏 받아주겠다는데!"

그 말에 머리에 피가 확 몰렸다. 어금니에 힘이 들어가고 말로 표현할 수 없는 불쾌감이 덮쳐왔다. 받아준다니 무슨 소리야. 거절했다고 납치하는 건 이상하잖아. 피해자가 잘못했다는 건 말도 안 되는 소리야.

"실례지만, 그게 대체 무슨 상관이죠?"

빤히 부인을 바라보며 그렇게 말하자 부인은 나를 보더니 눈을 크게 떴다.

"자수를 못 하고, 요리를 못 하고, 교양이 부족한 게 유괴와 무슨 관련이 있나요?"

"그러니까, 외모만 믿고 설치는 헬렌이 잘못한 거야! 우리 아들에게 꼬리나 치고! 여지를 줬으니까!"

"외모를 신경 쓰는 게 뭐가 문제죠? 가령 꼬리를 치고 여지를 줬다고 해도 집단으로 무장하고 납치하는 행위가 허용되나요?

옷차림을 신경 쓰고 상냥한 태도를 보였다고 억지로 끌고 가도 된다는 법은 존재하지 않아요!"

딱 잘라 말하며 나는 사디 부인을 바라봤다. 곧이어 위병이 부인에게 다가갔다.

"아드님의 공모 건으로 드릴 말씀이 있습니다. 동행 부탁드리겠습니다."

부인은 위병에게 재촉받아 마차에 올라탔다. 우리는 아직도 어리둥절한 상태로 위병에게 사정을 설명했다.

루키트 님이 납치당할 뻔하고 그다음 날. 나는 아침 햇살을 받으며 아카데미의 복도를 걸었다. 그 후로 위병에게 상황을 설명하다가 해가 지는 바람에 결국 녹터가 저택에 방문하는 것은 다음으로 미루고 나는 집으로 돌아왔다. 그리고 평소처럼 등교했는데——.

"안녕."

교실에 들어서자 내 자리에 루키트 님이 앉아 있었다.

"안녕하세요……."

일단 인사만 하고 나는 문가에 멈춰 섰다. 루키트 님이 내 자리에 앉아 있긴 하지만 어제 그런 일이 있지 않았나. 걱정되지만 그냥 두는 편이 좋을 것 같았다. 나도 그 자리에 있었고, 내 얼굴을 보면 안 좋은 기억이 떠오를지도 모르니까……. 아니, 그러면 애초에 내 자리에 앉은 것부터가 문제 아닌가? 그런 생각이 들었으나 어제 읽은 범죄 피해자의 심리에 관한 책에서는 피해자들은 모순된 행동을 보이고는 한다고 적혀 있었다.

"잠깐 괜찮아?"

루키트 님이 내 앞에 섰다. 나는 끄덕이면서 조심스레 그녀의 표정을 살폈다.

"힘들다면 억지로 사건을 설명할 필요는 없어요. 저는 당신이 심리적으로 괜찮은지가 더 신경 쓰여서……."

"딱히 힘들진 않아."

루키트 님은 한숨을 쉬었다. 그리고 잠시 침묵하고는 고개를 들었다.

"그냥, 내가 말하지 않으면 찝찝하니까, 들어주지 않을래?"

"어……."

"안 될까?"

"아뇨, 괜찮아요……."

루키트 님은 "앉아."라면서 내 자리의 의자를 뺐다. 그녀는 앨리스의 자리에 앉아 다리를 꼬았다.

"나랑 어제 그 남자의 관계, 어디까지 알고 있어?"

"그게, 일방적으로 편지가 왔다는…… 정도……."

"맞아."

위병에게 사정을 설명하기 전에 루키트 님과 사디가에 관해 조금 들은 내용이 있었다. 사디가의 영식은 원래 집안에 틀어박혀 있기를 좋아했고, 50세가 넘어도 작위를 잇지 않고 부모님에게 얹혀살고 있었다고 한다. 그가 끈질기게 루키트 님에게 편지를 보낸 것은 변경에서 먼 이 지역에서도 유명한 이야기였다고 한다.

"그 남자…… 규오 사디와 만난 건 작년 여름이었어. 대화는 해 본 적 없지만."

대화도 해 본 적 없었다. 그 말에 강조를 넣어 말했다.

매우 무서웠겠지. 루키트 님은 손을 떨며 바닥을 째려봤다. 후작은 붙잡혔지만, 그렇다고 해서 공포가 사라지는 것은 아니었다. 루키트 님은 착실하게 이야기를 이어나갔다.

"그 남자에게서 도망치게 하려고, 부모님은 나를 유학 보내려고 하셨어. 예정대로라면 올해 유학을 가야 하는데 갑자기 아버지의 일 때문에 내년으로 밀려서……. 하지만 전속 명령 덕분에 이 아카데미에 다닐 수 있게 되었다는 이야기를 들었을 땐 운명이라고 생각했어. 레이드 님이 동화 속 왕자님처럼 기분 나쁜 남자로부터 나를 구해 줄 거라고 생각했으니까."

궁지에 몰렸을 때 찾아온 후작의 명령. 운명이라고 생각하지 않는 것이 더 이상할지도 모른다. 루키트 님은 나를 빤히 바라봤다.

"하지만 레이드 님의 옆에는 네가 있었지. 약혼했다고는 하지만 그저 가문끼리 결속을 다지기 위한 약혼. 아카데미에서는 약혼 사실을 숨긴다고 하니까 더욱 그렇게 믿었지. 뺏을 수 있다고 생각했어. 하지만 결국 그건 헛된 꿈이었지."

"네?"

지금, 그냥 넘어갈 수 없는 말을 들은 것 같은데.

"……내게는 언니가 있어."

하지만 루키트 님의 이야기를 끊어서는 안 된다. 지금은 가만히 이야기를 듣자.

"언니는 어릴 때부터 뭐든 잘했지. 공부도, 자수도, 요리도, 전부 잘했어. 그래서 다들 언니에게 기대를 걸었어. 나는 아무리 노력해도 언니보다 잘할 수 있는 게 없었어. 하지만 그런 언니한테 내가 이길 수 있는 게 딱 하나 있었어."

루키트 님이 강렬한 눈빛으로 나를 바라봤다.

"이 얼굴 말이야. 그래서 네가 말한 것처럼 노력에 노력을 거듭해서 외양을 갈고닦았어. 어떻게 하면 사랑스러워 보일까, 어떻게 하면 사랑받을 수 있을까를 생각하면서 그 무엇보다 열심히. 그랬더니 다들 내게 상냥해졌어. 귀엽다고 칭찬하면서 인정해 줬지. 그런데 말야. 어느 날 누가 그러더라고. 나는 외모만 빼면 아무것도 아니라고. 그런 노력은 전부 시간 낭비고 의미없다고. 하찮은 질투였지. 나는 분했지만 계속 마음에 그게 걸렸어."

당시의 분한 기억이 떠올랐는지 루키트 님은 비탄하듯이 얼굴을 찌푸렸다. 누구나 노력과 고생이 남에게 짓밟히면 속상하겠지. 나도 이야기를 들으니 가슴이 아팠다.

"그러던 어느 날, 레이드 님이 내게 말했어. 내가 12살일 때였어. 뭐가 되었든 노력하는 자세는 자랑스러운 거라고."

레이드 녹터가 12살일 때……, 분명 정의감으로 루키트 님에게 악의를 보이는 사람으로부터 그녀를 감싼 거겠지. 상상이 간다.

"그때의 감정은, 분명 사랑이었어. 나는 그 후로 계속 레이드 님을 연모해 왔어."

그렇게 말하며 루키트 님은 온화하게, 그리고 무언가를 받아들인 것처럼 미소 지었다. 나는 그녀의 연심에 귀 기울이다가——불안해지기 시작했다.

"그러니까, ……레이드 님은 포기할 거야."

"네?"

너무 놀라서 나는 벌떡 일어서고 말았다. 몸속의 장기가 전부 엄청난 중력을 받아 아래로 떨어지는 듯한 깊은 절망에 빠졌다.

"그, 그그그그그, 그게 무슨, 무, 무슨 소리예요?"

"나는 그저 헛된 꿈을 꾸고 있었던 거야."

루키트 님은 후련하다는 표정으로 그렇게 말했다. 아니, 잠깐만. 잠깐. 정말로?

"어, 이, 이제는 좋아하지 않는 거예요? 레이드 님을?"

"응. 나는 변했어. 아니, 이해했다고 표현해야 좋을까. 어쨌든 시야가 환해졌어. 현실을 직시하지 않고 언제까지고 달콤한 꿈에 빠져 산다면 그 남자랑 다를 게 없잖아. 기분 나빠. 나답지 않아."

그 말에 정신이 아득해졌다. 한편 그녀는 내게 종이봉투를 내밀었다.

"이거, 너한테 빌렸던 손수건. 그리고 새것도 같이."

"아…… 감사해요."

"그리고 이제 쿠키를 버리거나 네가 말한 자해 행위 같은 짓은 안 할 거야. 그러지 않아도 나는 세계에서 가장 사랑스러운 사람인걸."

루키트 님은 입꼬리를 올리며 웃었다. 사랑스러우면서도 활기가 느껴지는 웃음이었지만, 그와 동시에 뭐라고 표현하기 어려운 절망이 나를 덮쳐온 탓에 매우 복잡한 기분이 들었다. "그럼이만."이라며 자신의 자리로 돌아가는 그녀를 배웅하고 나는 망연자실하게 교실을 나왔다. 루키트 님이 회복해서 다행이었다. 하지만 레이드 녹터를 더는 좋아하지 않는다고 한다. 너무나도 충격적인 이야기를 들은 탓에 시야가 흐릿했다.

"어어."

비틀거리며 걷고 있자 어느샌가 옆에 와 있던 로베르토 와이즈가 내 어깨를 부축했다.

"괜찮나?"

"괜찮……아요. 살아 있어요, 지금은."

"응? 그게 무슨 소리지?"

"……잠깐 인생을 되돌아보고 올게요…… 화장실에서, 화장실에 다녀올게요."

빨리 화장실로 가자. 마음이 안정되는 곳. 화장실의 개별 칸으로. 그곳에서 진정하자.

그러지 않으면, 못 버틸 거야.

"끝났어."

터벅터벅 1층으로 내려가 복도를 걸었다. 기분 탓인지 눈앞의 풍경이 흑백으로 보였고 지면이 푹푹 빠져 발을 내디뎌도 바닥에 닿는 기분이 안 들었다. 이제 어떻게 하지? 앞으로 어떻게 살아가야 하지?

"미스티아 님!"

뒤돌아보니 알리 씨가 뒤에 서 있었다. 그의 한쪽 손에는 나무 막대 같은 것이 쥐어져 있었다. 어딘가 상태가 이상했다. 뭔가 긴박한 듯한 이상한 분위기가 풍겼다.

"알리 씨, 무슨 일이신……."

그에게로 다가가려 하자 그는 내 팔을 붙잡고 세게 잡아당겼다. 그와 동시에 바로 옆에 무언가가 힘차게 아래로 휘둘러졌다. 몸의 균형이 무너져서 나는 알리 씨의 품에 안겨드는 자세가 되고 말았다.

……지금 뭔가가 내리쳐졌는데. 주춤거리며 뒤를 돌아보자 바로 몇 초 전에 내가 서 있던 곳에 도끼가 꽂혀 있었다.

"미스티아. 피하면 안 되지……."

도끼를 쥐며 아이를 타이르듯이 말하는, 새빨간 머리카락을 지닌 남학생. 틀림없어. 이 남학생이 지금 도끼를 휘두른 거야.

"미스티아 님!"

"네, 네."

알리 씨의 목소리를 듣고 정신을 차렸다. 그는 나를 뒤로 숨기고 곤봉을 쥐며 경계 자세를 취했다.

"미스티아 님은 분명 괜찮을 테니까 제 뒤에 계세요. 자기를 희생하려는 생각은 절대 하시면 안 돼요."

"비켜. 미스티아와 대화를 해야 하니까."

"그럴 순 없어요. 학생을 지키는 건 직원의 역할이니까요."

도끼를 쥔 남학생은 흥이라도 깨진 듯이 눈동자를 데굴데굴 굴렸다. 그리고 한 지점에 시선을 고정하더니 나를 보며 웃었다.

"저기, 나는 어땠어?"

너무나도 이상한 웃음에 등골이 서늘해졌다. 어떻게 대답해야 할지 몰라 입을 다물었는데도 남학생은 혼자서 대화를 시작했다.

"나야, 나. 내 사랑은 받았어? 신발장 위에 있었지? 책상에도. 내 마음이 전해지도록…… 나를 두고 갔잖아?"

책상? 신발장? 무슨 소리인지 전혀 모르겠다. 내가 자신의 이야기를 이해하지 못했다는 것을 알아챘는지 남학생은 불만스러운 표정으로 나를 노려봤다.

"미스티아, 냉정한 면이 있구나. 도료를 버리고, 점토 손도 가져가고. 제대로 미술실로 오도록 유도했는데, 전혀 날 만나러 와 주지 않았잖아."

도료? 그렇다는 것은 체육제에서 도료를 버린 것도, 점토 손이 사라진 것도 전부 이 사람이 한 짓이야?

"나는 계속, 계속, 계—속 보고 있었는데. 너는 눈치도 못 채고. 전—혀 나를 봐주지 않아. 그건 정말, 정—말 불공평하다고 생각하지 않아? 그러니까 이제 죽음으로 내게 보답할 차례야. 그렇게 하면 계속 같이 있을 수 있어."

남학생이 도끼를 들어 올리자 알리 씨가 민첩하게 곤봉을 휘둘러 순식간에 남학생의 자세를 무너뜨렸다. 그 후에 곧바로 남학생의 바로 옆에서 뭔가가 엄청난 기세로 날아와 그의 머리에 명중했다.

남학생은 신음하며 그대로 쓰러졌다. 그의 옆에는 이젤이 떨어져 있었다. 이런 게 스스로 날아왔을 리는 없고, 아무 데나 떨어져 있을 만한 물건도 아니었다. 다만 이걸로 겨우 도망갈 기회가 생겼다. 나는 알리 씨와 도망가려 했으나 남학생이 머리를 쥐고 일어섰다. 일단 빨리 알리 씨를 도망치게 해야——,

"너어어어어어어어!"

이젤이 날아온 방향에서 누군가가 전속력으로 달려왔다. 잘 보니 달려온 것은 제시 선생님이었다. 그는 속도를 줄이지 않고 그대로 남학생을 덮쳤다. 남학생은 거세게 저항하면서 아무렇게나 도끼를 휘둘렀다. 위험해! 라고 생각한 것도 잠시. 제시 선생님은 남학생의 얼굴을 발로 차 자세를 무너트리고는 손에서 도끼를 빼앗아 멀리 던져 버렸다.

"비켜. 왜 다들 방해하는 거야!"

남학생은 무기를 빼앗기곤 더욱 격렬하게 저항하기 시작했다. 그 핏발이 선 눈은 녹터 부인을 죽이려 했던 남자와 닮아 있었다. 그렇게 그는 선생님의 구속에서 벗어나 내게로 달려왔다.

"미스티아는 나의 여신님이야. 나의, 신부야!"

"아니. 미스티아는 네 신부가 아니야! 지금까지도, 앞으로도, 그럴 일은 절대 없어! 알겠나? 이 녀석은 말이야! 나의……, 나의 소중한……, 소중한 학생이야아아아아아!"

제시 선생님이 있는 힘껏 남학생에게 태클을 걸었다. 그 엄청난 기세에 어딘가 타격을 입은 듯한 남학생은 그대로 의식을 잃고 눈을 감았다. 선생님은 숨을 거칠게 내쉬며 그 학생을 계속 제압했다.

"미스티아 님."

무슨 일이 일어났는지 이해하지 못하고 사고가 멈춰 버린 내게 알리 씨가 말을 걸었다. 하지만 제대로 알리 씨를 인식할 수가 없었다. 어딘가 환상 속에 들어온 듯한 기분이었다.

"미스티아 님!"

알리 씨가 내 어깨를 붙잡고 얼굴을 가까이 가져다 댔다. 양옆의 색이 다른 눈동자를 잠시 바라보고 있으니 마음이 차분해졌다.

"아, 알리 씨……."

"당신은, 괜찮아요. 이제 무서운 일은 일어나지 않아. 당신이 잘못한 게 아니야. 괜찮아. 무서운 건 전혀 없어요. 괜찮아요. 그러니까 천천히 심호흡을 해 보세요."

알리 씨의 말에 따라 천천히 숨을 들이마시고 내쉬었다. 그제야 내가 방금까지 제대로 호흡하지 않았다는 것을 깨달았다.

"저, 저는……."

"괜찮아요. 봐요. 수위가 왔잖아요. 오늘은 이제 저택에 돌아가면 돼요. 괜찮아요. 그렇죠?"

알리 씨가 내 등을 쓰다듬었다. 나는 그대로 알리 씨에게 몸을 맡겼다.

잠시 후, 수위와 다른 선생님들이 달려와 남학생을 제압하여 다른 곳으로 데려갔다. 나는 아카데미의 응접실로 이동하여 남학생과 면식이 있냐는 선생님들의 질문에 처음 보는 사람이라고 대답했다. 그리고 아카데미에 도착한 부모님과 함께 저택으로 돌아가게 되었다.

이사들과 대화를 마치고 부모님과 함께 응접실을 나오니 복도에 제시 선생님이 서 있는 것이 보였다. 선생님은 나를 보고 어딘가 어색하게 손을 흔들어 인사하고는 부모님께도 가볍게 고개를 숙여 인사했다.

"선생님. 이번에는 저희 딸을 지켜 주셔서 정말……, 정말 감사합니다!!"

부모님과 함께 고개 숙여 인사했다. 오늘, 선생님과 알리 씨가 없었다면 나는 죽었을 것이다.

"아뇨…… 저는 아무것도 한 게……."

"직원과 함께 도끼를 휘두르는 학생을 제압해 주셨다고 다른 선생님들께 전해 들었습니다. 정말…… 어떻게 감사 인사를 드려야 좋을지……."

"아뇨…… 저기, 잠시 따님과 대화를 해도, 괜찮을까요?"

제시 선생님이 부모님께 물었다. 두 사람 모두 고개를 끄덕이며 "바로 옆 복도에 있을게."라고 내게 말하고는 멀어져 갔다. 그 뒷모습을 바라보던 제시 선생님이 입을 열었다.

"어디 다친 곳은 없나?"

"네. 괜찮아요. 저는 아무 데도 안 다쳤어요."

"미안해. 제대로 지켜 주지 못해서……."

제시 선생님이 마치 당장이라도 울 것 같은 표정으로 내 어깨에 손을 올렸다. 애처로운 목소리에 오히려 내가 죄송한 기분이 들었다.

"아뇨. 선생님은 절 지켜 주셨잖아요. 감사합니다."

"하지만…… 너와 그런 녀석을 마주치게 만들고 말았어……. 게다가 그 직원이 없었다면 분명 넌 봉변을 피할 수 없었겠지. 내가 제대로 정신만 차렸어도……! 너를 그런 일에 휘말리게 하지는……! 내가 조금 더 일찍 알아챘어야 했는데……!"

분명 그 자리에 알리 씨가 없었다면 나는 도끼에 당해 버렸겠지. 그렇다고 해서 제시 선생님이 이렇게까지 자학할 필요는 없었다. 나쁜 것은 도끼를 휘두른 인간이지, 선생님이 아니니까.

"제시 선생님은 전혀 미안해하지 않으셔도 돼요. 자책하지 말아 주세요. 애초에 그 남학생과 저는 면식이 없으니 선생님의 탓이 아니에요."

"하지만……."

"그보다 오늘은 정말 감사했습니다. 선생님과 알리 씨가 없었으면 저는 이미 이 세상 사람이 아니었을 거예요. 그러니 선생님께는 전혀 책임이 없어요."

강하게 말하자 선생님은 "감사 인사는 할 필요 없어."라며 괴로운 듯이 고개를 가로젓고는 시선을 떨어트렸다.

"그럼…… 부모님이 걱정하시겠다. 이만 가 봐."

제시 선생님에게 재촉받아 나는 그 자리를 뒤로했다. 다시 한

번 뒤돌아 제시 선생님에게 인사한 나는 부모님이 있는 곳으로 뛰어갔다.

Rain

소용돌이치는 듯한 검은 구름이 하늘을 덮었고, 주변 일대에 암운이 드리웠다. 멀리서 천둥소리가 울려 퍼지고, 사물들이 번개가 치는 찰나의 시간 동안 윤곽을 드러냈다.

비가 억수같이 쏟아지는 이때, 귀족들이 모이는 아카데미의 뒷문에 안경을 쓰고 새파란 머리카락을 지닌 남자가 우울한 얼굴로 나타났다. 뒷문으로 통하는 길은 오늘 아카데미에서 흉기 난동 사건이 벌어졌다고는 생각하지 못할 정도로 조용했다. 그저 빗방울만 떨어지는 그 길을, 남자는 우산도 쓰지 않고 걸어갔다.

곧이어 차도의 건너편에서 마차가 달려와 미리 약속이라도 한 듯이 남자의 앞에 정차했다.

흐린 안색의 남자는 마차 창문으로 다가가 문을 두드렸다. 그러자 창문이 조금 열리고, 모자를 눈가까지 깊이 눌러쓴 중년 남성이 나타났다. 자신보다 열 살은 더 많을 중년 남자에게, 남자는 감정 없는 시선으로 "처리 준비는 되었나?"라고만 짧게 물었다.

"네. 이미 준비는 마쳤습니다. 어떻게 할까요?"

중년 남성은 공손한 태도였지만 우울한 인상의 남자는 그 경의에 답하는 일 없이 날카로운 시선으로 그를 바라봤다.

"가장 빠르고 확실한 방법으로 죽여."

"그럼 루키트가를 습격한 후작가의 처우는?"

"마찬가지다. 너무 공백을 두지 마."

"알겠습니다."

담담한 지시를 받은 중년 남성은 대담하게 웃어 보였다.

"……공작도 꽤나 귀찮은 일을 벌였군요. 아렌가와 녹터가의 약혼을 무효화 하려고 정신 나간 남자가 좋아하는 아이를 이곳으로 불러오다니…… 공작의 처우는 어떻게 할까요?"

"같은 방법으로."

"그래도 괜찮으시겠습니까? 공작은 그저 당신에게 아렌가의 아이를 보내려고 한 것뿐인데요. 그것도 상당히 복잡한 방법을 써서……."

"내가 아렌가의 영애를 원할 일은 평생 없어. 공작은 지나친 일을 벌였어. 숙청해."

"……알겠습니다."

마차의 창문이 닫히고, 비가 만들어 내는 안개 속으로 사라져 갔다. 남자는 발걸음을 되돌려 빠르게 문 안으로 돌아갔다. 쏟아지는 비가 그의 머리카락을 축축하게 적셨고, 그는 성가신 듯이 앞머리를 쓸어올렸다. 가로등 빛을 받은 눈동자는 양쪽의 색이 달랐다. 그 눈동자가 섬뜩하게 번뜩였다.

"……를 상처입히는 녀석은 전부 사라져야 해."

남자가 조용히 중얼거린 그 말은 그 누구에게도 전해지지 않고 그와 함께 어둠 속으로 사라졌다.

번외. 편집적인 관계

SIDE: Jey

미스티아가 바람을 피우고 있을지도 모른다.

의심을 품기 시작한 것은 체육제 전, 미스티아가 입학하고 1개월 정도가 지났을 때였다.

그때 나는 바빠서 미스티아와 시간을 많이 보내지 못했다. 나는 당연히 언제든 만나고 싶었고, 대화하고 싶었고, 그 녀석이 운다면 끌어안아 주고 싶었다.

하지만 아무리 장래를 약속한 연인 관계라고 해도 나는 교사, 미스티아는 학생이다. 수업 중에 기회를 노려 시선을 마주치는 것밖에 하지 못했다. 그것도 정말 잠시였다. 하지만 그 녀석은 언제나 활발했고, 사랑에 정신이 팔려 공부를 소홀히 하지는 않는다는 것을 증명하기 위해, 나와의 미래를 위해, 학년 2위라는 성적을 달성했다. 그뿐만 아니라 나를 배려하여 다른 남자들과는 최대한 거리를 두는 등, '그렇게까지 하지는 않아도 돼!'라고 말하고 싶을 정도로 나를 우선시해 주었다.

나를 가장 소중히 여겨주는 것이 기쁘지 않다면 거짓말이다. 하지만 그 녀석이 제대로 자신의 인생을 살면서 내 옆에 있어 주기를 바랐다. 미스티아가 나를 떠받치는 게 아니라, 둘이서 서로를 지탱하며 살아가고 싶었다.

그런 미래를 그리면서도 나는 노골적으로 미스티아를 응석받이로 만들 수는 없었다. 내가 교사라는 직업을 지닌 이상, 그 녀석의 응석을 받아주면 편애가 되기 때문이다.

그렇다면 적어도 훌륭한 교사가 되자고 마음먹고 일에 충실하던 그때. 그 녀석이 기쁘게 직원실로 들어가는 모습을 목격했다. 직원은 존재감이 매우 옅은 녀석이었다. 병 밑바닥처럼 두꺼운 안경을 썼고, 앞머리를 늘어트리고 있어서 얼굴이 보이지 않았다. 너무 촌스러운 모습에 동료가 두세 번 말을 걸어본 적이 있었는데, 능숙하게 말을 빙빙 돌려가며 제대로 된 대답을 듣지 못했다. 그래서 어떤 녀석인지 전혀 알 수가 없었다.

불안해졌지만 역시 "너, 직원과 같이 있었지?"라고 미스티아에게 물어볼 수는 없었다. 남학생에게 질투를 느끼는 것이라면 몰라도 상대는 직원이다. 물어보고 싶다는 감정보다도 그런 것을 물어보면 미스티아가 불쾌하게 느끼고 괴로워하리라는 걱정이 앞섰다.

나는 쓸데없는 생각을 하지 않기 위해 다른 교사가 기피하는 일을 맡아서 했다. 휴일에는 조금 더 이해하기 쉬운 수업을 만들기 위해 연구에 착수했다. 그렇게 서서히 계절이 바뀔 때쯤. 체육제 준비 도우미를 모집하게 되었다. 도우미 모집이라고는 해도 매년 희망자는 거의 나오지 않는다고 한다. 성적이 너무 저조하여 교사에게 권유받은 학생, 혹은 마음이 너무 선량한 나머지 부탁을 거절하지 못한 학생이 드물게 나타나는 정도라고 들었다.

하지만 미스티아는 내 "준비를 도와주면 고맙겠어."라는 말에 눈을 반짝이고는, 사람들 앞에 나서기를 좋아하지도 않으면서 용기를 내 손을 들어 주었다. 정말 사랑스러웠지만 그만큼 강한 책임감이 느껴졌다. 결국 체육제 위원 중 몇 명이 자퇴하는 바람에 인원이 부족해졌다고 들었다.

미스티아는 자유로웠으면 했다. 하지만 내버려 두면 몸을 혹사시킬 듯하여 걱정스러웠던 나는 미스티아를 불러냈다. 하지만 그 녀석은 아무것도 말해 주지 않았고, 어딘가 서먹서먹한 태도로 대화를 마치고 떠나버렸다. 그리고 체육제 준비가 본격적으로 시작되었다. 미스티아는 낮에도 체육제 준비에 집중했고, 그 탓에 안 그래도 적은 만남의 기회가 거의 없어지다시피 했다. 하지만 그 녀석은 네인가의 선배와 있는 게 즐거워 보였다. 역시 동성끼리 있는 게 마음이 편하겠지.

한편 준비실은 언제나 열려 있는데 전혀 올 기미가 보이지 않았다. 나도 체육제 준비를 도와주고 싶었지만, 교사는 행사 준비 작업에 손을 대지 않는 것이 아카데미의 규칙이었다. 머리로는 이해하면서도 마음에는 계속 응어리가 남아 있었다. 이럴 때는 억지로라도 시간을 맞춰 만나는 것보다는 나 스스로를 갈고 닦는 편이 나았다.

그렇게 생각한 나는 사교성을 높이기 위해 최대한 다른 교사와 대화하는 데에 열중했다. 그리고 별동 복도에서 미스티아의 뒷모습을 목격했다.

말을 걸려고 했으나 미스티아는 뭔가를 발견한 듯이 달려가더니 복도의 창문을 열었다. 그 시선 끝에는 언젠가 본 적 있는 남자, 직원이 서 있었다. 직원을 앞에 둔 미스티아는 정말 기뻐 보였다. 마치 가족이나 친구, 연인을 보는 듯한 눈이었다. 결코, 평범한 직원을 바라보는 눈이 아니었다.

나는 미스티아를 계속 좋아했고 계속 지켜봐 왔다. 그러니 알 수 있었다. 미스티아가 직원에게 호감을 품고 있다는 것을. 졸업하면 결혼하는 것이 당연하다고 생각했다. 하지만 그것은 '미스티아가 나를 좋아한다.'라는 전제가 있어야 성립하는 이야기다.

졸업하기 전에 미스티아가 나를 좋아하지 않게 된다면, 내게 질린다면, 나 말고 다른 녀석을 좋아하게 된다면, 그건 당연하지 않게 된다. 하지만 아직 내게 직접 이별을 고한 것이 아니다. 어쩌면 내가 오해한 것일 수도 있다.

그렇게 미스티아와의 미래가 불확실해지기 시작한 상황에 맞이한 체육제 당일은 정말 엉망이었다. 우선 아침. 창밖을 바라보며 앞으로 어떻게 할지를 생각하고 있자 미스티아가 나를 불렀다. 설마 먼저 나를 불러 줄 것이라고는 생각지 못했다. 어떻게 대화를 이어나갈까 고민하고 있는데 그 녀석은 그저 내게 인사만 하고 떠나가려 했다. 내가 도와줄 것이 없는지를 묻자 아무것도 없다고 대답했다. 마음만으로도 충분하다고 했다. 전에는 조심스럽게 사양하기만 하던 미스티아의 대답이 명확한 거절로 바뀌었다.

이렇게 확실히 거절당했는데 어떻게 자기계발에 집중할 수가 있을까. 슬픈 미래가 다가올지도 모른다는 걱정을 떨칠 수가 없었다. 점점 나는 좋지 않은 방향으로 움직이게 되었고, 직원을 조사하며 휴일을 전부 소진하는 일도 많아졌다.

조금이라도 범죄 전과가 있으면, 도박을 했거나, 호색광이라는 증거가 있으면 아카데미에 밀고할 수 있다. 혈안이 되어서 흠을 찾으려 했지만, 녀석은 어디에나 있을 법한 평범한 평민이라는 사실만 질릴 정도로 알게 되었다.

가문만 따져본다면 나는 미스티아의 신랑이 될 조건을 충족했다.

하지만 아렌 백작은 미스티아에게 약하다. 딸이 결혼하고 싶다고 하면 그 직원을 어딘가 다른 가문에 입양시켜서 결혼시키는 등의 수단을 찾아낼 것이다. 버림받을 바에는 차라리 바람을 피우는 것이 낫다는 생각이 들었다. 미스티아는 착실하고 성실하다. 마음속 한구석에서는 그럴 리가 없다며 내 마음을 부정하는 목소리도 들려왔지만, 이 세계에 '절대'라는 것은 없다. 다양한 가능성을 염두에 두는 것이 중요하다.

그러니, 만일 미스티아가 바람을 피웠다고 해도 나는 용서하기로 했다. 그보다 내게 돌아와 주기만 한다면 그것으로 만족할 것이다. 행복의 기준점을 낮게 설정하면 분명 상처받지 않고 지나갈 수 있을 것이다. 미스티아의 옆에 있는 것만으로도 행복하다. 하지만 그런 생각에 잠이 오지 않았다. 아침에도, 낮에도, 밤에도. 미스티아에게 버림받는 꿈을 꾸다가 놀라서 깨는 일이 반복되자 자는 것이 무서워졌다. 나는 내내 멍하기만

한 머리를 깨우기 위해 아침에는 정처 없이 아카데미 내를 순찰하고는 했다.

그리고 미술실에서 목격했다. 커다란 캔버스에 그려진 미스티아를. 지나가듯이 봐도 위축될 정도로 커다란 초상화에, 피와 같은 빨간색을 지닌, 원념을 불어넣은 듯한 음산한 배경에, 지금 바로 눈앞에 있는 듯한, 오싹할 정도로 세밀하게 그려진 미스티아가 그곳에 있었다.

"수고하셨습니다."

복도에 서서 아렌 부부와 미스티아를 기다리고 있자 옆에서 목소리가 들려왔다.

"아. 수고."

뒤돌아보니 직원이 서 있었다. 나는 무심결에 냉정한 시선으로 그를 바라봤다. 오늘, 미스티아는 도끼를 든 남학생에게 습격당했다. 지금은 응접실에서 이사장과 학년주임이 미스티아의 부모님에게 오늘 일어난 일을 설명하는 중이다. 나는 방금까지 남학생을 위병에게 넘기고 상황 설명을 하느라 아렌 백작과 백작 부인과는 아직 만나지 않은 상태다. 만나서 제대로 오늘 일을 설명하고 싶은데……. 그런 마음으로 초조해진 바람에 "아."도, "수고."도 차가운 목소리로 말하고 말았다. 하지만 직원은 전혀 신경 쓰지 않았다. 그뿐만 아니라 방금까지 자신도 위험한 상황에 있었는데 어째서인지 차분한 태도인 것이 신경 쓰였다.

"……무슨 상황이었지?"

"네에?"

질문하자 직원은 얼빠진 목소리로 대답했다. 장난스러운 목소리를 들으니 손가락에 힘이 들어갔다.

"습격당했을 때 말이야. 둘이서 대화하다가 습격당한 건가?"

"아뇨. 선생님께서 맡은 반의 학생을 우연히 목격했는데, 바로 뒤에 도끼를 든 학생이 있었어요. 거의 동시에 목격했죠. 정말 놀랐어요. 처음엔 제가 잘못 봤다고 착각할 정도였어요."

"그렇군."

남자의 대답은 마치 평범한 대답을 기계적으로 꺼내는 것처럼 들렸다. 살아 있는 인간을 상대하고 있는 것 같지가 않았다. 나는 조금 더 깊이 파고들기로 했다.

"……항상 그 시간엔 그곳에 있나?"

"항상 같은 곳을 수선하거나 보수할 필요는 없으니까요. 매일 달라집니다."

"그렇군."

어딘가 이상했다. 질문에 대한 대답은 확실한데, 어딘가 말을 돌리는 듯한, 중요한 것을 놓치는 듯한 느낌이 들었다.

"검술은?"

"네?"

"검술은 어디서 배웠지?"

"아, 어깨너머로 본 걸 따라 한 것뿐이에요. 봉을 휘두르다 보면 닿지 않을까 해서. 선생님이 오시지 않았다면 저도 학생분도 위험했을 거예요."

어깨너머로 보고 따라 했다고 하지만 이 남자의 몸놀림은 분명 검술을 배워본 적 있는 자의 몸놀림이었다. 평민이 아니라, 고귀한 귀족이 배울 만한 검술을 구사했다. ……이 남자는 분명 뭔가를 숨기고 있다. 평범한 직원이 아니다. 미스티아와 관련된 뭔가가 있는 듯했다.

"저기, 너──."

"엇. 슬슬 학생분이 이사장님과 대화를 마칠 시간인 것 같은데요."

직원은 응접실을 가리켰다. 그러고 보니 안에서 인사하는 소리가 흘러나오고 있었다.

"그럼 저는 이만 실례하겠습니다."

"아직 이야기가 끝나지 않았──."

"안녕히 계세요."

이제 할 말은 없다는 듯이 직원은 도망치는 것처럼, 그러면서도 웃는 얼굴로 떠나갔다. 의심스러울 정도로 능숙했다. 나는 힘없이 걸어가는 그 뒷모습이 복도 너머로 사라질 때까지 계속 지켜봤다.

"제시 선생님은 전혀 미안해하지 않으셔도 돼요. 자책하지 말아 주세요. 애초에 그 남학생과 저는 면식이 없으니 선생님의 탓이 아니에요."

타이르는 듯한 미스티아의 목소리에 찬물을 뒤집어쓴 듯한 착각에 빠져들었다. 오늘, 미스티아는 도끼를 든 남학생에게 습격당했다. 습격한 남학생은 알 수 없는 이야기를 내뱉으며 미스티아를 따라다녔다는 듯한 뉘앙스로 말했다. 분명 미스티아는 지금까지 불안에 떨면서 지내왔겠지. 그러니 힘이 되어주지 못했다며 억지로라도 대화할 시간을 만들었다. 하지만 사건 때문인지, 남자를 대하기가 힘든 건지, 미스티아는 내게 시선을 맞추려 하지 않았다.

"하지만……."

"그보다 오늘은 정말 감사했습니다. 선생님과 알리 씨가 없었으면 저는 이미 이 세상 사람이 아니었을 거예요. 그러니 선생님께는 전혀 책임이 없어요."

강한 어투에, 오늘 직원이 지켜주던 미스티아의 모습을 떠올렸다. 어쩌면 미스티아는 계속 직원에게 스토킹에 관해 상담을 해왔을지도 모른다. 직원실로 향하는 모습은 몇 번이나 봤고, 미스티아는 직원에게 특별한 웃음을 보여 줬으니까. 평범한 연심이 아니라, 운명이 이어진 상대를 보는 듯한 웃음이었다.

"그럼…… 부모님이 걱정하시겠다. 이만 가 봐."

나는 목소리를 쥐어짜며 미스티아를 보내주었다. 눈물이 나려는 것을 필사적으로 참았다. 미스티아가 누군가에게 호의를 받았을 때 당황하던, 상당히 성가셔하는 듯한 그 눈은 몇 번이나 봐 왔다. 그리고 지금, 그 녀석은 그런 눈으로 나를 바라봤다. 이제, 나는 필요 없다는 뜻이구나.

스토커가 있어도 지켜줄 수 없었다. 일에만 열중하고 대화하지 않았다. 계속 내가 혼자 들떴을 뿐, 제대로 미스티아를, 연인을 챙겨주지 않았다.

　나는 이미, 미스티아의 마음속에서 과거의 존재가 되어 버린 것이다.

유폐의 잔상

정오가 조금 지났을 때, 나는 아무것도 하지 않고 내 방의 침대에서 상체만을 일으켜 벽에 등을 기댔다. 침대 옆에 설치된 의자에는 멜로가 앉아서 나를 가만히 쳐다보고 있었다.

"잠깐 화장실 좀 다녀올게."

"알겠습니다."

방에서 나가려 하자 멜로가 곧바로 일어서서 문을 열었다. 그리고 당연하다는 듯이 나를 따라왔다. 볼일을 마치고 다시 침대로 돌아오자 멜로도 다시 정위치에 착석했다. 도끼 습격 사건으로부터 2주가 지났다. 나는 아카데미를 쉬는 중이다. 그리고 멜로를 비롯한 사용인들은 내 옆에서 떨어지지 않았다.

다음 주에는 시험이 시작한다. 아카데미에 가야만 한다. 하지만 저택이 삼엄한 경계 태세를 갖춘 채 무거운 분위기가 감돌아서 등교 허락을 받기가 어려워 보였다.

"저기 멜로…… 제대로 쉬고는 있어? 저기, 오늘은 저택에서 안 나갈 거니까 쉬어도 괜찮아."

"쉬고 있어요. 지금요."

멜로는 무표정하게 대답했다. 저번에 아카데미 이사장으로부터 들은 이야기에 의하면 나를 습격한 범인은 특별한 동기 없이 범행을 일으켰다고 한다. 대비하기 어려운 범죄라서 방범을 이렇게 철저히 하는 거겠지.

이사장은 원래 정신에 이상이 있던 학생이 마음속으로 이상적인 영애를 상상하여 만들어 낸 후, 도끼를 들고 서성이다가 지나가던 나를 '이상적인 영애'로 인식하여 습격한 것이라고 설명했다.

그 남학생이 '선물'이라는 말을 했다는 점이 신경 쓰였으나, 그는 불특정다수의 책상, 사물함, 신발장에 선물을 두고 여학생이 미술실에 찾아오도록 계획, 실행을 반복했다고 한다.

피해자가 여럿이라 학기가 시작할 때부터 수상한 물건이 책상 서랍에 들어 있었다는 정보는 이따금 흘러들어왔지만 나와 같은 경우는 앨리 씨가 다른 학생의 괴롭힘인 줄 알고 물건을 치운 탓에 발각이 늦어졌다고 한다. 마침 앨리스의 신분 폭로 사건도 있었기에 경계가 심해진 영향도 있었겠지.

"아가씨."

방문에서 조금 힘이 들어간 노크 소리가 들려왔다. 대답하자 커다란 갈색 봉투를 끌어안은 집사 루크가 들어왔다.

"실례하겠습니다. 아가씨, 아카데미 학우이신 클라우스 센트릭 님께서 문지기 경유로 서류를 맡기고 가셨습니다."

"클라우스가?"

무서워. 폭발하는 거 아니야? 아니, 설마 서류가 폭발하지는 않겠지. 괴문서나 암호 같은 건가? 일단 나쁜 예감은 들지 않았다. 루크가 건넨 봉투를 받아들자 그는 인사를 하고 방을 나갔다.

봉투를 열자 수업 노트가 들어 있었다. 결석한 사람에게 노트를 전해주는 것은 상냥한 행위일 텐데, 이걸 준 사람이 클라우스여서 그런지 왠지 무서웠다. 페이지를 팔락팔락 넘기자 처음엔 틀림없는 수학 노트였으나 중간 페이지부터는 부자연스럽게 두 장이 겹쳐져 있었다. 의도적으로 붙인 듯했다.

서랍에서 페이퍼 나이프를 꺼내 붙은 부분을 잘라냈다. 열린 페이지에는 깔끔하게 좌우가 반전된 글씨…… 그것도 달필로 쓰인 문장이 있었다.

"괴, 괴문서……."

나도 모르게 중얼거리자 멜로가 엄청난 기세로 나를 바라봤다.

"아, 아니야. 괜찮아, 괜찮아."

멜로를 달래고 나는 서랍에서 거울을 꺼내 해독을 시작했다.

〈이름을 쓸까 했는데 안 쓸래. 이걸 보는 너에게.〉

계절이 어쩌고 저쩌고는 밖을 보면 알 테니까 생략할게. 밖을 봐, 밖을. 그게 전부야. 네가 없는 사이 아카데미가 어떻게 됐는지 알려주지. 잘 읽고 제대로 생각해 보라고. 우선 가장 재밌는 상층부부터. 진짜 웃길 거야.

네가 엮이면 일이 꼬인다는 게 증명됐어. 이사가 한 명 그만뒀지. 네 사건의 책임을 지고 말이야. 전부터 의심스럽다는 소문이 돌았다던데, 예전에 뭔가 저지른 녀석을 이참에 적당히 해치운 거겠지.

참고로 아카데미에서는 이 사건을 외부자가 침입해서 일으킨 사건으로 정리했어. 그것도 학생이 없을 때 말이야. 즉, 너는 그 자리에 없었던 거야. 뭐, 아카데미 측의 배려겠지. 사실을 퍼트리면 아카데미는 곧바로 신용을 잃을 테고 너도 수상한 사람한테 습격당한 영애가 될 테니까. 흠이 생긴단 뜻이지.

네가 이렇게 길게 결석하는 건 병결로 처리됐어. 나도 재미로 네 허약한 체질을 추가로 소문내 줬지. 감사하도록. 그리고…… 편지를 쓰는 것도 생각보다 재미없네. 이제 질린다. 본론으로 들어갈게. 내가 너를 걱정해서 편지를 보내는 건 다른 이유가 있어서가 아니야. 너한테 묻고 싶은 게 있어서지.

지금, 정말 걱정했다고 생각했냐? 그렇다면 넌 진짜 멍청한 거고. 생각 안 했으면 넌 그 인식 능력을 다른 데 활용하라고, 멍청아. 알아들었어? 지금부터 내 질문에 대한 대답을 제대로 준비해 둬. 제대로 상응하는 대가를 준비해 줄 테니까. 너를 음습한 쓰레기한테서 구해 낸 담임 말고 그 자리에 있던 녀석을 전부 말해.

대답할 필요는 없지만 대답하지 않으면 어떻게 될지는 잘 상상해 봐. 대답할 걸 그랬다고 나중에 후회해도 늦으니까 말이야. 제대로 머리를 쓰라고. 이상.

"뭐야. 평범한 협박장이잖아."

순간 클라우스가 메시지를 보냈다고 해서 내용도 괴문서가 아닐까 의심했는데, 그저 평범한 협박장이었다. 노트를 관찰하고 있자 또 노크 소리가 울려 퍼졌다.

"들어오세요."

대답하자 이번엔 집사장인 스티브 씨가 나타났다.

"아가씨. 손님이 오셨습니다. 만나시겠습니까?"

손님…… 이사장……은 아니겠지? 혹시 클라우스……?

"지금 갈게요. 누가 왔는데요?"

"제이 시크 님, 헬렌 루키트 님…… 그리고 앨리스 하트펄 님입니다."

멜로와 함께 서둘러 접객실로 향한 나는 조심스럽게 문 안쪽의 상황을 엿봤다.

방의 중앙, 동그란 원탁을 둘러싸듯이 만들어진 특제 의자에는 선생님, 루키트 님, 그리고 앨리스가 부모님과 마주 앉아 있었다. 그야말로 온화한 지옥도였다. 어머니는 내 친구가 방문했다는 점에 감격하고 있고, 아버지는 아예 울고 있었다. 루키트 님이 온 건 상관없다. 앨리스가 문제다.

게임 시나리오 마지막에 미스티아는 앨리스를 유괴하여 저택 창고에 데려가 사용인들을 이용해 앨리스를 덮치도록 지시했다. 앨리스를 덮치려 했던 사용인들은 지금 아렌가 저택에 없다. 그리고 게임에서 창고로 쓰인 곳은 철거되어 지금 그 자리에는 정원사인 포레스트의 연구실이 세워졌다.

찾아온 이유를 알 수 없어서 불안하긴 했지만, 누군가를 가둘 만한 환경은 조성되지 않은 상태다. 내가 틀어박힐 환경은 매우 잘 조성되어 있지만…….

"마침 부르려고 했단다. 선생님과 친구들이 찾아와 줬어."

어떻게 해야 할지 몰라 머리를 감싸고 있자 접객실의 문이 열렸다. 선생님은 고개를 끄덕였고, 앨리스는 "친구라니! 제가 어떻게 감히!"라며 빠르게 손을 젓고 있었다. 한편 루키트 님은 복잡한 표정을 지었다.

"어어, 이, 이렇게 찾아와 주셔서 감사합니다. 펴, 편히 쉬다 가세요……."

나는 인사하고 문을 닫았다. 얼굴은 비췄다. 건강한 모습을 보여줬다. 나는 건강하다. 뭣 하면 이 자리에서 춤을 출 수도 있다. 하지만……,

"아잇! 미스티아! 앨리스 씨와 헬렌 씨는 저택에 처음 방문했잖니. 직접 안내해 주는 게 어때? 우리는 여기서 선생님과 대화를 좀 나눌 테니까."

"네?"

어머니의 제안에 기절하는 줄 알았다. 그대로 앨리스와 루키트 님이 있는 쪽으로 시선을 돌리자 두 사람은 눈을 크게 뜨고 있었다.

"미스티아는 친구들을 안내해 주렴. 흐흑."

아버지는 감동의 눈물을 흘리면서도 세계에서 가장 잔혹한 말을 내게 했다.

익숙한 저택 복도를 어색한 발걸음으로 걸어 나갔다. 뒤에는 앨리스와 루키트 님이 따라오는 중이다.

"잠깐 괜찮으신가요?"

조용히 내 뒤를 따라오던 루키트 님이 입을 열었다. 그녀는 내 앞으로 쑥 얼굴을 내밀었다.

"네가 습격당한 건 알고 있어."

몰래 속삭이듯이 나온 말. 그대로 루키트 님은 이야기를 이어 나갔다.

"소문낼 생각은 없어. 너는 그날 아카데미에 없었던 것으로 해달라고 이사장님이 직접 부탁하셨거든. 그날 교실에 있었던 나랑 음침한 안경한테."

반에 안경을 쓴 학생은 로베르토 와이즈뿐이다. 음침한 안경이란 아마 그를 말하는 거겠지.

"그러니까 너도 깜빡하고 그날 아카데미에 왔었다고 말실수하면 안 돼."

"그렇군요. 감사해요."

루키트 님은 "오해하지 마. 이사장님 부탁이라서 말해주는 거니까."라고 말하며 다시 거리를 뒀다.

"오늘도 이렇게 찾아와 주셔서 감사해요."

"감사할 건 없고. 그냥 시간이 남아서 온 거니까."

루키트 님에게 감사 인사를 건네자 그녀는 코웃음을 쳤다. 나는 그다음으로 앨리스에게 고개를 돌렸다.

"앨리스 씨, 찾아와 주셔서 감사해요."

"아뇨! 저는! 미스티아 님이 무사하신 걸 직접 확인하게 되어서 정말 기뻐요! 오히려 저택에 들어올 수 있게 해 주셔서 감사해요!"

앨리스의 말투는 항상 "응원할게요!", "힘내세요!", "감사합니다!" 등 운동부의 예의 바른 부원 같은 느낌이었다.

"어어, 우선, 제 방이라도 구, 구경하실래요?"

게임 속 미스티아는 앨리스를 자기 방으로 초대하지 않았다. 방에 들인 것은 레이드 녹터뿐이다. 그러니 앨리스가 미스티아의 방에서 사고를 당할 일은 없다. 오늘의 안전지대는 내 방이다. 그곳에서 천천히 시간을 보내고 두 사람을 돌려보내자.

  "성지 순례……."

  앨리스가 뭔가를 중얼거리며 또 손가락을 꼼지락거렸다. 선지술래? 이게 무슨 단어지. 앨리스가 꺼낸 말의 뜻을 알 수 없어서 의미를 생각하며 걷다 보니 어느새 내 방의 문 앞이었다.

  "들어오세요."

  두 사람을 방으로 안내했다. 방 안의 풍경은 뭐, 평범한 내 방이었다. 앨리스는 주춤거리면서, 루키트 님은 "나쁘진 않네."라고 말하며 방으로 들어왔다.

  "저, 가족 말고 다른 사람 방에 들어오는 건 처음이에요!"

  앨리스는 확연히 흥분한 상태였다. 이렇게 즐거워한다면 큰 문제는 생기지 않겠지. 루키트 님도 눈에 띄게 지루해하는 것 같지는 않았다. 여기서 어느 정도 시간을 보낼 수 있을 듯했다.

  "……그런데 미스티아 님은 왜 거기에?"

  루키트 님이 여전히 방으로 들어오지 않는 나를 의심스러운 눈으로 바라봤다.

  "아, 저는 신경 쓰지 마세요."

  자, 마음껏 구경하셔도 돼요, 라고 재촉하자 루키트 님은 의아한 얼굴로 방을 구경하기 시작했다.

  "심장에, 뼈에. 이런 내장 인형 같은 건 어디서 사 온 거야?"

"아, 사용인분이 만들어 주셔서⋯⋯."

"흐음."

루키트 님은 문지기 토마스가 만든 인형에 관심이 가는 모양이었다. 한편 앨리스는 꿈쩍도 하지 않고 나의 책상 앞에 우뚝 서 있었다.

"⋯⋯앨리스 씨, 뭐 하고 있는 거죠?"

"네? 의, 의자를 보고 있었어요!"

"⋯⋯그래요."

루키트 님이 고개를 끄덕이면서 얼굴을 찌푸렸다. 앨리스는 왜 의자를 보고 있는 거지⋯⋯? 앉고 싶은, 건가?

"아, 앉아보실래요⋯⋯?"

"흐에?!"

앨리스에게 말을 걸었는데 놀라게 한 모양이었다. 의자를 빼서 "자." 하고 권하자 그녀는 "그, 그래도 되나요? 추첨으로 뽑히지도 않았는데? 무료로?"라며 망설이면서 의자에 앉았다.

"어때요?"

"의자예요!"

앨리스는 흥분이 가시지 않는 얼굴로 감탄을 내뱉었다. 그녀의 말대로 이건 그저 의자일 뿐이다.

"우와⋯⋯."

루키트 님은 명백히 께름칙하다는 표정이었다. 앨리스는 게임에서 악의를 지닌 사람들에게 "평민이잖아⋯⋯.", "아, 싫다."라며 신분 때문에 께름칙하다는 반응을 마주할 때는 있었지만, 행동으로 남을 께름칙하게 만든 적은 없었는데.

뭔가 입학 전에 내가 관여한 탓에 앨리스가 이상해진 건 아닐까.

"저기…… 앨리스 씨는 아카데미에 입학하기 전엔 어떤 분이셨어요?"

"입학 전이요?"

"아, 어, 어릴 적 얘기도 좋은데요."

나는 조심스레 앨리스에게 질문했다. 어쩌면 입학 전에 접점이 있었던 게 아닐까.

"으음. 딱히 말씀드릴 만한 건 없는데…… 아! 저 태어난 지 3개월이 되었을 때 이 지역으로 이사 왔어요! 전에 살던 곳은 제가 태어나고 얼마 안 되어서 근처 강가에서 역병이 엄청난 기세로 퍼져나갔거든요. 그래서 이쪽으로 도망쳐온 거예요!"

아니, 접점 같은 건 없었구나. 아마도.

"앨리스 씨가 뭔가 일으켜서 전멸시켰다는 말인가요?"

루키트 님이 재빠르게 반응했다. 아니, 전멸시켰다니. 3개월짜리 어린아이가 강을 이용해서 역병을 퍼트릴 수 있을 리가 없잖아. 클라우스라면 몰라도.

"아, 아니에요! 뭔가, 나쁜 게 강에 버려졌다나. 부모님 가게 근처에 귀족분들이 많이 살고 계셔서 가끔 신분을 숨기고 들르시곤 했는데요. 물을 못 쓰게 되면 이쪽으로 오라고 말씀해 주셔서."

"그렇군요……."

앨리스의 출신지엔 귀족이 살고 있었다고 한다. 그래서 앨리스의 부모님과 아카데미의 관계자가 서로 알게 되어서 앨리스가 입학하게 된 걸까……?

결국 앨리스와 아카데미는 무슨 관계일까.

"오늘은 정말 감사했습니다! 최고였어요!"

문 앞에서 앨리스가 영화의 광고 CM에 나오는 관객처럼 밝게 웃었다.

다 같이 접객실로 돌아가니, 제시 선생님이 슬슬 직원회의를 하러 아카데미로 돌아가야 한다고 해서 앨리스와 루키트 님도 자동으로 귀가하게 되었다. 어머니와 저택 안에서 세 사람에게 작별 인사를 했지만, 모처럼이니 배웅까지 하라는 어머니의 말씀에 따라 나는 지금 문 앞에 서 있다.

생각해 보니 그 사건 이후로 계속 저택 안에만 있었고, 외출하더라도 정원이었으니 문 근처로 나온 것은 오랜만이다.

"앗! 마차에 놓고 왔는데……. 죄송하지만 선생님, 잠시……."

앨리스가 저택 부지 내에 세워진 시크가의 마차로 향했다. 그녀는 마차로 잠깐 올라타더니 곧바로 종이봉투를 끌어안고 내게 다가왔다.

"저기, 미스티아 님의 문병을 온 거니까…… 또 쿠키를 구워 봤어요!"

"감사해요."

앨리스에게서 종이봉투를 받아들었다. 뭔가 쿠키치고는 무거운 느낌이었다. 아니, 엄청나게 무거웠다.

"그리고 지금까지 한 수업을 루키트 님이랑 필기해 왔어요!"

"아, 일부러 그렇게까지…… 죄송해요, 수고를 끼쳐서……."

"아니에요. 공부가 되기도 하고 수고라 할 정도는 아니었어요."

루키트 님은 시선을 피했다. 하지만 앨리스가 그녀에게 고개를 향했다.

"루키트 님이 필기, 제가 선생님의 말씀을 받아적었어요! 루키트 님, 색을 다양하게 쓰셔서 필기가 엄청 깔끔해요!"

"……수업을 듣지 않아도 내용은 파악할 수 있을 거예요."

"정말 감사합니다. 큰 도움이 됐어요."

앨리스와 루키트 님에게 감사를 전하자 앨리스는 "별님……."이라며 감탄을 내뱉은 후 눈을 크게 뜨더니 한 발짝 앞으로 나왔다.

"아뇨! 이것 말고도 필요한 게 있으시다면 뭐든지 말씀해 주세요!"

"……가능한 게 있다면 해 드리죠."

한 발짝 앞으로 나선 앨리스를 보며 싫다는 표정을 짓는 루키트 님. 루키트 님이 앨리스에게 자주 이런 표정을 지었기에 두 사람의 상성은 좋지 않은 줄 알았는데, 그건 내 오해였을지도 모르겠다. 이유는 모르겠지만 상성이 좋은 듯했다.

"감사해요. 시험 전까지는 등교할 수 있도록 해 볼게요. 감사합니다."

두 사람에게 인사하자 제시 선생님이 "미스티아 아렌."이라며 나를 불렀다. 선생님은 나를 빤히 쳐다본 후 입을 열었다.

"……네가 아카데미에 다니고 싶다면 제대로 지켜줄게. 나뿐만 아니라 아카데미 측에서. 그게 학생을 맡은 아카데미의 책임이니까 말이야."

"네. 감사합니다, 선생님. 그러면 아카데미에서 다시 잘 부탁드리도록 할게요."

세 사람은 마차에 올라탔다. 그것을 확인했는지 문이 열렸다. 그대로 시크가의 마부가 말에게 신호를 보내자 마차가 천천히 문을 빠져나가 멀어졌다.

배웅을 마친 나는 기지개를 켜며 내 방으로 돌아왔다. 앨리스의 쿠키는 양이 엄청나게 많아서 사용인 모두에게 나눠줄 수 있을 정도였다. 기지개를 켜고 있자 "미스티아, 잠시 괜찮니?"라며 부모님이 문을 노크했다. 나는 서둘러 문을 열었다.

"무슨 일이야?"

"응. 잠시 할 이야기가 있어서."

아버지는 상냥하게 웃고는 내 손에 들린 종이봉투로 시선을 내렸다.

"아카데미와 관련된 이야기야."

"아카데미?"

"지금까지 다녔던 아카데미를 다니고 싶다면 그래도 돼. 혹은 그만두고 다른 곳으로 전학해도 괜찮고. 새로 가정교사를 고용해도 좋단다. 미스티아가 선택해 줬으면 해."

아카데미에 다니지 않는다. 투옥, 사형 엔딩을 피하는 데에 그만큼 간단한 선택지는 없겠지. 이대로 부모님과 사용인들만을 생각한다면 분명 그것이 최선이다.

"그리고 고른 길을 조금씩 바꾸는 것도 가능하단다. 미스티아가 뭔가를 선택하고 그게 싫어진다면 그땐 나도, 아버지도, 어떻게 할지 함께 생각해 줄게. 우리는 언제나 미스티아가 고른 길을 응원할 테니까. 그러니 미스티아는 편하게 선택해도 돼."

어머니는 내 어깨에 손을 올렸다. 나는 이 두 사람의 행복을 지키고 싶다. 아무것도 잃게 하고 싶지 않다. 위험한 일, 괴로운 일은 절대 만들고 싶지 않았다. 하지만 레이드 녹터에게 영향을 미친 책임이 있고, 친구인 에릭을 그대로 놔둘 수도 없었다. 그 두 사람이 올바른 길을 걷도록 이끌어야 한다.

"……나는 가능하다면 다니고 싶어. 아버지, 어머니에게는 걱정을 끼치겠지만 만일 허락해 준다면 아카데미에 다니고 싶어."

부디 내 억지를 용서해 줬으면 한다. 아직 하고 싶은 일도, 해야만 하는 일도 남아 있다. 고개를 들자 아버지가 미소를 지었다.

"미스티아는 너무 남을 배려하려고 해. 걱정을 끼치면 안 된다는 생각이 항상 마음속에 있는 것 같다만, 아이의 일로 고민하는 게 부모의 역할이란다."

"그래. 우리는 언제나 네 편이니까 말이야."

효도하고 싶었다. 절실하게 생각했다. 그러니까, 내 탓에 이상해진 그들을 제대로 원래대로 돌려놓고 행복한 미래를 걷고 싶었다.

번외. 존엄한 빛

SIDE: Alice

미스티아 님은 아이돌이다. 100년 후의 교과서에 분명 이름이 오를 것이다.

"미스티아 님이 건강해서 정말 다행이다……."

마차의 창밖으로 아렌가 저택이 조금씩 작아지는 것을 빤히 바라봤다. 심한 감기에 걸렸다고 들었기에 부디 목숨에 지장이 없기를 몇 번이나 신님에게 기도했는데 오늘 만난 미스티아 님은 건강하게 걸어 다니고 있었다. 정말 다행이다.

내가 미스티아 님을 처음 봤을 때는 어둡고 친해지기 어려운, 무서운 사람인 줄로만 알았다. 하지만 떨면서도 모두에게 의견을 개진하는 그녀를 보고 나는 생각했다. 꽤 취향이라고.

윤기 나는 흑발, 맑고 반짝이는 피부. 불타는 듯한 붉은색을 품고 있으면서도 나른한 듯한 눈동자. 외모는 솔직히 지금까지의 내 최애 취향과는 달랐다. 하지만 거기에 강한 정의감과 배려심, 비교적 성격은 약간 어두워서…… 성격이 어두워서 대화에 서투른데도 자신의 의견은 제대로 말하는 점, 기가 세지 않아서 많은 사람 앞에서는 조금 주춤거리고, 자신의 기척을 지우려고 하는 등의 갭이 더해져서 멋지게 미스티아 님의 늪에 빠져 버렸다. 그리고 헤어나오지 못하게 되었다.

미스티아 님의 열렬한 오타쿠가 된 나는 미스티아 님을 계속 관찰했다. 같은 아카데미에 다니고 있으니 매일 연예인을 보러 출석하는 것과 마찬가지였다. 게다가 무료. 사람이 몰리지 않는 무료 공개 팬미팅. 어떻게 이럴 수가. 복리후생이 대단했다. 그 만큼 돈을 내고 싶지만, 팬레터와 함께 송금하는 것은 좋지 않은 일이다. 선물, 음식도 아니고 돈 이외. 오타쿠라면 정당한 수단으로 시주해야 한다.

그러니 적어도 미스티아 님을 망막 메모리에 기록해 둘 생각이었는데 교외 학습 땐 미스티아 님을 바라보며 산을 오르고 싶어서 전력으로 등산한 결과, 끝에 있던 미스티아 님과 오히려 거리가 멀어져 버리는 치명적인 실수를 범하고 말았다. 세계가 종말하는 듯했다. 올 출석을 노리다가 늦잠을 잔 것과 마찬가지였다. 오타쿠 실격이다. 이런 어리석은 오타쿠지만 나는 티켓팅에 성공한 인간이다.

내 지금 좌석은 1열이다. 무려 미스티아 님의 옆자리다. 미스티아 님은 최근 계속 결석 중이지만 그전까지는 가히 콘서트였다. 사실 이 S석은 양도받은 것이었다. 자리를 바꿀 때, 전에 잠깐 대화해 본 적 있는 아이가 "시력이 나빠서 그런데 자리 좀 바꿔줄 수 있을까?" 하고 부탁하여 바꿔준 것이 계기였다. 그 아이와는 지금은 별로 대화하지 않는다. 여자끼리는 가끔 그러기도 한다. 흔한 일이다. 그렇게 최애의 옆에 앉았다고 자랑할 만한 가장 좋은 자리에서 지내왔다. 정말, 오늘은 문병하러 가서

'지금까지 살아주셔서 감사합니다.'라거나, '이 세계에 존재해 주셔서 감사합니다.'라거나, '태어나 주셔서 감사합니다.'라는 말을 하고 싶었다. 미스티아 님의 수많은 최고의 장점을 전해주고 싶었지만, 어휘력이 부족한 나는 그러지 못했다.

하지만 응원하는 마음은 표현하지 않으면 없는 것이나 마찬가지다. 그렇다고 해서 나라는 개체를 인식해 주기를 바라는 것은 아니었다. 어려웠다. 어휘력을 기르기 위해 시크 선생님의 살점이라도 받아먹어야 하는 게 아닌지 고민까지 했다.

조용히 앞자리에 앉은 시크 선생님을 바라봤다. 선생님은 빤히 창밖을 바라보고 있었다. 나는 어쩌면 선생님은 나와 같은 최애를 둔 게 아닐까…… 하는 생각을 하고는 했다. 체육제 때, 내가 응원봉 대신 곤봉을 '미스티아 님 레드'로 칠해서 응원하고 있자 그 옆에서 시크 선생님이 소속사 사람처럼 서 있었다. 선생님의 눈은 '애정의 눈'이었다. 나도 정신 차리고 응원봉을 너무 격하게 흔들지 않고 관계자인 척하며 소심하게 흔들 정도였다. 으헤헤헤.

"여기, 손수건."

입을 틀어막으며 웃고 울고를 반복하고 있자 옆에 앉은 루키트 님이 손수건을 꺼내 주었다. 그녀는 레이드 님에서 미스티아 님으로 최애를 바꾼 것으로 추정되는 여학생이다. 분명 오늘 미스티아 님을 바라보는 눈엔 호의가 담겨 있었다. 그렇게나 레이드 님을 최애로 밀던 루키트 님이 미스티아 님의 늪에 빠진 것이다.

정말 미스티아 님은 대단했다. 하지만 미스티아 님의 늪은 깊으니 어쩔 수 없지. 나도 충분히 이해해. 나도 처음엔 설마 이렇게 깊으리라고는 상상도 못 했으니까. 정신 차리고 보니 머리끝까지 빠져 있는걸. 나는 같은 최애를 둔 팬은 환영하는 타입의 오타쿠이니 대환영이다. 내가 멀리하고 싶은 것은 사랑이 부족하거나, 다른 이들에 비해 배려 없는 발언을 하는 오타쿠 같은 사람들이니까.

그리고 비매너 오타쿠.

미스티아 님과 스터디 모임을 할 때 레이드 님은 내가 미스티아 님에게 진상하려 했던 데코레이션 쿠키를 반 이상——, 아니, 8할 정도 먹어 버렸다. 나는 미스티아 님에게만 선물하는 바람에 미스티아 님이 다른 사람의 눈치를 보는 것은 바라지 않았기에 미스티아 님을 모욕한 와이즈 씨에게도 쿠키를 선물했다. 그런데 그 쿠키를 레이드 님이 무서운 기세로 먹어 버린 것이다. 미스티아 님 쿠키가 귀여워서 마음에 든 것이라면 용서할 수 있겠지만, 왠지 같은 최애를 둔 팬을 경계하는 것 같아서 찜찜했다. 스터디 모임에 초대해 준 것은 고맙지만, 그 사람은 미스티아 님과 관련된 일에는 '나만이 최애를 이해하고 있어' 같은 우쭐거리는 듯한 발언을 가끔 해서 그리 가까이하고 싶지 않았다.

그런 마음은 비매너 오타쿠와 비슷하기도 했고 아무렇지 않게 출입금지 구역에 들어갈 것 같은 느낌도 들었다. ……모처럼 미스티아 님에게 드리려고 만든 쿠키인데. 전부 미스티아 님이 드셨으면 했는데.

슬퍼. 너무나도 슬퍼. 전부 미스티아 님에게 진상하려고 했는데. 같은 최애 팬을 거부하는 비매너 오타쿠 레이드 님에게 방해받았다. 저번에 같은 최애를 둔 누군가가 미스티아 님을 멋지게 그린 그림을 미술실에 뒀길래 항상 예배하러 갔는데 어느샌가 그 그림은 사라졌다. 어쩌면 레이드 님이 무슨 짓을 한 것일지도 모른다.

왠지 좋지 않은 느낌이 들어서 나는 퍼뜩 정신을 차렸다. 오늘은 성지 순례를 한 날인데! 나쁜 기억만 떠올리면 안 되지! 미스티아 님을 생각하자. 미스티아 님은 최고야. 존재 자체가 사랑스러워. 전부 내 취향이야. 그러니 나는 매일 이 세계에 감사했다. 앞으로도 계속 감사할 것이다.

제
12
장

안개 속 고아원을 떠도는 망령

되살아난 약속

시험 당일, 약 2주일 만에 등교를 마친 나는 점심시간 전 4교시에…… 제시 선생님의 HR 시간에 공개 처형을 받았다.

"3조, 미스티아 탄생 4주년 기념 고아원. 4조, 미스티아 탄생 5주년 기념 고아원."

시험이 끝나고 여름 방학이 시작하기 전 1주일. 이른바 수업할 만한 내용은 없지만, 등교는 해야 하는 시기. 1학년 학생은 이 시기에 각 시설이나 고아원으로 봉사 활동을 하러 간다고 한다.

선생님의 입에서 '미스티아'라는 이름이 나올 때마다 반 학생들이 내게 시선을 보냈다. 소심하게 말하자면 지금 당장 이 자리를 뜨고 싶었다. '미스티아'라는 이름이 유행하기 때문이 아니다. 아마 두근 러브 관계자 중 '미스티아'라는 이름을 지닌 것은 나뿐이다. 그러면 왜 고아원에 내 이름이 붙어 있는 것인가.

이것은 전부 아버지를 방치한 내가 원인이었다. 과거로 거슬러 올라가…… 이미 몇 년인지도 기억이 안 나는 옛날.

나는 부모님의 생일 선물에 매번 요청을 했다. 그건 호화찬란한 드레스가 가지고 싶다거나, 대해적이 지닌 보석이 가지고 싶다는 등의 방향성이 아니라, 오히려 반대였다. '드레스'라고 말이라도 꺼냈다가는 부모님은 100벌은 기꺼이 주문하려 하고, 체스판이 가지고 싶다고 하면 보석을 조각해서 만들어 주려고 했다.

그러니 드레스 99벌분의 예산을 기부나 출자로 돌려달라고 했다. 그렇게 부모님에게 부탁한 결과, 영지에는 고아원이 늘어났고 출자자로서 명명권을 얻게 된 아버지가 이런 사태를 불러일으킨 것이다.

"미스티아 님의 탄생 기념으로 세워진 고아원……."

앨리스가 경악하는 눈으로 나를 바라봤다. 관대한 앨리스조차 받아들이기 어려운 딸바보 느낌이 물씬 풍기는 시설명. 그리고 그녀는 "앗." 하고 반응했다.

"미스티아 님은 13조예요!"

아하, 13조구나. 어떻게 정해진 걸까. 뭐, 앨리스나 레이드 녹터와 같은 조만 아니라면 나는 어디든――,

"저! 미스티아 님과! 같은! 13조예요!"

"네?"

"루키트 님이랑, 그리고…… 와이즈 씨도 같은 조네요."

"아, 그렇군요……."

기분 탓인지 로베르토 와이즈의 이름이 불렸을 때 앨리스가 싫다는 듯한 표정을 지은 것처럼 보였다. 책상에서 칠판으로 시선을 옮기자 마침 제시 선생님이 12조가 갈 시설을 말해주고 있는 참이었다. 다음은 내가 속하는 조.

"그러면 13조. 포르테 고아원."

선생님의 입에서 나온 이름에 사고가 멈췄다. 포르테 고아원은―― 멜로가 지내던 곳이다.

"미스티아 님? 왜 그러세요?"

너무 골몰하는 표정을 짓고 있었는지 앨리스가 내 얼굴을 걱정스럽게 살폈다. 나는 고개를 가로저었다.

"아, 괘, 괜찮아요. 신경 쓰지 마세요……."

포르테 고아원……. 앨리스와 로베르토 와이즈……. 히로인, 공략 대상과 함께 추억의 장소로 가게 되다니. 나는 어수선한 마음으로 이어지는 봉사 활동 설명을 들었다.

어째서일까. 스터디 모임 다음은 봉사 활동에서 앨리스와 함께라니. 앨리스가 나쁜 것은 아니지만 운이 미쳤다고밖에 표현할 수가 없었다. 그렇다고 해서 포르테 고아원에 가지 않는다는 선택지는 없었다.

한숨을 쉬며 복도를 터벅터벅 걸었다. 점심시간의 복도는 여름 방학 계획을 세우는 학생들로 왁자지껄했다. 여름 방학을 앞둬서인지 즐거운 분위기가 흘러넘쳤다.

"미스티아."

그러나 등 뒤에서 즐거움이라고는 전혀 느껴지지 않는 서늘한 목소리가 들려왔다. 기분 탓인지 목소리에 분노가 섞인 듯한 느낌도 들었다. 환청인가? 같은 조는 아닌데…… 주춤거리며 뒤돌자 역시 레이드 녹터가 나를 향해 달려오고 있었다.

"레, 레이드 님."

"미스티아……. 다행이다, 따라잡아서. 점심 같이 먹을래? 쉴 때 어떻게 지냈는지 궁금해서. 편지 답장에도 그 이야기는 전혀 적혀있지 않아서."

내가 아카데미를 쉬고 있을 때 레이드 녹터는 내게 걱정을 담은 편지를 보냈다. 에릭과 피나 선배의 편지도 받았다. 나는 모두에게 감기를 주장하며 답장을 보냈다.

"그런데, 저는, 오늘 점심은……."

"오늘 미스티아가 등교해서 놀랐어. 등교한다면 미리 알고 싶었는데……. 감기 때문이라고 생각했는데, 실은 다른 이유가 있고 그걸 내게 알려주고 싶지 않은 건 아닐까……라는 생각도 하고 말이야……."

"어어……."

이 자리에서 벗어날 궁리를 하고 있는데 또 타박타박 하는 발소리가 들려왔다.

"미스티아 씨—."

상큼하고 순수한 소년의 얼굴을 한 클라우스가 내게 다가왔다.

"다행이다—! 여기 있었구나. 교실에 없어서 찾았잖아—! 아하하!"

"미안하지만 지금 내가 미스티아와 대화하고 있었거든."

레이드 녹터는 나와 클라우스를 떨어트리듯이 앞으로 나섰다. 나는 어느 쪽이든 대화하고 싶지 않았다. 하지만 클라우스가 곤란한 표정을 지었다.

"어, 그래? 나는 대화를 하러 온 게 아니라 선생님이 불러 달라고 부탁하셔서 온 건데. 어어—, 누구였더라. 그 학년의 높은 사람인…… 뭐였더라? 이름이 기억이 안 나네…… 출석 이야기라는 걸 들어보니까 아마 중요한 이야기인 것 같았는데……."

"……그럼 어쩔 수 없네. 점심은 언제든 먹을 수 있으니까 나중에 같이 먹자. 그럼 나는 이만."

레이드 녹터가 멀어졌다. 클라우스가 나와 레이드 녹터를 단둘이 두지 않고 자기가 이야기를 하겠다면서 다가온 것은 분명 다른 의도가 있겠지. 떨떠름한 눈으로 클라우스를 바라보자 그는 한 점 그늘 없는 눈동자를 내게로 향했다.

"……용건이 뭔가요?"

"응. 이쪽 교실이야. 미스티아 씨!"

예감이 좋지 않다고 생각하며 클라우스의 뒤를 따라가다 보니 별동 음악실에 도착했다. 그는 음악실 문을 열자마자 나를 아무렇게나 밀어 넣고는 손을 뒤로 돌려 자물쇠를 잠갔다.

"……헬렌 루키트. 귀족한테 습격당했는데도 등교하더라."

클라우스는 창밖으로 보이는 중앙 정원을 가리켰다. 그곳엔 루키트 님이 그녀의 친위대를 대동하고 걸어가고 있었다. 하지만 이상한 점은 인기가 있다기보다는 하나의 종교를 만든 느낌이라는 것이다.

"잘 됐죠. 다치지도 않았고……."

"그게 아니야, 멍청아."

"……네?"

대체 뭔가, 라고 말하려던 순간, 클라우스가 내 목에 손을 둘렀다.

"미스티아―, 왜 그런 것도 몰라요오? 이 바보~. 내가 머리를 갈라서 진흙이라도 퍼부어 주까요―?"

푹푹 찌르듯이 클라우스는 내 볼을 손가락으로 찔렀다. 아프다. 진짜 아파. 게다가 어린이 같은 말투로 머리를 가른다는 말은 듣고 싶지 않다.

"진흙을 넣으면 더 바보가 되어 버리잖아요."

"오. 그건 아는구나."

"당신만큼 윤리관이 흐트러지진 않았으니까요."

"호오―. 뭐 그 이야기는 어찌 되든 상관없어. 내가 말하고 싶은 건 그 녀석을 데리고 온 공작이 책임을 지고 그만뒀는데 만악의 근원인 그 녀석이 뻔뻔하게 이 아카데미를 다니는 게 이상하다는 거지."

"……무슨 의미인가요? 공작이라니, 제가 습격당한 일로 책임을 지고 그만뒀다는 건 분명――."

분명 클라우스가 편지로 '이사 한 명이 그만두게 되었다'라고 했던 것은 내가 습격당한 사건이 이유일 것이다.

"아니? 그만둔 건 아카데미의 경비 관리 인력을 관리하는 이사가 아니라, 헬렌 루키트를 여기로 데려온 이사야. 그 녀석이 네 사건의 책임을 지고 그만두게 됐어."

클라우스는 "머리야, 좋아져라~ 이 어리석은 자를 구원해 주기를."이라며 내 머리를 쓰다듬었다. 무례한 손을 쳐내자 그는 한층 더 즐거운 듯이 웃었다.

"적당히 도마뱀 꼬리를 잘라낸 거겠지. 싹둑싹둑 하고 말이야. 히히히."

"도마뱀, 꼬리를……."

"야, 미스티아. 너는 헬렌 루키트를 어떻게 생각해? 싫어해?"

왜 갑자기 이런 질문을 들어야 하는 걸까. 의문을 담아 그를 바라보자 "대답 안 하면 레이드 녹터한테 네 비밀 기지를 전부 말해버릴 거야."라고 협박을 해 왔다.

"……좋아해요."

"역시나……. 이히히히히. 그래서였구나…… 녀석이 보호받는 건."

"네?"

"혼란의 주사위를 던지는 건 너라는 소리야. 음침하고 멍청한 아가씨야."

클라우스의 진의를 읽을 수가 없어서 나는 창밖으로 시선을 돌렸다. 그러자 루키트 님과 떨어진 곳에 앨리스가 걸어가고 있는 것이 보였다. 클라우스는 앨리스를 가리키며 "아, 가난뱅이도 있다."라고 중얼거렸다.

"……그러고 보니 앨리스 씨가 평민 출신이란 사실을 어떻게 아는 거죠?"

전부터 의아하다고 생각했다. 귀족 아카데미에 입학하고 얼마 지나지 않았을 때부터 클라우스는 앨리스가 평민이란 사실을 알고 있었다.

"그거야. 앨리스 하트펄이 사는 곳은 우리 센트릭가의 저택과 가깝다냐—."

"네?"

클라우스가 "냐아." 하며 고양이 같은 손짓으로 내 머리를 툭 쳤다. 아프지만 그보다 앨리스의 집과 클라우스의 저택이 가깝다는 게 더 신경 쓰였다. 게임에선 그런 묘사가 나오지 않았다.

"냐아앙? 그러고 보니……."

클라우스는 생각에 빠져들었다. 내게 등을 보이고는 검지로 벽을 툭툭 치면서 그림을 그리듯이 손을 움직이기 시작했다.

"앨리스, 그 녀석 분명 전에 살던 곳이…… 걸리면 사망 직행인 역병이 유행해서 상위 귀족들이 전멸한 곳이었지……."

"아, 저도 들었어요. 정말 큰일이었다고. 부모님이 식당을 경영해서 큰일이었대요."

"그중에…… 있었지……. 그래서 올해는 대리고 내년부터…… 이사장이……."

손으로 얼굴을 가리고 중얼중얼하는 그는 진심으로 즐거워 보였다. 뭔가 방금 말한 내용 중에 불행을 일으킬 만한 힌트라도 있었던 걸까.

"루키트가가 모시는 공작은…… 필진 파였지……?"

"저, 그게 무슨 상관이죠……?"

"그렇다는 건 어쩌면……, 꽤나 강력한 폭탄을 끌어안고 있는 건가……?"

클라우스의 얼굴을 가리던 손가락이 조금씩 벌어졌다. 그리고 금색 눈동자가 반짝 빛을 발했다.

"아하하하하하하하하! 역시 내 추측은 정확했어! 너는 쓰레기처럼 재미없는 녀석이지만 역시 최고야! 친애의 키스라도 해 주고 싶을 정도야!"

"네? 그보다 폭탄이라니 무슨 소리예요?"

"그렇구나. 그래서 픽픽 사라지는 거였어. 네 주변 사람이."

앨리스의 신분과 이번 이사장 사이에 대체 무슨 인과관계가 있는 거지? 게다가 내 주변 사람도 무슨 관계인지 모르겠다.

"저기, 아까부터 무슨 말을 하는지 전혀 모르겠는데요……."

"너 같은 멍청이가 아니면 누구든 권력을 거스를 수 없다는 소리야. 이 세계에서 모든 걸 지배하는 건 사랑도, 정의도 아니고 돈, 피, 권력이니까 말이야!"

그리고 혼자서 무언가 진리를 깨달은 듯한 클라우스는 음악실을 나가 버렸다.

방과 후, 나는 알리 씨가 있는 직원실로 향했다. 문을 두드리자 안에서 대답이 들려와 안으로 들어갔다.

"오랜만이에요, 알리 씨."

"미스티아 님! 여기 앉으세요."

그가 권하는 대로 나는 바로 직원실의 소파에 앉았다. 왠지 매우 그리운 곳에 찾아온 기분이었다. 안심된다.

"아, 괜찮으시다면 홍차도 드세요. 방금 우린 참이었거든요."

"감사합니다."

오랜만에 찾아오는 직원실도, 알리 씨도, 이전과 변함없는 모습이었다. 그는 테이블에 홍차를 두고 평소처럼 내 맞은편에 앉아서 불안한 얼굴로 내 손을 조심스레 잡았다.

"……이제, 괜찮으세요?"

"네. 그때는 정말로 신세를 졌어요. 감사합니다."

"아뇨. 저는 당연한 일을 한 것뿐인데요. 미스티아 님께 감사받을 만한 일은 아니에요."

전혀 그렇지 않다. 그곳에 알리 씨가 없었다면 나는 죽었을 것이다. 그건 분명하다. 제시 선생님도, 알리 씨도, 자신의 목숨을 아끼지 않고 나를 지켜 주었다. 눈앞에 죽기 직전인 아이가 있으면 도와주는 것이 어른의 책임일지도 모른다. 하지만 그런 생각을 항시 마음에 담아두고 있는 것과 실제로 그 현장을 맞닥뜨렸을 때 실천하는 것은 완전히 다른 이야기다.

"……그 사람이 말하던 선물도 알리 씨가 치워주셨다고 들었어요."

"그건 특정한 학생의 신발장이나 책상에만 두는 게 아니라 매번 학년이나 반이 달라져서 누군가 장난을 친다고 생각해서 치웠던 거예요. 그래서 누군가가 고의로 나쁜 짓을 꾸미는 줄은 모르고…… 뭐, 정신이 이상한 사람의 행동은 예측하기 어려우니까요."

남학생은 망상을 하면서 여러 여학생에게 집착했다고 한다. 내가 봤던 그 눈동자도 분명 광기로 물들어 있었다. 녹터 부인을 습격한 그 남자와 같은 눈. 누군가를 죽이려 하는 광기에 찬 눈.

그게 망상이었고 우연히 내가 그 목표물이 되었다고 하는데, 나로서는 도저히 납득하기가 어려웠다. 알리 씨와 대화할 때까지는 그렇게 생각했는데 지금은 이상하게도 납득이 되었다.

"미스티아 님은 아무 잘못도 하지 않으셨어요. 그건 사고 같은 거였죠. ……그러니까 그 사고를 억지로 떠올리면서 자신이 뭔가 잘못하지 않았는지 반성하지는 않으셨으면 좋겠어요."

알리 씨가 상냥한 목소리로 말했다. 앞머리에 가려진 눈동자는 분명 불안과 걱정으로 흔들리고 있겠지.

"제게 감사 인사는 하지 않으셔도 괜찮아요. 미스티아 님이 즐겁게 아카데미 생활을 보낼 수 있도록 하는 게 제 임무인걸요."

그는 자신의 찻잔을 빤히 바라봤다. 홍차의 수면에 비쳤을 그 눈동자가 어떤 모습일지 나는 짐작할 수 없었다. 하지만 두 눈이 슬픔에 잠겨있을지도 모르겠다는 생각이 들었다.

"그 후로 어떠세요? 불안해지거나 하지는 않으시나요?"

"아뇨……, 지금은 딱히."

"무서운 건요? 악몽을 꾸거나, 뭔가가 무섭게 느껴지지는 않으세요?"

"괜찮아요."

"그런가요. 다행이네요."

알리 씨가 홍차를 한 모금 마셨다. 나도 그를 따라 홍차를 한 모금 마시자 그가 작게 중얼거렸다.

"그 남자는 투옥되어서 다시는 사회에 나오지 못할 거라고 들었어요."

"그래요?"

"네. 다른 사람을 습격한 것도 있지만, 다른 것보다 귀족 아카데미에서 흉기를 들고 난동을 부렸다는 점이 크게 작용했나 봐요. 그러니 더 걱정하실 일은 없을 거예요. 그 남자가 당신과 만날 일은 두 번 다시 없을 테니까요."

재판은 아직 열리지 않았을 터였다. 그런데도 벌써 형이 결정되었다는 것은 아카데미 측에서 상당히 신경을 쓴 거겠지. 아렌가에게 사법을 주무를 힘은 없으니까.

"그러니 이제는 위험하지 않아요. 그냥 잊으라고 쉽게 말할 수는 없겠죠. ······그러니까 즐거운 이야기를 나눠요. 조금씩 평소대로 돌아갈 수 있게요."

알리 씨는 그렇게 말하며 온화하게 웃었다.

시험이 끝나고, 1주일이 지나 봉사 활동 당일 아침이 되었다. 나는 집합 장소인 교정에 서 있었다. 오늘은 교실이 아니라 교정에서 아침 조회를 마치고, 조끼리 모여 마차를 타고 각 목적지로 향한다고 한다. 그리고 나는 조원들과 포르테 고아원으로 가야만 한다.

"좋은 아침이에요. 미스티아 님!"

"아, 루키트 님 안녕하세요."

루키트 님이 아이돌에 버금갈 만한 미소를 지었다. 아침부터 엄청나게 반짝였다. 아침부터 프로 의식을 발휘하는 그녀를 보며 대단하다고 감탄하고 있자 그녀가 내게 바짝 다가왔다.

"네가 오지 않는 바람에 계속 혼자서 고개 숙이고 웃는 기분나쁜 가난뱅이 여자랑 꺼림칙한 음침 안경 사이에 껴서 마차를 타는 줄 알았다고. 다음부터는 좀 더 빨리빨리 와주지 않겠어?"

음침 안경……은 분명 루키트 님이 로베르토 와이즈를 가리키는 말이었다. 그가 음침하지는 않은데…….

그리고 기분 나쁜 여자. 우리 조에 여학생은 한 명뿐이다. 그렇다는 것은 앨리스를 말하는 거겠지.

응? 엘리스가 고개를 숙이고 혼자서 웃고 있었다고?

"후후. 우후후후. 푸후, 에헤헤."

의아하게 생각하며 13조가 탈 마차로 향하자 정말로 고개를 숙이고 혼자서 웃는 앨리스와 가만히 있는 로베르토 와이즈가 있었다. 루키트 님의 얼굴을 보니 포기, 실망, 절망과도 비슷한 생기라고는 하나도 없는 눈으로 앨리스를 바라보고 있었다. 머뭇거리며 나는 앨리스와 로베르토 와이즈에게 인사했다.

"안녕하세요……."

내가 말을 걸자 두 사람 모두 안색이 바뀌었다. 특히 앨리스의 변화가 엄청났다. 방금까지 "푸후." 하면서 웃던 사람이라고는 상상할 수 없는 상큼함이 배어 나왔다. 히로인 미소를 짓기 시작했다.

"미스티아 님은 앨리스 씨 옆에 앉아 주실래요? 항상 옆자리니까요. 그러는 편이 좋죠?"

루키트 님이 이 기회를 놓치지 않겠다는 듯이 내 옆에서 벗어나 로베르토 와이즈의 옆에 섰다.

두 사람의 자리는 아직 한 자리 여유가 있다. 가능하다면 루키트 님의 옆에 앉고 싶었는데, 3대 1로 앨리스를 혼자 앉게 하는 것은 그것대로 가혹한 일이었다. 레이드 녹터도 없으니 괜찮겠지……. 그런 생각을 하며 앨리스를 바라보자 그녀는 더할 나위 없이 활짝 웃고 있었다.

"미스티아 님. 출발할 때까지 마차 안에서 대기하래요. 괜찮으세요? 창문 조금 열어둘까요? 아니면 안쪽 자리에 앉으실래요? 자리 바꿔드릴까요?"

"이 자리로 괜찮아요. 신경 써 주셔서 감사해요."

"천만에요!"

뭐지? 왠지 아이돌을 대하는 매니저 같은 태도였다. 의아하게 생각하고 있자 닫혀 있던 마차 문이 열리고 레이드 녹터의 모습이 나타났다.

"다들 좋은 아침."

호러 영화에서 목숨만 겨우 건지고서 탈출할 때, 갑자기 차 문을 여는 좀비를 본 적이 있었는데. 지금 그가 문을 여는 광경은 완전히 그 장면과 같았다. 그보다 왜 여기로 왔지? 점호하러 온 건가?

"이 조는 다 모였구나."

역시 점호였나. 지금까지 레이드 녹터가 "와 버렸어."라면서 멋대로 찾아오는, 매우 처참하고 불길한 사건이 몇 번 있었기에 그 주마등이 재생되는 줄 알았다.

그렇지. 갑자기 레이드 녹터가 이 조에 들어오게 되었다는 영문 모를 일이 그렇게 쉽게 생길 리가…….

"실은 나도 이 조에 갑자기 들어오게 되어서 말이야. 잘 부탁해. 여기 앉을게."

"제가 그쪽 자리로……."

"선생님한테 봉사 활동 때 쓸 앞치마 받아왔는데 거기 둬도 괜찮지?"

"네. 두셔도 돼요."

나는 자리를 옮기려 했으나 타이밍이 안 좋게 겹쳐서 레이드 녹터가 루키트 님의 옆자리에 짐을 먼저 놓고 말았다. 그리고 내 옆에 앉았다. 그가 마부에게 출발하도록 지시하자 도망칠 수도 없게 마차가 달리기 시작했다.

"실은 나, 고아원에 흥미가 있어서 교대해 달라고 했어."

아무도 그에게 이 조로 온 이유를 묻지 않았는데 레이드 녹터는 혼자서 설명하기 시작했다. 예전엔 "레이드 님!"이라며 그를 졸졸 따라다니던 루키트 님도 그를 경계 중이고, 마차 안에는 어색한 분위기가 흘렀다. 더 자세히 말하자면 앨리스가 뭐라고 표현하기 어려운, 이상한 표정을 짓고 있었다.

나는 생각하기를 포기하고 포르테 고아원에 도착할 때까지 짐짝처럼 가만히 있었다.

포르테 고아원에 도착했다는 마부의 말을 듣고 내리자 그곳엔 그리운 풍경이 펼쳐져 있었다.

갈색 벽에 푸른빛이 감도는 회색 지붕. 위아래로 긴 창문이 늘어선 그 건물은 시설이라기보다는 2층짜리 작은 성처럼 보였다. 부지는 여유가 있었고 작은 학교로도 보이는—— 포르테 고아원이 바로 이곳이었다.

정말 오랜만이다. 어릴 적엔 정기적으로 방문하고는 했는데. 분명 가장 최근에 방문한 건 입학 전이었다. 입학한 후로는 얼굴을 비추지 않았으니 약 3개월 만에 방문한 것이다. 문 근처에는 원장님이 서 있었다. 눈이 마주치자 그는 조용히 미소를 지었다.

"포르테 고아원에 어서 오십시오."

원장님은 올해 60세를 맞이한 초로의 남성이다. 그는 연극배우 같은 분위기를 풍겼다. 10년쯤 전에 전임 원장이 그만두고 후임으로 들어왔으니 원장으로 일한 지 올해로 10년이 되었다.

"안녕하세요."

"좋은 아침입니다, 미스티아 님…… 아니, 오늘은 아카데미 봉사 활동으로 오셨으니 미스티아 씨라고 불러야겠지요."

"네."

원장님의 말에 고개를 끄덕이자 그는 격식을 차리고 봉사 활동 조원들의 얼굴을 둘러봤다.

"오늘은 먼 곳에서부터 이렇게 찾아와 주셔서 정말 감사합니다. 원장인 바스라고 합니다. 보시는 대로 평민입니다. 하지만 봉사 활동을 하는 동안에는 제 지시에 따라주시면 감사하겠습니다. 이해와 협력, 잘 부탁드리겠습니다."

원장님은 다시 조용히 인사했다. 우리도 그에 맞춰 인사하자 그는 문을 조용히 열어주었다.

앞치마를 두르고 원장님에게 안내받은 곳은 이른바 놀이방이었다.

　대략 유치원을 다닐 나이의 아이들이 장난을 치며 놀거나 활발하게 교육 활동을 하는 방이었다.

　놀이방으로 안내받고, 각자 아이들 앞에서 자기소개를 한 후, 이제 아이들과 놀아주면 된다며 우리들끼리 남겨져 지금에 이른다.

　"레이드 선생님. 그림책 읽어 주세요—!"

　"나도—!"

　"응. 차례대로 읽어 줄게. 순서 지킬 수 있지?"

　여자아이의 새된 목소리에 시선이 돌아갔다. 내 뒤에서는 여자아이들이 레이드 녹터를 둘러싸고 있었다. 그와 대조적인 것이 루키트 님. 그녀는 내 대각선 앞에서 남자아이들에게 둘러싸여 있었다.

　"헬렌 선생님, 저랑 결혼해 주세요."

　"그래! 어른이 되면 말이야."

　남자아이의 갑작스러운 구혼을 듣고 모범 정답을 꺼내며 사랑스럽게 미소 짓는 모습은 시내 모니터에 흘러나오는 화장품 광고의 한 장면이라고 해도 무방할 정도였다. 그 옆에는 로베르토 와이즈가 아이들의 질문 공격을 받고 있었다. 하늘은 왜 파래? 풀은 왜 초록색이야? 라며 '왜?' 공격을 하는 아이들의 질문에 전문가처럼 대답해 주고 있었다.

　아이들이라면 그런 상세한 대답을 듣고 멍하니 있을 줄 알았는데, 아이들은 의외로 열심히 메모까지 하며 그의 대답을 경청했다. 마치 로베르토 와이즈의 주변만 강의가 펼쳐진 듯했다.

그리고 앞에는 앨리스가 있다. 앨리스 주변은 어째서인지 매우 메르헨 분위기가 풍겼다. 상냥하게 책을 읽어주는 앨리스. 성별을 가리지 않고 모여드는 아이들. 약간 뮤지컬 영화의 한 장면 같은, 일상적이지 않은 느낌도 들었지만, 앨리스는 이 세계의 절대적인 히로인. 이른바 프린세스. 반짝반짝 후광을 내뿜고 있었다.

그리고 나는 무엇을 하고 있냐면, 아이들과 함께 인형을 활용해 모의 장례식을 여는 중이다. 마찬가지로 성별을 가리지 않고 모인 아이들이지만, 다른 네 명과 다른 점은 전부 나와 면식이 있는 아이들이라는 것이다. 처음에 자기소개를 할 때도 "안녕하세요. 미스티아 아렌이라고 해요.", "나도 알아―!"의 반복이었다.

"미스티아 님. 다른 사람들은 다들 미스티아 님 친구야?"

잠든 곰을 소생시킬 방법, 즉, 다음 전개를 생각하고 있자 천을 든 소년――스완이 고개를 갸웃하며 질문했다. 하지만 그의 동생인 오트가 바로 부정했다.

"미스티아 님한테 전에 뭐가 가장 어렵냐고 물었더니 '친구 만들기'라고 대답한 적 있으니까 그건 아닐 거야."

확실히 내가 그렇게 대답하기는 했다. "가장 어려운 게 뭐야?"라는 질문에 "대인 관계 형성이 서툴고 사람을 대하기가 어려워."라고 대답할 수는 없으니 "친구 만들기."라고 대답했다.

다른 대답으로 할 걸 그랬어. 아이들은 즐겁게 내 친구 관계를 예상하기 시작했다.

"미스티아 님은 우리한테 거짓말 안 해. 또래인 사람이랑 대화하는 게 특히 힘들다고 했는걸."

"그럼 이 중에 친구는 있어 봤자 한 명 정도? 전부는 아니겠지, 아마."

"누굴까─."

"나는 안경 쓴 사람이 수상해!"

"나는 저기 머리카락 폭신폭신한 양갈래 누나 같아."

"자, 자, 소꿉놀이로 돌아가자. 내 친구는 지금 중요한 게 아니니까……."

"음? 미스티아 님. 설마 귀족 사람들이 다니는 아카데미에 친구 한 명도 없어?"

아이들이 놀란 표정을 지었다. 피나 선배와 에릭이라는 훌륭한 친구가 없었더라면 이 순수함에 난도질당했을지도 모른다.

"있어요. 정말 소중한 친구가 두 명."

"정말? 다행이다!"

"그럼 아카데미에 좋아하는 사람도 있어? 결혼하고 싶다던가 하는 사람은?"

아이들이 성장한 것이 느껴져 감동하고 있자 테일러가 내 옷자락을 붙잡았다. 그녀의 질문에 악의가 없었다는 것은 잘 알지만 이런 질문은 듣고 싶지 않았다.

"없어요."

"그럼 저기 있는 레이드 선생님이랑 로베르토 선생님 중에선 누가 좋아?"

"저기, 그런 문제보다…… 으음, 저…… 연애를 할 수 있긴 할까요…….."

멍하니 그렇게 중얼거리자 아이들은 나를 빤히 쳐다보고는 뭔가 매우 어색한 듯도 하고 동정하는 듯도 한 미지근한 시선을 보내기 시작했다.

"미스티아 님. 괜찮을 거야."

"맞아, 맞아. 사랑은 하는 게 아니라 빠지는 거라잖아?"

"미스티아 님을 좋아하는 사람은 분명 잔뜩 있을 테니까."

아이들은 그렇게 말하며 내 등을 토닥토닥 두드렸다. 지금까지는 내가 토닥여 주는 입장이었는데 이렇게 토닥임을 받는 날이 오다니……. 나는 숙연한 마음으로 봉사 활동을 열심히 하자고 마음속으로 다짐했다.

봉사 활동 이틀째 낮. 나는 닭에 둘러싸여 있었다.

고아원에는 식사를 위해 닭을 키웠다. 보통 아침부터 낮까지는 달걀을 줍거나 닭을 돌본다. 그리고 오늘, 우리도 달걀 회수에 참여하게 되었다. 닭 마니아가 보면 참을 수 없는 광경이겠지. 게다가 닭이 나를 졸졸 따라오는 덕분에 닭 나라의 왕처럼 되어버리고 말았다. 아이들은 닭에게 둘러싸인 나를 보고 "미스티아 님을 가두려나 봐." 하며 즐거워했다. 게다가 내가 닭을 끌어모으고 있으니 달걀 회수가 쉬워져서 도와주지도 않았다.

"안 비키면 튀김으로 만들어 버릴 거야!"

작게 협박해 봤지만, 전혀 통하지 않았다. 먹이를 슬쩍 멀리 던져보기도 했으나 배부른 상태인지 꿈쩍도 하지 않았다. 한 마리씩 치우고 빠져나갈까 해서 허리를 숙여봤으나 닭들이 일제히 내 어깨에 올라타려고 하는 탓에 그것도 실패. 아이들이 달걀을 전부 주울 때까지 이대로 있을 수밖에 없었다.

"인간 닭 수집기……."

"넌 대체 뭘 하고 있는 거지?"

닭 무리 너머에 로베르토 와이즈가 서 있었다. 내가 얼빠진 농담을 하는 장면을 들키고 말았다. 나는 대체 무슨 말을 했던 거지. 그냥 죽여 줘. 주뼛거리며 그의 표정을 살피니 그는 경악한 얼굴이었으나 시선은 닭에 못 박혀 있었다.

"무슨 일이 일어난 거지?"

"인질이 됐네요."

"……뭐? 잠깐 기다려. 내가 지금 그쪽으로 갈 테니."

로베르토 와이즈가 닭을 한 마리 한 마리 착실히 치워나갔다. 순간 부리로 쪼이는 게 아닐지 걱정이 들었으나 닭은 딱히 저항하지 않고 그의 등에 올라타지도 않았다. 그저 짐처럼 가만히 옮겨질 뿐이었다. 부럽다. 드디어 로베르토 와이즈는 닭을 헤치고 내 앞에 도착했다. 하지만 그가 만든 길은 당연히 그가 자리를 옮기면서 다시 닭으로 메워졌다.

"이게 대체…… 어떻게 된 일이지?"

"제가 치워보려고 허리를 숙이면 위로 올라타려고 해서요. 강행 돌파도 생각해 봤지만, 위험할 것 같아서. 그래서 아이들이 돌아올 때까지 이렇게 붙박이 상태로 있으려고 했어요."

"그렇군……. 그럼 내가 다시 치워주지. 너는 이 우리 밖으로 나가는 게 좋겠어."

그렇게 말하며 로베르토 와이즈는 내게 다가왔을 때처럼 닭을 치워나갔다. 뒤를 따라가자 닭들은 내 뒤를 바짝 쫓아왔다. 그가 닭을 치우는 장면을 보고 있으면서도 닭에게 쫓겨나는 듯한 기분도 들었다.

"좋아. 출구야. 그대로 나오면 돼."

로베르토 와이즈가 우리 문을 살짝 열고 나가도록 재촉했다. 그의 말대로 나가자 그는 자신도 우리 밖으로 나오더니 신중하게 문을 닫았다.

"수고스럽게 만들어서 죄송해요. 그리고 감사해요. 덕분에 살았네요."

"아니. 너는 내게 감사할 필요 없어. 감사할 만한 일은 하지 않았으니까. 그럼 나는 달걀을 옮기고 올게."

자연스러운 흐름으로 로베르토 와이즈와 헤어지고 나는 다시 닭장을 지켜봤다. 아까 그 상황은 내가 아니라 앨리스여야 좋지 않았을까. 문득 그런 생각이 들었다.

"미스티아 님. 큰일이야!"

봉사 활동 3일째. 고아원 아이들과 느긋하게 창문을 닦고 있자 스완이 이쪽으로 달려왔다. 무척이나 긴급한 상황인지 반쯤 패닉 상태인 것이 확연히 보였다.

"왜 그래요? 무슨 일인데요?"

"저기, 앨리스 선생님이 팔이 빠질 것 같아. 도와줘!"

그를 따라가자 앨리스가 뭔가를 끌어안은 듯이 웅크리고 있었다.

"앨리스 선생님! 미스티아 님을 데려왔으니까 이제 괜찮아!"

스완이 웅크린 앨리스에게 말을 걸었다. 잘 보니 앨리스의 오른쪽 팔이 항아리에 쑥 들어가 있었다. 팔이 빠질 것 같다는 건 아마도 팔이 껴서 빼내기 힘든 상태가 되었다는 뜻이었던 모양이다.

"……미스티아 님."

앨리스가 나를 인식한 듯했다. 얼굴이 창백해졌다. 이렇게 겁내는 얼굴로 바라보면 매우 곤란하다.

"괜찮아요……?"

"아뇨, 시, 신경 쓰지 마세요. 닦다 보니까 저, 이 항아리가 마음에 들어서, 하하하, 팔은 뺄 수 있어요. 하하하하."

앨리스는 식은땀을 흘리며 눈동자를 이리저리 움직였다. 확실히 팔이 빠지지 않는 듯했다.

"팔이 안 빠지는 거 맞죠……?"

"도끼 좀 가져와 주세요. 팔을 자를게요. 남에게 민폐만 끼치는 이 팔은 제 인생에 필요 없어요!"

"사람 몸보다 중요한 항아리는 없어요. 잠깐 기다려 주세요."

주위를 둘러보자 마침 청소 중이었는지 양동이와 물이 있었다. 주변 아이들에게 앨리스가 이상한 마음을 먹지 않도록 지켜

봐 달라고 부탁하고 나는 수돗가로 향했다. 그리고 비누를 집어 들었다.

바로 양동이 안에 든 물에 비누를 풀고 그 물을 앨리스의 팔과 항아리의 입구 사이에 흘려 넣듯이 뿌렸다. 천천히 앨리스의 팔을 움직이자 스르르 팔이 빠져나왔다.

"비눗물을 사용하면 간단해요. 팔을 자를 필요까지는 전혀 없어요……. 그럼 도망치죠."

"도망쳐요?"

앨리스가 고개를 갸웃했다.

……도망친다고? 나도 모르게 입에서 나온 말인데, 뭐지? 나도 잘 모르겠다.

"아뇨. 아―…… 아무것도 아니에요. 어어, 항아리…… 잘 부탁드릴게요."

"네! 반짝반짝 광을 낼게요! 감사합니다!"

나는 경례하는 앨리스에게 인사하고 바로 자리를 떴다. 어째서인지 머리가 아파 왔다. 손이 비눗물 때문에 미끈거렸다. 이런 손의 감촉을 전에도 느껴본 듯한 기분이 들었다.

"전에도, 이런 일이……?"

"미스티아 님? 왜 그래? 안 좋은 일이라도 있었어?"

내가 손바닥을 바라보고 있자 어느샌가 옆에 와 있던 오트가 걱정스러운 눈으로 나를 올려다봤다.

"아뇨. 잠깐 생각에 빠져 있던 것뿐이에요."

"잠깐이라니, 무슨 생각? 마침 잘됐네. 놀이방으로 가면서 애기해 줘."

뒤에서 돌려오는 목소리에 뒤를 돌았다가 경악했다. 그곳에
있는 것은, 레이드 녹터였다.

"놀이방 정리를 하는데 너와 관련된 물건들이 나와서 찾고 있
었어."

"저와 관련된 물건이요?"

"응. 네가 그린 그림 같은 게 나와서 말이야. 바스 씨는 그냥
놔뒀으면 하는 모양이었지만 판단은 네게 맡기겠다고 해서."

레이드 녹터와 함께 고아원 복도를 걸었다. 아무래도 놀이방
으로 가는 모양이었다.

그보다 내가 그린 그림이라니, 좋지 않은 예감이 들었다. 내
그림 실력은 멜로조차 "너무 멋진 작품이라 범인들은 이해할 수
없을 거예요."라며 상당히 미묘한 코멘트를 남길 정도였다. 뭔
가 일어날 듯한 느낌이 들었다.

"부디 소각 처분하는 쪽으로 정리하고 싶어요."

"그건 어려울 것 같은데. 아이들도 좋아하고. 그러고 보니 네
전속 메이드와는 여기서 만났다고 했지? 메이드와 그린 그림도
있을까?"

"네. 아마도――."

멜로와의 추억. 분명 이곳에는 그녀와의 추억이 담겨 있다.

하지만 생각해 보면 이 고아원에 온 후로 멜로와의 기억이 전
혀 떠오르지 않았다.

만난 것은 분명, 겨울이었고…… 고아원에서 만났나? 아니면 저택에서?

그것조차 기억에 없었다. 나는 네 살에 멜로와 만났다. 그건 분명했다. 하지만 어떻게 만났는지 무슨 대화를 했는지 기억이 나지 않았다.

"……."

"미스티아?"

"아…… 죄송해요. 아무것도 아니에요. 하하하."

왜 기억에 없을까. 멜로는 소중한 친구이며 가족이다. 다른 사용인들과 처음 만난 날은 전부 선명히 기억난다. 그런데 멜로를 만난 날의 기억만 떠오르지 않았다. 예전에 그린 그림을 보면 떠오르려나.

"자. 우연히 저 선반 뒤에 숨겨진 것처럼 놓여 있는 걸 발견했거든. 뒤에 네 이름이 있어서 놀랐어."

놀이방으로 들어서자 레이드 녹터가 종이 몇 장을 내게 건넸다.

뒤에는 분명 어릴 적의 내 글씨체로 내 이름이 적혀 있었다. 그림도 내가 그린 것이다. 내가 좋아하던 동화 이야기. 멜로와 자주 읽었던 동화다. 나는 분명, 멜로와 여기에, 있었나?

종이를 팔락팔락 넘기자 전에 도서관에서 본 그림책을 따라 그린 듯한 두 사람의 그림이 그려져 있었다. 완전히 엑스트라 마을 사람 차림을 한 나. 그리고 또 다른 한 명. 똑같이 마을 사람 차림을 한 단발의, 여자아이. 멜로……로 보이기도 하지만 머리카락 색이 그녀보다 어두웠고 눈동자가 주황색이었다.

"이거 누구지……?"

"왜 그래? 미스티아."

그림을 빤히 바라보고 있자 레이드 녹터가 내 옆에 서서 그림을 들여다보았다.

"한 사람은 미스티아인가 보네. 그리고 다른 아이는…….'"

"아마 멜로인 것 같아요…… 뭔가 여러모로 다르지만요."

분명 멜로와 읽었던 책에 나온 복장이다. 헤어스타일이 멜로와 닮았고 분위기도 어쩐지 닮았다. 다른 것은 머리카락과 눈동자 색뿐이다. 그림을 그리고 색칠을 할 때 적당한 색이 없었던 것일지도 모른다.

"그렇구나. 무슨 책이었는지 나중에 나한테도 알려 줘."

"네……."

대답하며 그림을 접어 앞치마 주머니에 넣었다. 그림은 두고 갈 생각이었지만 어쩐지 가지고 가는 편이 좋겠다는 생각이 들었다.

"그보다 너는 어릴 때 여기 자주 왔다고 했지?"

"아, 네."

"나와 만나기 전에 너는 어땠을지 궁금하네."

"지금과 크게 다르지 않아요."

"그래? 어떤 식으로 놀고 어떤 대화를 하면서 지냈는데?"

"지금처럼 다른 사람이랑 교류를 잘 하지 않았어요. 같이 놀거나 대화하는 건 별로……."

"그래도 고아원에는 자주 왔다면서?"

"네. 그렇긴 하지만……."

어릴 적, 정확히 말하자면 에릭과 만나기 전까지 귀족 친구는 한 명도 없었다. 그것을 본 아버지는 나를 자주 고아원에 데려와 주었다.

이런 사실을 그대로 말해 주는 것이 좋을지 고민하고 있자 레이드 녹터는 나를 잠깐 보고는 조용히 옆에 있던 선반으로 손을 뻗었다.

"자. 체스판. 이것도 아까 그림이랑 같이 발견했어."

레이드 녹터의 손에 들린 체스 세트에는 바로 게임을 할 수 있게 이미 말이 놓인 상태였다.

"처음 만났을 때 같이 체스를 뒀잖아."

"네…… 벌써 5년 전이네요."

"실은 너와 뒀던 체스판은 아버지 거였어. 아버지는 원래 어머니의 사용인이었거든. 그때 둘이서 자주 체스를 뒀다고 해. 대화하는 것보다 훨씬 상대의 마음이 잘 보인다면서."

그 체스 세트는 상당히 오래된 듯했지만 손질이 잘 되어 있었다. 그의 부모님으로부터 소중히 물려받은 물건이어서 그랬구나.

"오늘 너랑 체스를 두고 싶었는데, 킹이 두 개 다 없어서 어려울 것 같네."

판을 보니 양쪽 킹 자리가 비어 있었다. 빤히 빈 킹의 자리를 바라보고 있자 흐릿하게 안개가 낀 것처럼 영상이 머릿속으로 흘러들어왔다.

누군가가 검은 킹을 들고, 나는 하얀 킹을 들고 있었다. 킹이 없으면 아무도 이 체스판은 쓰지 못한다면서, 그런 약속을 하는 영상이. 하지만 대체 나는 누구와 이런 약속을 한 거지……?

"……그때부터 너는 나를── 미스티아?"

레이드 녹터의 목소리에 정신을 차렸다. 그와 동시에 안개가 낀 듯했던 기억이 잠시 선명해졌다.

검은색인지 회색인지 구분이 가지 않는 어두운 색의 머리카락을 지닌 여자아이가 나를 보고, 울 것 같은 표정으로 내게 손을 뻗었다. 그녀는 조금 거친 말투였고 무뚝뚝했다.

맞아. 그 아이와, 분명 나는, 이 체스 세트로 같이 놀자는 약속을 하고 계속 승부를 겨뤘다.

"멜로……?"

하지만 그 아이가 멜로인지 기억이 나지 않았다. 멜로인지, 아닌지도 알 수가 없었다.

대체 그 아이는 누구지?

내가 모르는, 하지만 예전엔 알았을 아이가 있었다는 것. 그 문제는 어제 멜로의 일기를 보고 무사히 해결했다. 그보다 어젯밤 멜로의 방에 가 그 그림을 보여주니 그녀가 자신의 일기를 팔락팔락 넘기며 읽더니 "저네요."라고 대답했다.

참고로 그 마을 사람 그림은 마을 사람이 아니라 '초기 장비를 장착한 사람'이었다고 한다. 분명 내가 그렇게 표현했겠지. 그림과 머리카락이 다른 것은 아마 마땅히 칠할 색이 없어서인 듯했다. 하지만 선명히 기억이 나지 않아서인지 어쩐지 안개가 낀 것처럼 후련하지가 않았다.

그렇게 맞이한 봉사 4일 차. 오늘은 봉사 활동 마지막 날이다.

미리 정한 순서대로라면 15세 이상의 아이들과 만나는 날이지만, 15세 이상의 아이들은 평범하게 공부를 한다. 교육실습 활동이라면 몰라도 오늘은 봉사 활동. 방해할 수는 없으니 오늘도 놀이방에서 아이들과 놀아줬다.

한창 놀고 난 뒤 아이들은 낮잠을 자러 다른 방으로 이동했고, 나는 수분 보충을 위해 수돗가로 왔다. 물을 마시면서 기분을 전환하고 있는데 로베르토 와이즈가 물건을 옮기는 모습이 눈에 들어왔다.

아마 소꿉놀이용 인형을 꺼내는 듯했다. 아이들이 도와주고는 있었지만 누가 봐도 도움이 필요해 보였다. 인형의 머리는 로베르토 와이즈의 검지에 간신히 지탱되어 있었고 말 인형은 그의 엄지 힘으로 머리가 뭉개져 원형을 유지하지 못하는 상태였다.

게다가 상자가 큰 탓에 로베르토 와이즈는 앞이 보이지 않는 듯했다. 저대로 가면 위험할 것이다.

"도와드릴게요."

"앗, 아, 괜찮아. 내가 옮길 수——."

나는 그의 시야를 가로막는 상자 두 개를 들었다. 덤으로 손가락으로 겨우 지탱되던 인형들을 구출했다.

"미스티아 님도 소꿉놀이 같이 할 거야?! 그럼 나도 할래!"

"나도 도와줄래!"

짐을 옮기려고 한 발짝 내디딘 순간 아이들이 한꺼번에 모여 들었다. 옮기려고 했던 내 상자도, 로베르토 와이즈가 들고 있던 상자도 순식간에 아이들의 손으로 옮겨졌다.

"미스티아 님! 오늘 날씨 좋으니까 밖에서 하자!"

"바깥 더위 때문에 가족들이 쓰러지고 마침 의사 선생님은 멀리 있어서 우리끼리 응급 처치를 해야 한다는 설정이야!"

아이들은 즐거운 얼굴로 소꿉놀이를 시작했다. 하지만 로베르토 와이즈는 의아하다는 표정으로 나를 바라봤다.

"……저 묘하게 구체적인 설정은 대체……."

"아, 저건 훈련이에요."

"훈련?"

"으음. 눈앞에 다른 사람이 갑자기 쓰러졌을 때 응급 처치 지식이 있으면 도움이 될 가능성이 커지잖아요."

사람은 '저 지금부터 피 내뿜으면서 쓰러질게요—.' 하고 예고하면서 쓰러지지 않는다. 언제나 갑작스럽게 쓰러질 수밖에 없다. 나도 갑자기 트럭에 치였다. '자, 지금부터 트럭에 치여 볼게요—.'라고 선언하고 치인 것이 아니다.

나도 전혀 상상하지 못했다. 운전자도 그랬겠지. 사고는 그런 것이다. 그런 것처럼 언제 무슨 일이 일어날지 모른다. 그러니 응급 처치 등을 여러모로 공부했다.

"그런 것까지……."

"다른 사람을 구하는 데에 자격은 필요 없으니까요. 의사가 되려면 필요하긴 하겠지만……."

"그렇……군."

"네. 그냥 간단한 거예요."

"……나는 널 알아 갈수록 내 어리석음을 깨닫게 돼."

로베르토 와이즈가 고개를 숙였다. 그는 고아원에 온 후로 매일 생기를 잃어가는 듯했다.

"미스티아 님! 로베르토 선생님! 빨리 와―!"

"빨리 와! 빨리이―!"

아이들이 우리를 불렀다.

"갈까요?"

"그래."

로베르토 와이즈와 함께 나는 중앙 정원으로 향했다. 아이들의 웃음이 정원에 피어난 해바라기처럼 반짝반짝 빛났다.

봉사 활동 마지막 시간은 작별 인사 시간이었다. 아이들에게 4일간의 감사를 담은 편지를 받고, 반쯤 표창받는 듯한 형식으로 우리는 고아원 아이들과 헤어졌다.

"저, 나중에 여기서 일할래요……!"

작별 인사를 마치고 돌아온 응접실에서 앨리스는 편지를 읽으며 눈물을 글썽거렸다. 루키트 님도 "읽기 힘드네."라면서 편지를 소중히 들고 있었다.

어쩐지 지금 이 루키트 님의 모습이 그녀의 진짜 모습인 것처럼 느껴졌다. 처음엔 위기 상황에 빠진 탓에 여러모로 정신적으로 불안정했겠지.

앞으로 친해질 수 있으면 좋겠다.

그러나 이제 여름방학이 시작할 테니 만나는 것은 2달이 지난 후다. 2학기부터는 숙박 체험 학습, 그다음 달은 전생에서 '문화제'라고 부르는 축제, 그리고 미스티아가 앨리스의 드레스를 찢는 사건이 일어나는 댄스 파티가 있다.

혹시 모르니 그 준비도 해 둬야지. ……재봉실에 가서…….

"미스티아 씨? 뭐 하고 계세요? 다들 마차로 가는데요."

편지를 읽던 루키트 님이 어느샌가 앞치마를 벗고 방 밖에 서 있었다. 이러면 안 되지. 완전히 멍하니 생각에 빠져 있었다.

나는 앞치마를 벗고 빠르게 정리한 후 서둘러 방을 나섰다. 루키트 님은 이미 복도를 걸어가는 중이다. 나는 다시 한번 방에 두고 가는 물건이 없는지 확인한 후 문을 닫았다.

"미스티아 씨."

루키트 님이 걸어가는 반대쪽에 원장님이 서 있었다. 그는 뭔가 두꺼운 것이 들어갔는지 조금 불룩한 커다란 봉투를 들고 내게 다가오더니 그것을 내밀었다.

"오늘까지 수고하셨습니다. 부디 이걸 받아 주세요."

"네?"

"당신에게 이것을 맡길게요. 아무도 없을 때, 아무도 보지 않을 때 봐 주세요. 아무리 신뢰할 수 있는 사람이더라도 절대 보여 주시면 안 됩니다. 저택 분들도 마찬가지예요."

나는 그의 말대로 봉투를 받아들었다. 대체 이 봉투는 뭐지? 고개를 들자 원장님은 아이들을 어르는 듯한 얼굴로 웃었다.

"봉사 활동으로 당신이 여기 올 줄은 상상도 못 했어요. 하지만 당신은 여기로 오셨죠. 운명이란 건 신기한 거예요."

"네……?"

"예전이었다면 전 분명 아무도 모르게 처리되었겠지만, 지금이라면 저는 계속 여기 있을 수 있으니까요. 예전의 당신이었다면 절대로 가질 수 없었을 그것을, 지금 당신은 가지고 있어요."

원장님의 평소 같은, 구연동화를 하는 것 같은 말투였다. 하지만 그 목소리로 이어나가는 말 하나하나가 매우 소중해서 절대 흘려들을 수 없다는 생각이 들었다.

"저는 대본에 충실한 배우로 살고 싶습니다. 하지만 즉흥극도 무척이나 좋아하죠……."

원장님이 내민 손을 나도 맞잡아 악수했다. 그는 내 손을 한번 꼭 잡고는 놓아주었다.

"그럼 이제 헤어질 시간이군요. 봉사 활동, 수고하셨습니다. 마차까지 배웅해 드릴게요."

그는 나를 에스코트하듯이 고아원 복도를 걸었다. 나는 조금 이상한 기분으로 봉투를 끌어안고 고아원을 뒤로했다.

고아원에서 돌아온 나는 혹시 몰라 저녁까지 마친 후, 잠이 들기 직전까지 봉투를 숨겨두었다. 그리고 방의 불을 끄고 30분을 더 기다린 후, 복도에 아무도 없는지를 확인하고 봉투를 침대 아래에서 꺼냈다.

바스 씨는 익살스러운 태도로 말하기는 하지만 거짓말이나 농담은 하지 않는다. 그러니 '암살당한다' 같은 말을 농담으로 하지는 않을 것이다.

그러니 지금 내 손에 있는 이 봉투가 대체 무엇인지, 전혀 상상도 되지 않았다.

조금 심장의 고동이 빨라지는 것을 느끼며 안을 확인하니, 커다란 기록장이 나타났다.

기록장에는 명부만이 간소하게 적혀 있었다. 기록된 기간은 15년 전부터 5년 전까지. 마침 내가 태어나고 10살이 될 때까지 고아원에 입소한 아이들의 이름, 퇴소한 아이들의 이름이 성별과 연령과 함께 적혀 있었다.

"어라……."

하지만 있어야 할 멜로의 이름이, 없었다. 멜로의 이름이 없다. 촛불로 비춰 아무리 찾아봐도 결과는 변하지 않았다. 멜로와 만난 것은 내가 4살일 때. 멜로는 분명 8살일 때였다. 나는 11년 전 기록 페이지를 열었다.

"……아, 여기 있다."

잘 확인하니 분명 8살 아이 이름이 있었다. 같은 해에 들어온 아이는 2살과 3살. 8살보다 연상인 아이는 없었다. 분명 이 아이가 멜로일 것이다. 그러나 그곳에는 멜로라는 여자아이의 이름이 아니라 '딜리아'라는, 내 기억에는 전혀 존재하지 않는 남자아이의 이름이 적혀 있었다.

번외. 황혼에 물든 길

SIDE: Eric

"안녕하세요."

여름방학이 시작하기 3일 전. 나는 수레를 끄는 촌스러운 직원 앞에 섰다. 조용히 들린 그의 얼굴은 지나치게 긴 앞머리에 가려져 있어서 여전히 입가밖에 보이지 않았다.

"네, 안녕하세요. 무슨 일이신가요? 뭔가 고장 나거나 비품이 필요하신……."

초조한 말투로 당황하여 말하는 모습에 부자연스러운 느낌은 없었지만, 반대로 전혀 부자연스럽지 않은 것이 오히려 이상했다.

전부터 이 녀석은 이상하다고 생각했다. 미스티아의 호감을 받고, 그녀가 위험할 때 어딘가에서 지켜보고 있었다는 듯이 적절한 타이밍에 나타난다. 그녀가 누군가에게 도움을 받았다는 이야기를 할 땐 반드시 이 남자의 이름이 나왔다.

"오늘은 직원님한테 묻고 싶은 게 있어서 왔어. 직원님은 지금 어디 살고 있어?"

"네, 네에? 가, 갑작스럽네요. 수업 과제 같은 건가요? 저는 아카데미에서 조금 떨어진 곳에 살고 있는데요."

——어째서 이런 질문을 하는 걸까. 그렇게 말하고 싶어 하는 듯한 목소리였다. 초조함은 없었다. 보통은 경계하거나, 귀족을

향한 공포가 목소리에 섞여 있어야 하는데.

역시 이 녀석은 이상한 녀석이다. 짜증 나. 방해물이었다. 어쩌면 그 메이드보다 더한.

"그럼 출신은?"

"어어…… 제 입으로 말하기에는 좀 그렇지만 귀족분들은 전혀 모르는, 매우 열악한 환경에서 자랐습니다. 학생분들께 말씀 드리기 꺼려질 정도인 곳이에요……."

"……직원님은 대체 정체가 뭐야?"

노려보기도 해 봤지만 눈앞의 남자는 고개를 기울일 뿐이었다. 일반적으로는 기가 죽어야 하는데, 겁먹는 기색은 전혀 보이지 않았다. 주저하는 척을 하는, 괴물.

"하하. 무슨 말씀이세요. 저는 직원이에요. 학생분들과는 그다지 면식이 없지만요."

"본래 모습을 드러낼 생각은 없어?"

"……그게 무슨 의미죠? 죄송하지만 저는 머리가 그리 좋지 않아서……."

"실은 직원님에 관해 조금 조사해 봤거든. 미스티아의 주변에 이상한 일이 잔뜩 일어났잖아? 체육제 도료가 없어지거나, 작품이 망가지거나. 그리고 그때마다 항상 직원님이 미스티아를 도와줬지."

"우연이에요. 저는 학생분들의 물건을 훔치거나 망가트린 적이 없습니다!"

"알고 있어. 작품을 망가트린 것도, 도료를 훔친 것도, 저번에 흉기를 가져온 멍청이잖아?"

미스티아를 운명의 상대라고 착각해서 습격한 녀석. 내가 죽여 버리려고 했는데 집에 불을 지르고 죽었다고 한다. 원래 후작가였던 가문이 남작까지 떨어져서 궁핍해진 상태였는데 불까지 나서 안타깝게 됐다는 이야기를 전해 들었다.

"그런데 난 직원님을 의심했거든. 멍청한 범인이 있었다는 걸 알기 전까지 말이야. 그래서 하인한테 직원님을 조사하라고 명령했어. 그런데 결국 아무것도 못 찾았지 뭐야."

"그야 제가 범인이 아니었으니까 말이죠……. 왠지 죄송하네요. 수고스럽게 만든 것 같아서. 제가 조금 더 똑 부러지는 사람이었으면 의심하지 않으셨을 수도 있는데……."

눈앞의 남자는 미안하다는 듯이 고개를 숙였다. 재수 없었다. 재수 없는 데다가 미스티아의 호감까지 얻었으니 죽었으면 좋겠다.

"……그래도 이상해."

"뭐가 말이죠?"

"조사해도 당신이 아카데미 밖에서 어떻게 생활하는지 전혀 알 수가 없었어. 직원님을 미행한 하인은 매번 당신을 놓쳤지. 이상하다고 생각하지 않아? 평민이 훈련된 하인을 따돌리다니 있을 수 없는 일이잖아."

이 남자를 계속 조사했다. 하지만 이력서에 기재된 정보 외에는 아무것도 알아내지 못했다. 교우 관계도, 그 무엇도. 주소는 귀족 아카데미의 직원 숙소로 적혀 있었다. 하지만 숙소에 물어

보니 이 남자는 그곳에 살지 않는다는 답변이 돌아왔다. 그다음으로 태어난 곳을 조사했다. 옆 나라의 이름이 적혀 있어서 조사하는 데에 시간이 걸렸으나 결국 그곳에는 집이 없었다.

"그렇게 말씀하셔도…… 곤란하네요……. 저는 존재감이 없다는 말을 자주 듣거든요. 아마 그래서 저를 못 보신 게 아닐까요? 그보다 무섭네요. 누군가 저를 쫓아오고 있었다니. 저는 귀족도 아닌데…… 아하하."

이렇게 추궁해도 남자는 페이스를 잃지 않았다. 절대로 들키지 않을 자신이 있는 건가……?

뭔가 한마디라도 해 주려고 한 발짝 앞으로 나선 순간, 종이 울렸다.

"다음엔 제가 도와드릴 수 있는 일로 찾아주셨으면 좋겠네요."

직원은 내게 인사하고 수레를 끌고 멀어져갔다. 저 녀석은 정체를 알 수가 없었다. 미스티아에게 접근하지 못하게 하는 것이 낫다. 하지만 미스티아는 저 녀석을 마음에 들어 하니까, 그녀에게 부탁하는 것은 그다지 좋지 않을 듯하다.

저 녀석을 없애 버릴까. 조금 더 조사하고 여름방학이 끝나면. 상대는 평민이니 분명 다른 때보다 쉽게 처리할 수 있을 것이다. 미스티아의 메이드보다도.

"하아, 주인 만나고 싶다……."

미스티아는 지금 봉사 활동 중. 그게 끝나면 다시 아카데미로 돌아온다. 여름방학에는 그녀와 외출할 수 있다. 그리고—— 메이드를 없앨 수 있다. 창밖을 보니 푸르른 하늘에 하얀 구름이 떠다녔다. 분명 오늘은 예쁜 노을이 지겠지. 노을. 새빨간 하늘.
미스티아의 눈동자 색.

　미스티아에게 만나고 싶은 마음으로 충만한 나는 수업에 늦지
않도록 복도를 뛰어갔다.

도피처가 생기면

한숨을 내쉬며 아침의 빈 교실에서 명부기록을 읽었다. 오늘은 종업식. 그리고 내일부터는 드디어 여름방학이 시작된다. 맑게 갠 화창한 하늘에 하늘보다 높이 뜬 뭉게구름. 뜨거운 햇살. 그야말로 여름. 그림으로 그린 듯한 여름이었다.

하지만 내 마음은 답답하기만 했다. 그 이유는 바로 기억 속의 남자아이 때문이다.

멜로는 실은 남자아이가 아니었을까…… 하는 생각도 해 봤지만 나는 그녀가 옷을 갈아입을 때 찾아가는 바람에 알몸을 본 적이 있었다.

그때 멜로는 갑작스러운 침입자가 나타나자 패닉에 빠져 무슨 생각을 했는지 내게 등을 돌리지 않고 오히려 나를 가로막는 듯한 자세를 취했다. 지금 생각해도 정말 미안한 일이었다.

그리고 그 명부를 잘 보니 그 정체를 알 수 없는 남자아이가 나타난 다음 해엔 분명 멜로가 있었다.

내가 다섯 살일 때, '멜로, 8살, 여자아이'라는 기록이 있었다. 1년이 어긋난 것이 신경 쓰이긴 했지만 멜로는 분명 있었다. '딜리아 군'이 멜로가 아닌 다른 사람인 것은 분명했다.

다른 아이는 기억에 있는데 그 아이에 관한 기억만 마치 마법으로 지운 것처럼 없었다. '게임의 강제력'이라면 몰라도, 이것은 게임과 관계없는 일이라 괜히 불안했다.

"여어, 미스티아. 오늘 날씨 최악이네. 기분 나빠."

그러니 지금 내 뒤에서 들려오는 클라우스의 목소리도 정신이 불안해서 생긴 환청이겠지. 나는 교실로 들어와 안에서 문을 잠갔다. 안에 사람이 없는 것도 확인했다. 클라우스가 들어와 있을 리가 없다. 아무리 정보통이라고 해도 잠긴 문을 마음대로 열지는 못할 테니까. 하지만 손에 든 명부가 허공에 떴다.

"어?"

"이제 사람의 호의뿐만 아니라 사람 자체를 무시하는구나, 너는? 심각하네. 의사한테 진찰받아 봐. 아니면 여기서 뛰어내려서 바로 편해지든지."

명부를 눈으로 따라가 보니 명부를 든 클라우스가 내 옆에 서 있었다.

"어……? 아까 문을 잠가서 분명 못 들어올 텐데……."

"잘 들어. 자물쇠를 잠가도 부숴버리면 들어올 수 있다고. 아무도 들이기 싫으면 애초에 문이 있는 곳에 있지 마, 쓰레기야."

문을 부쉈다고? 주저하며 문을 바라봤으나 문은 부서진 흔적 없이 닫힌 채였다. 문을 따고 들어온 뒤 제대로 닫기까지 한 듯했다.

"아, 안심해. 나는 세상에서 가장 예의 바른 사람이라 문은 제대로 다시 잠가뒀어. 다른 녀석은 못 들어와. 단둘이라고. 사이 좋게 있자."

킬킬 웃으며 명부를 넘기는 클라우스를 보고 현기증이 들었다. 빼앗으려 했으나 그는 휙 점프하더니 책상 위를 걸었다.

"저기, 멋대로 보지 말아 주세요. 꼭 저만 보라고, 약속하고 받은 거란 말이에요."

"뭐? 이런 낡아빠진 장부가 뭐가 그렇게 중요하다고 약속까지 해? 응? 포르테……, 이거 포르테 고아원이잖아!!"

갑자기 클라우스가 내 옆으로 쿵 뛰어내렸다.

"너, 너! 나 몰래 새치기한 거야?! 나 몰래 이런 재밌는 걸 가져오다니! 이런 걸 얻었으면 바로 말하라고! 정말 무정한 녀석이네…… 으음? 이상하네…… 넌 무뇌 쓰레기에 재미없는 평화주의 멍청이잖아. 이 재미를 눈치 못 챘을 텐데. 그런데 왜 눈을 뒤집어 까고 이걸 보고 있었던 거야?"

클라우스가 나를 보고 놀랐다. 그는 나를 몇 번이나 놀라게 했지만 그가 놀라는 모습은 처음 보는 것 같았다.

"아뇨……. 이 명부, 뭔가 이상해서요. 시기가 어긋나 있다고 할까, 제 전속 메이드가 있는 시기가 1년 어긋나 있어요. 게다가 그 시기에 제 기억에 전혀 없는 남자아이가 한 명 더 있고……."

"너, 봉사 활동으로 포르테 고아원에 갔지?"

"네."

"거기서 이상한 일 없었어? 예전에 가지고 놀았는데 기억에 없는 장난감이라거나, 같이 그린 녀석이 기억나지 않는 그림이라거나, 자화상이라거나."

"낙서는 있긴 했어요. 그래도 바로 찾았어요."

"누가 그려져 있었는데?"

"제 전속 메이드요. 일기를 보고 확인해 줬어요."

그렇게 대답하자 클라우스는 눈을 크게 뜨더니 배를 붙잡고 웃기 시작했다.

"진짜냐?! 시녀가! 그랬구나! 정말 최고네! 그런 일이 있었구나!! 최고다, 진짜!"

"저기……."

"히히. 그 헬렌 루키트를 납치하려던 놈을 때려눕힌 그 여자 말이지! 정말 최고야! 역시 넌 최고라고! 여기도 저기도 시궁창이잖아, 미스티아! 나랑 결혼 안 할래?"

클라우스가 책상에서 뛰어내리더니 이리저리 뒹굴었다. 뭐가 그렇게 재밌는지 전혀 알 수가 없었다. 대체 무슨 생각을 하는 거지……? 너무 웃어서 눈물을 흘린 그가 이내 "하아." 하고 한숨을 쉬었다.

"좋은 거 알려줄까, 미스티아?"

"네?"

"네가 교회에서 데리고 온 녀석이잖아, 이 녀석."

"……네?"

"내가 살던 곳 근처 교회가 망했었다고 얘기했잖아? 그래서 조사해 봤는데 말이야——…… 그걸 망하게 한 게 너였어. 바그라 교회."

"저는 그런 일을 한 기억이 없는데요."

"뭐, 11년 전이니까 말이야! 기억이 안 나도 이상하지 않지. 그래도 말이야. 네가 지하에서 꼬마를 빼 와서 아빠한테 술술 불어서 진상이 드러났다는 기록이 확실히 여기 있지. 예배하러 온 아렌가 소녀가 지하에서 인신매매로 팔릴 뻔했던 아이를 발견해서 용감하게 구출했다고."

클라우스는 어디에선가 신문 조각을 꺼내 들더니 일부러 종이 비행기를 접어 내게 날렸다. 펼쳐보자 그곳에는 분명 그가 말한 내용이 적혀 있었다.

아이들이 차고 있던 쇠고랑을 네 살이라고는 생각할 수 없는 기지로 풀어냈다는 등 내 기억에는 없는 내용뿐이었다.

"그런데 말이야. 안타깝게 됐네, 미스티아. 이 신문은 네 가문의 압박을 받아서 결국 밖으로 나돌지 못했어. 불쌍하게도! 뭐, 부모님의 마음을 생각해보자면? 몰랐다고는 해도? 그리고 정의의 구출극이었다고 해도? 귀엽고 사랑스러운 따님인 미스티아가 인신매매 꼬마들이 갇힌 장소에 갔다! 라는 기록은 남기고 싶지 않았겠지!"

"으음……."

"그래서 문제는 그게 아니야……. 이 신문이 발매되었어야 할 시기, 이거야. 이거랑 네가 말한 꼬마가 고아원에 온 시기가 딱 겹친다고 생각하지 않아?"

클라우스가 다가와 신문과 명부 기록을 손가락으로 가리켰다. 확실히 시기가 일치했다.

전후 배경은 어쨌든 교회에서 나와 고아원에 들어왔다면 이 두 시기가 겹치는 것은 매우 자연스러운 일이다.

"이렇게 흥분되는 일도 없는데. 너한테는 그때의 기억이 없지? 내가 교회가 망했다는 이야기를 했을 때 너는 아무 반응도 안 했잖아."

그렇게 말한 클라우스는 "하아, 이 쓰레기 같은 머리가 더 멍청해지지 않기를……."이라며 내 머리를 쓰다듬었다. 구속되어서 인신매매 당하려는 아이를 봤다면 보통은 기억에 남아있을 것이다. 다시 기억을 뒤져보니, 바그라 교회의 기사를 읽었을 때 노예 각인이 된 장발 여자아이의 등이 떠올랐던 것 같은 기분이 들었다. 어라, 그런데, 여자아이……?

"내가 바그라 교회에 데려가 줄까?"

"네……?"

"그런 땅은 건들고 싶지 않다면서 사는 사람이 아무도 없어서 아무도 정리를 안 했거든. 건물은 당시 그대로 남아 있어. 그러니까 잘 살펴보고 제대로 떠올려서 이 여름을 기분 좋게 보내는 게 좋지 않겠어? 나랑 가는 게 무서우면 엄청나게 도움 되는 사람을 준비해 둘 테니까 말이야. 그 녀석이랑 티타임을 간다고 하면서 저택 녀석들이 못 따라오게 하면 되지. 크크큭."

나는 뭘 잊고 있는 거지? 왜 지금까지 기억이 없는 걸 눈치채지 못했지?

"올해 여름은 어쩐지 최고의 여름이 될 것 같네, 미스티아."

클라우스는 웃으며 교실을 나갔다. 문이 열리자마자 미지근한 바람이 내 뺨을 스쳤다.

"뭔가, 일어나고 있는 거야……?"

다시 생각해보려 했으나 머리만 아프고 아무것도 떠오르지 않았다. 그리고 흐려지는 사고를 막듯이 예비종이 울렸다.

클라우스의 안내에 따라 바그라 교회로 향한다. 불안한 마음뿐이었지만 역시 소중한 멜로와 관련된 기억이 누락 되었을지도 모른다는 불안함 때문에 나는 그에게 부탁하기로 했다.

그리고 여름방학이 시작하고 얼마 지나지 않아 클라우스와 만나기로 한 날. 나는 저택과 외부를 잇는 문 근처에서 클라우스가 준비한 도우미가 도착하기를 기다리는 중이다.

부모님과 멜로를 포함한 사용인들에게는 여름 방학 과제 연구를 위해 센트릭가에 간다고, 날 데리러 올 사람이 있으니 호위나 배웅은 필요 없다고 말해 두었다. 이로써 준비는 전부 마쳤다. 이제 기다리기만 하면 된다.

하지만 클라우스가 준비했다는 도우미라니…… 지금 와서 불안해졌다. 그 클라우스가 아닌가. '최고의 도우미는 자기 자신'이라면서, 오지 않는 사람을 기다리는 나를 몰래 지켜보며 웃고 있을 가능성도 있다.

하지만 그러지는 않으리라고 믿고 싶다. 클라우스에게 '재미있는 상대'로 인식되는 동안이라면 그는 협력을 아끼지 않을 테니까……. 모든 것을 의심하기 시작한 사고를 떨쳐내고 고개를 들었다. 드디어 낯익은, 아니, 낯익을 수밖에 없는 마차가 내 앞에 멈춰 섰다.

마차에선 낯익은 마부가 나와 마차의 문을 열었다.

"짠―. 도와주러 왔어, 주인!"

"에릭……?"

마차에서 나타난, 햇살을 눈부시게 반사하는 아름다운, 붉은 기 도는 흑발, 비취색 눈동자. 클라우스가 준비한 도우미──그 사람은 어떻게 봐도 에릭이었다.

"으음──, 바람 기분 좋다. 주인. 되게 상쾌해."

마차의 창문을 열고 에릭이 머리카락을 바람에 휘날리며 기분 좋게 기지개를 켰다. 나는 에릭이 권하는 대로 하임가의 마차에 올라타서 바그라 교회가 있는 이웃 마을로 향하는 중이다. 하지만 상황 파악이 되지 않았다. 왜 에릭이 여기에⋯⋯?

"저기, 에릭⋯⋯ 선배는 클라우스 센트릭 씨의 소개로 오신 거죠⋯⋯?"

"맞아──."

"두, 두 사람은 친구 사이였나요?"

에릭이 클라우스의 소개로 왔다니. 그것도 놀라웠지만, 에릭과 클라우스가 서로 아는 사이였다는 사실이 더 놀라웠다. 클라우스는 서포트 캐릭터라는 위치니까 얼굴을 아는 것은 이상하지 않다. 하지만 그 클라우스가 도우미, 협력자로 에릭을 지명했다니. 어느 정도 교류가 있다는 소리가 아닌가.

"친구 따위는 아니야. 뭐, 아는 사이긴 하지."

"어, 언제부터⋯⋯?"

"음. 입학하고 조금 지났을 때였나. 도움이 필요할 때 걔가 먼저 도와주겠다며 말을 걸었거든. 그때부터였나. 그 후에는 마주치면 인사 정도는 하는 느낌?"

무척이나 클라우스가 할 만한 수단이었다.

"……저기, 이번 일을 부탁받은 경위를 물어봐도 될까요?"

"응? 그냥 자기가 안내하고 싶은데 다른 할 일이 있으니까 대신 와 달라고 부탁받았을 뿐이야."

그렇다는 것은 나는 그냥 바그라 교회에 흥미가 있어서 가는 것이라고 이야기를 해놓은 모양이다.

클라우스가 할 일…… 의외로 뒤에서 몰래 지켜보는 것일 가능성도 있다. 주의해야겠어.

"뭐, 다른 사람을 안내하는 거였으면 거절했겠지만 상대가 주인이잖아. 바그라 교회에 관해 안내할 내용도 들었고, 출입 허가도 받았으니까 오늘은 안심하고 나한테 맡겨!"

"안내할 내용이요?"

"응. 제대로 공부해 뒀지. 무슨 일이 있었다거나, ……뭔가가 있다거나. 랜턴도 준비했으니까 준비는 완벽해!"

랜턴. 나도 가져왔다. 랜턴 두 개의 광량이면 든든하다고 생각하다가 어느 한 사실을 깨달았다. 에릭은 그 사건을 알고 있다. 당연한 소리다. 바그라 교회를 아는데 그 사건을 모를 리는 없다. 그런데 에릭은 왜 내가 바그라 교회에 가는지 이유를 전혀 묻지 않는다. 보통이라면 물어볼 텐데. 혹시 나를 배려해서 일부러 묻지 않는 걸까.

"에리……."

"후후. 그보다 왠지 주인이랑 데이트하러 가는 기분이야."

에릭은 기쁜 얼굴로 웃었다. 그러고 보니 젊은 남녀가 등교하는 것도 아닌데 마차에 단둘이 타 있는 상황이다. 다른 사람이 보면 데이트라고 생각할 게 뻔했다. 절대로 앨리스나 다른 관계 각처의 눈에 띄면 안 된다. 에릭의 평판에도 영향이 갈 것이다.

"아니, 그건……."

"그럼 소풍으로 할까? 앗! 나, 홍차도 가져왔어! 도착하려면 시간이 꽤 걸리잖아? 그러니까 같이 마시려고."

에릭은 "자." 하며 컵을 내밀고는 홍차를 따라줬다. 컵 안에는 작게 소용돌이가 생겨났다.

"내가 우려낸 거야! 어때? 무슨 맛 나?"

"아뇨, 아직 안 마셨는데…… 잠시만요."

재촉당하듯이 나는 홍차를 마셨다. 은은하게 알싸한 향과 감귤 향이 섞인 맛이었다. 맛있다.

"뭔가, 산뜻한 맛이네요. 조금 알싸한 맛도 있……."

어라, 혀가 잘 움직이지 않는다. 왠지 눈꺼풀이 무거웠다. 몸이 무겁게 가라앉는 듯한 감각이 들었다.

"주인, 졸려?"

"아뇨. 괜찮나……요."

말도 녹아버리는 듯했다. 눈을 뜨고 있기가 힘들었다. 나는 현기증과 닮은 나른함을 느끼고 눈을 감았다.

"주인, 주인—! 이제 일어나!"

뺨에 약하게 톡톡 와닿는 느낌에 천천히 눈을 떴다. 시야에 비치는 풍경은 완전히 낯설었다. 그 풍경을 배경으로 에릭이 나를 들여다보고 있었다.

"에릭…… 왜……? 여기가 어디…….."

"벌써 낮이야. 어제 교회에 도착했는데 미스티아가 일어날 기미를 안 보이잖아. 서둘러 근처 마을로 와서 숙소 잡고, 정말이지, 아직도 멍해 보이네! 어제 잠 별로 안 잤어?"

"아니…… 그렇지는…….."

어쩐지 아직도 머릿속이 멍했다. 에릭에게 물이 든 잔을 받아 목을 축이자 그에게 받은 홍차의 독특한 풍미가 코에 맴도는 듯한 기분이 들었다.

"저, 얼마나 잠든 거죠……?"

"어제 낮부터니까…… 22시간 정도인가? 정신없었어. 아렌가에 연락하고, 우리 집에도 연락하고."

"죄송해요."

사과하자 에릭은 "괜찮아―!" 하며 내 머리를 툭툭 쓰다듬었다. 다시 주위를 둘러보자 나는 침대 위였고 옆에도 싱글 베드가 있었다.

"그보다 미스티아가 일어나 줘서 정말 다행이야. 뭐, 교회 출입 허가는 다시 받아야 해서 그건 좀 번거로워졌지만."

출입 허가를 다시――?

"아, 안심해. 센트릭한테 허가를 다시 받아달라고 연락해 둔 상태니까. 그런데 허가는 빨라도 내일쯤 받을 수 있대. 그래서 아렌가랑 우리 집에 다시 연락했어. 그러니까 오늘은 일단 마을이나 둘러보자. 나, 가고 싶은 가게가 있거든!"

"버, 번거롭게 해서 죄송해요."

"아니—. 난 주인이랑 같이 여름 방학을 보낼 수 있어서 기쁘니까 신경 쓰지 마. 일단 씻고 나서 아침 먹으러 나가자. 나도 준비할게."

에릭은 방을 나갔다. 나는 주뼛거리며 준비를 시작했다.

바그라 교회에서 가장 가까운 이 영지는 운송이나 이동에 도보뿐만 아니라 곤돌라를 이용한다고 한다. 마을에 흐르는 강은 당연하게도 바다와 이어져 있었고, 이 지역은 강과 바다에서 잡은 신선한 생선 요리를 먹을 수 있는 것으로도 유명하다. 그래서 아침부터 호화로운 생선 요리로 식사를 마친 우리는 마을을 구경하는 중이다.

교회가 마음에 걸리지만 내가 잠드는 바람에 오늘은 교회에 가지 못한다.

"에릭 선배는 가고 싶은 곳 있어요?"

"에릭이라고 불러. 여긴 다른 학생들도 없고 우리만 있잖아."

"그래도⋯⋯."

"뭐 어때! 그보다 안 불러주면 교회에 안 데려가 줄 거야. 내 이름으로 출입 신청 해 놨으니까 내가 싫다고 하면 주인도 못 들어갈걸. 그래도 괜찮아?"

에릭이 고집스러운 눈으로 나를 바라봤다. 교회를 인질로 삼으면 어쩔 수 없다. 그게 이렇게 외출한 목적이니까⋯⋯. 내가 주뼛거리며 "에릭." 하고 부르자 그는 기쁜 얼굴로 내 팔을 붙잡고 "이 가게로 가보자!" 하며 새까만 지붕이 얹힌 가게를 가리키며 달려갔다.

에릭이 가고 싶다고 했던 가게에 들어섰다. 아무래도 이곳은 향유 등을 취급하는 아로마 숍인 듯했다. 목제의 독특한 색감의 램프가 비추고 있는 실내는 정유가 담긴 병이 벽을 따라 빼곡히 늘어서 있었다. 창문 너머로 보이는 안쪽 공간에는 장인 여러 명이 정유를 피펫으로 옮기며 블렌딩 중이었다.

"어서 오세요. 찾으시는 물품이 있으신가요?"

실내를 둘러보고 있자 점원이 다가와 말을 걸었다. 에릭은 내 앞으로 나서더니 "예약했던 하임이에요."라고 대답했다.

"하임 님, 기다리고 있었습니다. 안쪽으로 들어오시죠."

점원은 가게 안에 있는 문을 열었다. 예약? 대체 어떻게 된 일이지. 의아했지만 점원과 에릭이 걸음을 옮기는 바람에 나도 뒤를 따라갔다. 문을 넘어서자 안쪽에는 레스토랑의 개별실처럼 방이 있었다. 방금 있던 공간은 따스함이 느껴지는 나무색이 많이 사용되었는데 이곳은 검은 바닥에 다크 베이스의 책상, 그리고 의자가 두 개 배치되어 있었다. 그리고 책상에는 아까 본 정유 병이 여러 개 늘어서 있었다.

"저희가 정유를 몇 개 준비해 뒀으니 원하시는 정유를 골라 병을 가득 채운 후 이쪽에 있는 종을 울려 직원을 불러 주시기 바랍니다."

"네."

점원은 우리가 방으로 들어서자 바로 나가 버렸다. 의아하게 생각하면서 에릭을 바라보자 그는 내가 질문하기 전에 "어제, 미스티아가 자는 사이에 예약해 뒀어."라고 말하고는 의자를 끌었다.

"정유를 원하는 대로 섞어서 나만의 향을 만드는 거야."

"나만의 향……."

"일단 여기 앉아, 주인."

그가 말하는 대로 나는 의자에 앉았다.

"정유는 몇백 종류나 있잖아? 그래서 점원한테 미리 주인의 분위기나 성격을 알려주고, 나도 좋아하는 색 같은 걸 전달해서 어울리지 않는 향은 전부 빼달라고 했어."

"그렇군요……."

책상 위를 보니 라벤더나 장미, 로즈마리에 민트, 타임 등 다양한 종류의 오일이 준비되어 있었다. 책상 위에 있는 병은 대충 봐도 30개는 되는 듯했다. 빠진 향도 있는데 이렇게 많다니 놀라울 따름이다.

"서로 분위기에 맞추거나, 이런 거 어울리겠다 싶은 향유를 만드는 것도 괜찮은 것 같아서. 주인이랑 해 보고 싶었거든. 어때? 이런 거 별로야? 싫어?"

"아뇨……."

"그럼 같이 만들자. 나 말이야, 주인한테 로즈마리가 잘 어울릴 거라고 생각했거든~."

에릭은 정유 병을 열며 바로 용기에 담기 시작했다. 이렇게 느긋해도 되나 싶지만 잠이 드는 바람에 에릭의 귀중한 시간을 빼앗아 버렸으니 보답은 해야지.

"에릭이 싫어하는 향은 뭔가요?"

"이것저것 많아. 빵 냄새라거나, 풋내 나는 비누 향."

"풋내?"

"그리고 달리아도 싫어. 백합도 별로. 그리고 주황, 보라, 분홍색 꽃 향기도 싫어. 장미는 빨간색이나 검정이면 좋지만 그것 말고는 정말 싫어. 그리고 향수도 거의 별로야."

"아하…… 혹시 저도 모르는 새에 비누로 그런 향을 쓴 적이 있지 않나요……?"

에릭은 싫어하는 향이 많은 듯했다. 기본적으로 꽃 종류는 전멸했다고 할 수 있었다. 불안한 마음에 물어보자 그는 피펫을 한 손에 들고 내게 시선을 보냈다.

"괜찮아. 주인은 기본적으로 무향이잖아. 자연이랑 동화되곤 하고."

"네에……?"

"그리고 주인은 아기 냄새가 나. 그리고 달콤하고 상냥한 향. 맛있어 보이는 아기."

"그렇게 말하면 상당히 엽기적인 이미지가 떠오르는데요……."

"그래도 좋은 냄새야. 마음이 안정돼. 매일 밤 끌어안고 자면 푹 잘 수 있을 것 같아."

에릭은 최근 잠을 푹 못 자고 있는 걸까. 나는 다양한 병의 향기를 맡아보고 마음이 안정될 듯한 것을 골랐다. 조장나무 향이

나 백화목 향처럼 향수와는 거리가 먼, 입욕제로 맡아본 적 있는 나무나 허브 향을 고르다가 그가 나를 빤히 쳐다보는 것을 알아챘다.

"왜 그래요?"

"엄청 집중하길래."

"그야 집중해야죠. 싫어하는 향이 들어가면 미안하잖아요."

"어디, 맡아볼까?"

에릭은 내 손목을 잡고 내 손에 있는 병에 얼굴을 가져다 댔다. "꽤 취향일 수도."라고 말하며 그는 이번엔 내 손목을 내 얼굴 근처로 옮겼다.

"좋은 향이다."

"그럼 다행이네요."

그의 얼굴이 상당히 가까워서 나는 조금 고개를 뒤로 뺐다.

"주인 말이야. 남자는 싫어해?"

"딱히 특정 성별을 특히 싫어하지는 않는데요."

"그래? 주인, 여자한테는 약하지 않아?"

에릭의 말에 말문이 막혔다. 나는 자각하지 못했지만, 지적당했다는 것은 그렇게 오해받을 행동을 했다는 뜻이다. "그렇게 보이나요?"라고 주저하면서 묻자 에릭은 "엄청."이라고 대답하며 고개를 끄덕였다.

"그렇게나……?"

"응. 남자를 싫어하는 이미지가 생겨서 멍청한 남자가 주인한테 접근하지 않게 된다면 다행이지만. 나한테만은 짓궂게 굴지 말고 상냥하게 대해 줬으면 좋겠어!"

"제가 에릭한테 짓궂게 굴었다고요?"

"항상 그러잖아. 결혼도 안 해주고."

볼을 부풀리는 에릭을 보고 어깨의 힘이 빠져나갔다. 뭐야, 그런 이야기인가. 그도 내가 안도한 것을 느꼈는지 더욱 불만스러운 눈으로 나를 바라봤다.

"그거야, 약혼자가 있으니까요."

"그러면 말이야. 녹터랑 한 약혼이 엉망진창이 되어버리면 나랑 결혼해 줄 거야?"

"엉망진창이 되진 않을 거예요."

아니, 내가 그렇게 만들긴 하겠지만. 여전히 에릭의 말투는 불온한 느낌이 든다. 재해가 일어나면 어떻겠냐는 등의 터무니없는 말을 하곤 한다.

"그보다 에릭은 아까부터 손 쪽을 전혀 안 보고 있는데, 괜찮아요……?"

"괜찮지, 물론! 문제없어. 나만큼 주인의 향기를 잘 아는 사람은 없으니까."

"으음…… 그럼 잘 부탁드릴게요."

"맡겨만 둬! 나, 주인한테는 베르가못이랑 로즈마리랑 시트러스 계열이 잘 어울린다고 생각하거든."

그는 미리 여러 가지 향기를 정해뒀던 모양이다. 클라우스의 대타라고 했으니 아마 이곳에 관해 알아봤을 테고, 아로마 숍에 가고 싶다고 할 정도였으니 원래부터 이쪽에 흥미가 있었던 거겠지.

오늘은 내가 잠드는 바람에 관광을 하게 되었지만 내일은 꼭 교회에 가야지.

나는 진정되지 않는 마음을 품고 열심히 정유를 블렌딩하는 에릭을 바라봤다.

오리지널 아로마 오일이 완성되어 점원을 부르자, 점원은 완성한 것을 작은 특제 유리병에 담아주었다. 입구 부분은 가늘고, 아래는 호리병이나 마름모 등 독특한 모양으로 생긴 병이 준비되어 있었다. 그리고 내가 블렌딩한 것은 와인병처럼 곡선 부분이 각진 병에, 에릭이 블렌딩한 것은 사과에 낫이 꽂힌 모양의 병에 담겼다. 그리고 우리는 아로마 오일이 든 병을 교환하고 가게를 뒤로했다.

"주인이 만든 내 향, 맡으면 잠이 오는 것 같아. 자려고 할 때 쓸까 봐."

"저기, 혹시 최근에 별로 못 잤어요?"

아까 에릭은 수면 부족이 걱정되는 말을 했다.

"아카데미에 입학한 후에도 푹 못 자는 날은 있긴 했는데, 최근엔 좀 더 심해졌어. 진로 고민 때문인가."

"진로 말인가요……."

진로. 확실히 에릭은 이제 2학년이니 내년엔 3학년이 된다. 진로를 생각할 필요가 있는 시기이다. 하임가를 잇는 것은 정해져 있고, 본인도 그것을 원하는 듯했지만 막연한 불안이 드는 것도 이상한 일은 아니다.

"뭐, 지금은 저녁 메뉴부터 생각하자. 점심에 먹었던 오디랑 구스베리 소스가 뿌려진 무스는 또 먹기로 하고 말이야. 오늘의 메인 요리는 뭘로 할래? 무슨 생선이 좋아?"

불안한 표정이던 에릭은 밝게 웃는 얼굴로 확 바뀌더니 신나 보이는 걸음으로 걸어갔다. 나는 아이처럼 그의 팔꿈치 쪽 소매를 붙잡고 주변 가게를 둘러봤다.

"무스는 결정된 건가요?"

"응! 주인이 맛있게 먹었으니까."

"그렇게 얼굴에 다 드러났나요?"

"나는 알 수 있어. 주인이 맛있는 걸 먹으면 헤에~ 하는 거."

"어어……."

"안심해─. 어차피 다른 녀석들은 모르니까."

그는 쿡쿡 웃더니 "뭐 먹고 싶어? 점심 땐 뭐가 맛있었어?"라고 물으며 미소 지었다. 나는 "튀김옷에 파슬리가 섞인 튀김은 맛있었어요."라고 대답하고 함께 가게를 고르기 시작했다.

생각해 보면 5년 전 여름. 나는 에릭과 계속 함께 지냈다. 그 것은 물론 그가 공략 대상인 것을 모르고, 에리라는 이름의 여자아이라고 생각했던 것이 크지만, 그가 두근러브의 등장인물이란 것을 알게 된 후에도 레이드 녹터를 대할 때와는 다르게 그의 초대는 잘 거절하지 않았다.

그것은 그저 에릭의 마음이 불안정했던 것, 공략 대상이라고는 해도 친구로서 약속했던 것, 더 말하자면 함께 있으면 순수하게 안정되고 즐겁다는 것이 이유였다. 하지만 최근엔 예전 일이 환상이었던 것처럼 함께 보낼 시간이 줄어들었다.

"자, 잘까, 주인?"

목욕을 마치고 내일을 위해 빨리 취침하려 했는데, 당연하다는 듯이 에릭이 옆 침대에 앉아 있었다. 트윈룸이기 때문에 침대와 침대 사이에 사람이 지나다닐 만한 틈은 있었지만 애초에 같은 방을 쓰는 건 문제가 있다.

"무슨, 어, 저는 빈방으로 갈까요?"

"무슨 소리를 하는 거야, 주인. 빈방이 없으니까 같은 방에 있는 거잖아."

그는 "바보가 된 거야?"라며 김빠진 듯한 목소리로 말하더니 자신의 베개를 끌어안았다.

"원래 일정대로였다면 당일치기로 돌아갔을 텐데 주인이 안 일어나는 바람에 갑자기 묵게 된 거잖아? 방 하나밖에 못 빌렸으니까 고집부리면 안 돼."

에릭의 말에 어제, 오늘의 내 치태가 부끄러워졌다. 미안한 일이다. 내가 일어나지 않은 탓에 민폐를 끼쳤고 결국 같은 방에 묵게 만들다니…….

"적어도 침대 위치는 벌리는 게 좋을 것 같아요."

"됐어. 그보다 이제 밤인데? 지금 침대를 옮기면 시끄러울걸."

그는 "그냥 자."라며 나를 힘으로 침대에 눕히더니 부모가 자식에게 하듯이 이불 위를 통통 두드렸다.

"왠지 이러고 있으니까 큰 아기를 재우는 기분이야."

"저도 그런 기분이에요……."

"잠꾸러기에 밤에 침대를 옮겨서 소음을 내는 아기 말이지."

"그건 죄송해요……."

대꾸할 말이 없었다. 내가 말할 수 있는 건 사과뿐이다. 이윽고 에릭은 뭔가를 떠올린 듯한 얼굴이더니 침대 옆으로 손을 뻗었다.

"맞다. 내가 고른 주인의 향유, 조금 써볼까? 내 걸 써봐도 괜찮지만 모처럼이니까."

그는 능숙한 손놀림으로 성냥을 이용해 불을 켜더니 비치된 용구를 이용해 향을 태웠다. 로즈마리 향이 퍼지더니 코끝으로 향기가 빠져나갔다. 신선하지만 좋은 향이었다. 향을 맡고 있자 서서히 눈꺼풀이 무거워졌다.

"주인, 이제 졸려?"

에릭이 볼을 쿡 찔렀지만 왠지 시야가 흐릿해졌다. 에릭이 지금 웃고 있는지, 졸고 있는지, 울고 있는지 알 수가 없었다.

"응……."

"그렇구나. 그럼 잘 자, 주인. 내일 새로운 날이 시작되면 좋겠다."

그의 말에 끄덕였다. 눈을 뜰 수가 없어서 나는 그대로 잠이 들었다.

다음 날, 제대로 기상하여 우리는 마을 외곽의 숲보다 더 멀리 있는 바그라 교회를 향해 출발했다.

"저기, 이대로 여행을 떠나버릴까?"

마차로 이동하는 중에 에릭이 즐거운 얼굴로 웃었다. 상황을 생각하면 당연히 농담이겠지만 눈이나 목소리는 진심 같아서 대답하기가 곤란했다. 그는 "어디가 좋으려나……." 하며 창밖으로 시선을 돌렸다.

"어딘가 먼 곳이 좋겠어. 주인이랑 나를 아무도 모르는 곳으로. ……저기, 정말로 이대로 어딘가 도망쳐 버릴까?"

"안 돼요. 여름방학은 영원하지 않으니까요."

"헤헤, 그렇지?"

에릭이 창밖에서 내게로 고개를 돌리더니 이번엔 울 것 같은 웃음을 지었다.

농담인지 진심인지 알 수가 없었다.

아니, 물론 농담이겠지. 하지만 긍정하면 안 될 것 같은 기분이 들어서 부정하고 말았다. 너무 비현실적인 이야기라 진심일 리 없을 텐데. 좀 더 가볍게 대답하는 게 좋았으려나.

"……네."

"……그렇, 지……."

에릭은 다시 창밖으로 시선을 돌렸다. 그리고 이번엔 "아." 하고 소리를 냈다.

"저기 봐, 주인! 보이기 시작했어! 여기, 여기. 저게 바그라 교회야! 저 하얀 건물!"

에릭이 내 어깨를 감싸듯이 끌어당기더니 손가락으로 창밖을 가리켰다. 나무 사이로 하얀 지붕이 보였다. 도서관에서 읽은 책으로 건물 그림은 봤지만, 그보다는 전에 직접 와 본 적이 있는 느낌이었다. 하지만 그 이상은 아무것도 떠오르지 않았다.

왠지 진정되지 않는 마음을 안고 이동하다 보니 마차가 드디어 천천히 정차했고, 이내 하임가의 마부가 문을 열었다. 에릭은 먼저 내려서 내게 손을 내밀었다.

"자."

"아, 감사해요."

"천만의 말씀."

에릭의 손을 잡고 마차에서 내렸다. 주변은 나무로 둘러싸여 있어서 소설 속에 나오는 숲속의 교회, 라고 표현하는 것이 가장 적합할 듯한 그런 곳이 펼쳐져 있었다. 그리고 우리의 앞에 있는 것은 숲속에 덩그러니 세워져 있지만 마치 숲을 지배하는 듯한 순백의 교회, 바그라 교회였다.

"여기가 바그라 교회야."

에릭이 한 발짝 앞으로 나아가 입구 문에 손을 얹었다. 그 문에는 교회에는 어울리지 않는 거미 문양이 새겨져 있었다. 그 문양을 본 순간 전기가 통하는 것처럼 두통이 일었다.

그리고 영상이 머릿속으로 흘러들어왔다. 천진난만하게 노는 아이들을 그저 빤히 바라보고 있는 나. 그리고 주변을 두리번거리더니 탐험이라도 하려는 듯이 나는 이 교회의 뒤로 가서…….

맞아, 하임가에서 에릭과 차를 마셨을 때와 같은 상황이었다.

나는 천진난만한 아이들 무리에 끼고 싶지 않았다. 그래서 잠시 자리를 비우려고 탐험을 시작한 것이다.

"에릭. 일단 안으로 들어가기 전에 뒤쪽부터 봐도 될까?"

"응. 주인이 원하는 대로 해."

옆에 있는 에릭에게 승낙을 얻은 후 교회 뒤쪽으로 발걸음을 옮겼다. 교회 앞은 잡초 하나 없이 깔끔했다. 하지만 뒤쪽으로 갈수록 잡초가 늘어갔다. 어쩐지 같은 루트로 이곳을 지나간 적이 있는 듯한 기분이 들었다.

앞쪽만 잡초가 뽑혀 있다는 것은── 여긴 아무도 오지 않을 텐데……라고 생각했던 것 같은데.

주위를 둘러보며 교회 뒤쪽으로 도착하자 화려한 색의 스테인드글라스가 시야에 들어왔다. 교회 뒤쪽 벽은 스테인드글라스로 이루어져 있었다. 하지만 주변은 무릎까지 잡초가 무성히 나 있어서 전체가 보이지 않았고, 뒷면이어서 무슨 그림인지 알기 어려웠다. 반대쪽은 벼랑이라 더 나아갈 수 없었다.

……분명 나는 이곳에 온 적이 있다. 벼랑에 가까이 다가가 아래를 들여다보고 싶었지만 차마 발이 움직이지 않았다. 높은 곳은 불안했다. 하지만 예전에 이곳에 왔을 땐 '범인이 자백했던 곳과 비슷한 벼랑이다!'라면서 신나 있었다. 무의식적으로 전생에서 본 형사 드라마나 서스펜스 드라마를 떠올리고 즐거워했던 기억이 있었다.

이것 외에도 떠오르는 기억이 없을지 주변을 둘러보았다. 교회 뒤쪽 벽은 스테인드글라스로 이루어져 있지만 역시 유리만으로 벽을 채우면 내구성 문제가 있는 듯했다. 그래서인지 군데 군데 제대로 된 벽이 세워진 부분도 있었다.

그 벽으로 다가가자 풀에 감춰진 것처럼 벽에 구멍이 나 있었다.

"뭐지, 이 구멍? 어린아이라면 지나갈 수 있을 것 같네. 언제부터 나 있었던 거지? 의외로 어린애들의 비밀기지로 쓰였던 거 아니야?"

"이 구멍, 아마도 엄청 옛날부터 나 있었을 거예요……."

나는 이 구멍을 보고 "와, 던전 입구다."라고 생각하면서── 들어갔다.

"그렇구나…… 들어가 보고 싶지만 우리는 못 들어가겠네. 입구로 들어가서 이 구멍이 어디로 이어져 있는지 찾아보자."

"응……."

에릭의 말대로 우리는 구멍에서 멀어졌다. 그 순간, 또 머리에 통증이 일더니 영상이 흘렀다.

누군가를 향해 내가 분노를 담아 뭔가를…… 말하고 있는 건가? 누구에게 화를 내고 있는지는 알 수 없었다.

하지만 이 구멍으로 이어진 곳으로 가면 뭔가 알 수 있을 것이다. 그런 기분이 들었다.

교회로 들어서자 제단, 그리고 입구에서 제단을 잇는 길 주변으로 석고상이 늘어선 모습이 보였다. 햇빛이 들어오도록 설계되었는지 화려한 스테인드글라스에 의해 새하얀 석고상이 알록달록하게 보였다.

주변은 먼지가 쌓여 있었고 몇 년이나 사람의 손길이 와닿지 않는 듯한 냄새가 났지만 햇빛이 드는 곳은 시간이 멈춘 것처럼 반짝여서 어쩐지 이질적인 분위기를 자아냈다.

분명 그 구멍이 있는 위치는 딱 제단 쪽——예배나 결혼식이 있을 때 신부가 서는 위치였다.

"에릭, 저쪽으로 가자."

신부가 서는 곳, 책이나 예배사가 적힌 종이를 두는 받침대 아래에 문이 있었고, 위병이 붙인 듯한 '출입 금지, 위험'이라고 쓰인 종이가 있었다. 오래되었는지 군데군데가 갈색으로 변색되어 있었다.

"여긴 지하로 이어진 문이야. 어때, 주인? 뭔가 떠올랐어?"

에릭은 무슨 목적으로 여기 온 건지 모르는 거 아니었어……?

"네……?"

"응? 아니야? 주인, 뭔가 떠올린 얼굴이라고 생각했는데."

"아, 아아, 그렇군요…… 그렇게 얼굴에 드러났나…….""

"후후. 몇 년이나 같이 지냈는데 당연하지. 벌써 5년이나 알고 지냈잖아. 우리."

에릭은 내 옆에 쪼그려 앉아 종이를 건드렸다.

"나는 좀 더 일찍 만나길 바랐어. 그때 나는 아무것도 못 하는 상태였으니까 어쩔 수 없나."

그렇게 말한 에릭은 문을 봉쇄하듯이 붙여진 종이를 찢었다. 문득 이곳에서는 날 리 없는 홍차 향기가 느껴졌다. 아니, 그걸 신경 쓸 때가 아니다.

"잠깐, 뭐 하는 거예요?"

"여기, 들어가 보자. 벌써 10년이나 지났잖아? 우리가 들어가느라 찢었는지 확인할 길도 없으니까 지금 찢어도 돼. 어쩌면 전에도 몇 번 찢어져서 다시 붙인 걸지도 모르고."

에릭은 문을 열어 버렸다. 안쪽에는 지하로 이어지는 계단이 끝이 안 보일 정도로 이어져 있었다.

"자. 가자, 주인. 전부 기억해 내서 깔끔, 후련한 상태로 저택으로 돌아갈 거잖아?"

에릭이 내게 손을 내밀었다. 나는 잠시 그 손을 보다가 그의 손을 맞잡았다.

랜턴의 빛에 의존하여 계단을 내려갔다. 동굴 같은 형상을 상상했는데 창문이 없다는 것만 빼면 평범한 복도 하나가 쭉 이어져 있었다.

양옆 벽에는 문이 설치되어 있었고, 문은 휘황찬란하게 꾸며져 있었다. 잠겨져 있지는 않아서 쉽게 열렸다. 모든 방은 안에 빨간 카펫만 깔려 있고 그 외에는 아무것도 없었다.

"지하라는 걸 모르고 보면 그냥 평범한 저택 같지 않아, 주인? 문도, 방도, 전부 깔끔하고."

"응⋯⋯."

차례대로 문을 열어봤지만 역시 방에는 빨간 카펫만 깔려 있을 뿐, 아무것도 없었다. 계속 살펴보고 있자 거미 문양이 그려진 문이 보였다. 혹시 이곳은 바그라 신부의 방이 아닐까.

문을 열자 방 안에는 침대와 책상, 의자가 간소하게 놓여 있을 뿐이었다. 안에 들어가서 서랍을 확인했지만, 안에는 아무것도 없었다. 하지만 지금까지 봐 왔던 방과는 확실히 달랐다. 그렇다면 이곳이 바그라 신부의 방이 맞나 보다. 서랍 안에 아무것도 없는 것은 수사할 때 물건들을 압수했을 가능성이 크다.

"여긴 아무것도 없는 것 같네. 좀 더 안쪽으로 가 보자, 주인."

"응……."

에릭의 말에 따라 방에서 나와 다시 안쪽으로 나아갔다. 그리고 U자 모양으로 왔던 방향을 되돌아가듯이 복도가 이어져 있었고, 곧바로 커다란 문이 나타났다.

"우와—, 엄청나게 큰 문이다. 방이라기보다는 복도를 막고 있는 것 같네. 가보자, 가보자!"

문이 열리고 시야 가득 펼쳐진 동굴은—— 처음에 내가 상상했던 던전 그 자체.

이곳을 보고 나서야 나는 내가 '교회 지하에서 사람을 팔고 있었다.'라는 사실을 머리로만 인지했고, 제대로 이해하지는 못했다는 것을 알게 되었다. 그 빨간 카펫이 깔린 방은 인간을 매매하는 방. 그리고 이 동굴 같은 곳에서 신부는 사람을 기르고, 아니, 기른 게 아니다. 살려둔 것도 아니다. 그저 죽지 않게 뒀던 것이다. 이 교회가—— 망할 때까지.

동굴에는 좌우에 문이 몇 개 달려 있었다. 하지만 아까 봤던 방과 같은 장식은 전혀 없었고 대신 숫자가 적혀 있었다. 번호를 붙여 관리한다. 이름조차 주지 않고 사람을 이곳에 가둔 것이다. 문은 밖에서 잠그는 구조로 되어 있었고, 안쪽은 흙을 파내 잘 공간만 만들어둔 상태였다. 이런 곳에선 사람이 제대로 살 수 없다. 하지만 안에 있는 천 같은 것과 그 옆에 작은 구멍으로 이곳에서 누군가가 자고, 볼일을 봤다는 사실이 똑똑히 전해져왔다.

"이런 데서 사람이 지내왔다니 믿을 수 없어."

"나도 그렇게 생각해. 하지만 분명 여기서 누가 살았던 거야. 이것 봐."

에릭은 하나하나 문을 열고 내게 들어가도록 권했다. 뭔가가 걸려 있던 듯한 방, 탈출을 시도했는지 흙벽에 구멍이 나 있는 방, 혈흔이 남은 방, 모든 방에 고통의 흔적이 있었다.

걸어가다 보니 복도 안쪽에 문이 하나 더 있었다. 하지만 아까 봤던 큰 문과는 다르게 번호가 붙은 다른 문과 같은 모양이었다. 교회의 크기를 생각해 보면 이 방이 이곳의 끝일 터. 나는 조심스레 문에 손을 얹어 열었다.

"와……."

안쪽은 땅을 파서 만든 듯한 상태였지만 큰 방이 있었고, 흙벽에는 뭔가를 설치했던 듯한 흔적이 있었다. 맞아. 여기에 묶인 누군가의 팔을, 쇠고랑을 풀어내서, 잡았어. 그리고 도망쳤다. 도망쳤었다.

벽을 보니 내 키보다 높은, 천장에 가까운 곳에 구멍이 있었다. 아이라면── 어릴 적이라면 지나갈 수 있는 구멍이. 아까 봤던 지상의 구멍과 여기가 연결되어 있었구나. 직감으로 알았다.

왜냐하면 나는 분명 구멍을 지나 이곳에 있던 아이와 대화를 나눴다. 아이의 팔에는 사슬이 연결되어 있었고, 그 사슬이 있어 못 간다고 하길래, 비눗물로 미끄러지게 만들어서, 나는…….

"딜리아."

얼굴도, 이름도, 목소리도, 전부 또렷이 기억났다. 나와 닮은 눈동자 색을 지닌, 여자아이. 처음엔 머리가 길고 연약해 보여서 여자아이라고 생각했다. 하지만 그는 남자아이였다.

나는 교회에 와서, 지루함을 쫓기 위해 탐험을 하다가 이곳에 묶여 있던 아이…… 딜리아와 만났다. 나는 그를 구하고 포르테 고아원으로 데려갔다. 맞아. 나는 그에게 딜리아라고 이름을 붙이고, 대화하고, 자주 놀자고 약속했다. 하지만 딜리아는 수양부모가 데려갔다면서 갑자기 사라졌다.

왜 잊고 있었을까.

"창문이 없네. 여기선 밤에 별을 보지도 못하겠어."

갑자기 에릭이 천장을 올려다보고는 그렇게 말했다.

"응……?"

"주인은 그 애한테 찾아 줘서 고맙다고 인사받았어?"

그것은 전에 에릭이 내게 했던 말. 왜 지금, 그 이야기를……? 그에게 시선을 향하자 에릭은 온화한 웃음을 지은 채로 빤히 나를 바라봤다.

"후후. 역시 아무것도 아냐—. 슬슬 돌아가자. 살펴볼 방은 여기가 끝인 것 같고."

"……그러, 네."

에릭은 뭔가를 서두르는 것처럼 문을 향해 발걸음을 옮겼다. 딜리아는 기억났다. 왠지 마음이 진정되지 않았지만 이 방에서 떠올릴 수 있는 것은 더 없는 듯했다. 나는 에릭의 뒤를 쫓아 방을 나왔다.

"아직 후련하지는 않은 모양이네."

긴 복도를 걷고 있자 에릭이 내 어깨에 손을 얹었다. 그의 말대로 아직 찝찝함이 남아 있었다. 고아원에서 딜리아와 함께 지냈던 기억을 전부 떠올렸다. 하지만 멜로와의 기억은 전혀 떠오르지 않았다. 게다가 멜로와의 추억이라고 생각했던 것들이 딜리아와의 추억이었다고, 지금 나는 확신할 수 있었다.

즉, 지금까지 믿어왔던 멜로와의 기억이, 사실이 아니었다는 생각을 막연히 하게 되었다.

"괜찮아."

상냥하게 달래는 목소리에 고개를 들었다. 에릭은 내 뺨을 쓰다듬었다.

"전부 새로워질 거야."

그는 지상으로 이어지는 계단을 오르도록 재촉했다. 나는 끄덕이고 계단에 발을 올렸다.

"잘 다녀오셨나요, 미스티아 아렌!"

그리고 계단을 올라 교회로 돌아오자, 제단 테이블 위에 클라우스가 서 있었다. 예상치 못한 상황에 사고가 정지했다.

"……어? 어째서 당신이 여기에."

"어? 라니 반응이 그게 뭐야? 네 녀석은 항상 그렇지. 여전히 인사 하나도 제대로 못 하냐고."

클라우스는 눈썹으로 팔자를 그리며 업신여기는 듯한 웃음을 지었다.

"나는 의리 넘치는 사람이니까 와 준 거야! 마지막 안내를 해 주러 말이지!"

클라우스가 즐거운 얼굴로 제단에서 뛰어내렸다. 에릭의 얼굴을 보니 에릭은 노려보듯이 클라우스를 빤히 지켜보고 있었다. 클라우스는 제단의 뒤에서 초상화 하나를 꺼내 이쪽으로 던졌다. 커다란 소리와 함께 초상화가 바닥에 떨어졌다. 그림에는 도서관에서 본 적 있는 바그라 신부의 얼굴과 백발의 작은 여자아이가 그려져 있었다. 틀림없다. 이 아이는……

"멜로……?"

"정답!"

클라우스는 칭찬하듯이 박수를 보냈다. 왜, 바그라 신부와 멜로가 같이 그려져 있는 거지? 멜로가 피해자였다면 이런 그림을 그릴 리 없을 텐데……

"아렌가 영애의 전속 메이드, 멜로. 그 여자의 정체는 바로! 관계자는 몽땅 투옥당한 다음, 죽음으로 그 죄를 갚은 바그라 교회의 생존자였습니다—!"

"뭐……?"

"아렌가의 전속 메이드는 바그라 교회 사건에서 살아남은 첩자였다는 뜻이야. 행방불명됐었던."

클라우스가 바스락 소리를 내며 신문을 내밀었다. 팔랑거리며 떨어지는 그것을 한 장 집어 들자 거기에는 바그라 교회의 관계자가 아렌가에 복수하려 했으나 모든 악행이 갑자기 밀고되어 계획이 실패로 끝났다는 것. 첩자를 보냈으나 그 첩자는 행방불명이 되어 사라졌다는 내용이 적혀 있었다.

"무슨 근거로 그런 이야기를……."

"증거라면 그 초상화로 충분하잖아? 게다가 아무 의심도 안 했어? 지금까지. 그 전속 메이드가 헬렌 루키트를 납치하려던 녀석들을 때려눕히는 걸 보고도 정말로? 전혀? 아무 의심도 안 했어? 같이 생활하고 있잖아? 확실히 메이드의 수준을 넘어선 그 녀석의 신체 능력을 보고 이상하다고, 특이하다고 생각한 적이 한 번도 없었어?"

"아니, 그건, 멜로가, 강하니까."

"어쩔 수 없네. 그렇게 믿지 못하겠으면 증거를 보여줄게."

클라우스가 석상 하나를 발로 차 쓰러트렸다. 그러자 그곳에는 새파란 얼굴로 입가를 가린 멜로가 서 있었다.

"이걸 보면 믿었던 메이드가 제일 위험한 배신자란 걸 너도 알겠지?"

그렇게 말한 클라우스는 멜로의 소매를 꽉 붙잡아 나이프로 잘라냈다.

"멜로!"

급히 멜로에게 다가가자 그녀의 등에는 이 교회의 문양——거미 문양이 새겨져 있었다.

"멜로, 그건……."

이, 문양을, 나는 본 적이 있다. 안개가 껴 있던 머릿속이 맑아지더니 기억이 되살아났다.

아, 이건.

멜로가 나를 죽이려 했을 때——그, 아렌가 저택의, 내가 들어가면 안 된다며 출입이 금지된 방에서, 멜로가, 내게 보여준 문양이었다.

번외. 심야의 나, 백야의 당신

SIDE: Melo

미스티아 님이 내 몸을, 내 팔에 새겨진 문양을 보고 입을 막았다. 그래. 그때 당신도 그런 눈으로 나를 바라봤지. 내가 그녀를 밀어 떨어트리기 직전, 나의 모든 것을 밝혔을 때. 그때와 똑같은 표정이었다.

──아. 나는 결국 인형이었던 거야. 당신의 행복에 가장 방해가 되는 것은 그 무엇도 아닌 나였어.

납치범에게 유괴되어 가게에 상품으로 진열되었을 때, 나를 발견한 것은 아가씨가 아니었다.

노예 시장에 출입하기 위해 말쑥한 차림을 한 남자. 인딤 바그라. 교회 지하에서 아이들을 팔고 성직자로서 해서는 안 될 잔혹한 짓을 하여 투옥, 그리고 사형되어 이승을 떠난 남자. 그 남자가 나를 샀다.

그에게 팔린 내가 가게 된 곳은 교회의 지하였다. 남자는 자신이 교회에서 신부로 일하고 있다는 이야기를 내게 했다. 나는 그 이야기를 듣고 그가 나를 노예로 산 것이 자선활동의 일종인 줄 알았으나, 그는 나를 호위로서 키우기 위해서 샀다고 말했다. 오늘부터 이곳이 네 집이고, 오늘부터 너는 나의 아이라고.

그렇게 말하며 그가 안내한 곳은 흙으로 이루어진, 창문이 없는 방이었다.

위치 조건 때문인지 자주 동물의 울음소리가 들려왔지만 나는 내가 행운아라고 생각했다. 쓰레기를 주우며 생활하다가, 납치당해 노예로 팔리더니, 그다음은 호위. 이전보다는 상황이 나았다. 그뿐만 아니라 제대로 된 일이었다. 앞으로는 조금은 생활이 나아질지도 모른다. 내 인생이, 조금은 멀쩡해질지도 모른다. 그 생각이 매우 안일했다는 것을 깨닫게 된 건 나중의 일이었다.

노예로 생활하던 때와 다르게 나에게는 하루 세 끼 식사가 제공되었다. 하지만 그 식사에는 전부 독이 섞여 있었고 먹으면 상상을 뛰어넘는 격통에 몸부림을 쳐야 했다. 남기려 하면 억지로 입에 집어넣고 뱉지 못하도록 재갈을 물렸다. 식사가 끝나면 단련 시간이었다.

호위가 되기 위한 훈련이라며 배운 기본기는 지금 생각해 보면 누군가를 지키기 위한 것이 아니라 타인을 처리하기 위한 것. 암살 수법이었다. 재빠른 몸놀림, 정확성을 요구받았고 그날 설정된 숙련도를 충족시키지 못하면 가혹한 징계로 벌을 받았다. 물고문인 적도 있었고 독인 적도 있었고, 장난으로 몸에 칼날을 꽂아 넣을 때도 있었다. 벌은 효율이 중시되었다.

물고문도, 독도, 통증도, 전부 그것들에 내성을 키우기 위한 것이었다. 감정이 없는 암살 인형으로 만들기 위한 훈련이었다. 수면은 거의 취하지 못했고 식사나 벌로 인해 기절했을 때만이

의식을 놓을 수 있는 유일한 순간이었다.

기본적으로 방에서 나가는 것은 금지되었고 밖으로 나갈 수 있는 것은 훈련 시간뿐. 나머지는 방에 갇혀 지내는 생활의 연속이었다. 그래서인지 날이 언제 지나는지 알 수 없었다. 훈련을 하는 사이에는 동이 트고 해가 저무는 것을 알 수 있다. 하지만 흐린 날이나 비가 오면 알기가 어려웠다.

그런 생활을 반복하면서 독과 벌에 내성이 생겨 더 이상 기절하지 않게 되었다. 하지만 그때쯤엔 남자의 기대를 배신하는 일이 거의 없었고 칭찬으로 수면 시간을 얻게 되었다. 거의 인간 취급을 받지 못했다. 하지만 남자는 때때로 "기대가 커서 나도 모르게 엄하게 대해 버렸구나."라고 말하며 나를 끌어안고 머리를 쓰다듬어 주었다. 그리고 자주 이런 말을 덧붙였다.

"너는 한다면 하는 아이라는 걸 믿고 있어."

"너를 사랑한단다."

"친딸처럼 생각하는 것은 너뿐이야."

"가족이라는 증거로 초상화를 그렸단다. 방에 걸어 주겠니?"

지금이라면 허술한 세뇌라는 것을 알아차렸을 것이다. 안전을 위협하고 기대한다는 말을 꺼내 마음대로 움직이게 한다. 하지만 당시의 나는 매우 어리석었다. 사랑이란 것을 겪어보지 못해서 사랑에 굶주려 있었다. 어리석은 나는 남자를 믿었고 그 은혜에 보답하고 싶다고 생각했다.

남자가 내게 초상화를 내민 그 날, 그는 내게 독을 먹였다. 고통에 신음하는 모습을 보고 "쓸모가 없네. 언제쯤 쓸 만해질까,

너는."이라는 말을 했는데도. 나는 남자에게 쓸모있는 사람이 되는 것이 내 인생의 의미라고 믿었다. 식사도, 방도 마련해 주었으니까. 그에 감사해야만 한다. 내 부모님 같은 존재였다.

정말 진심으로 그렇게 생각했다. 그리고 운명은 움직였다.

어느 날 남자는 다급한 얼굴로 나를 부르더니 자신의 옷을 입히고 밖으로 나가도록 재촉했다.

오만방자한 영애의 장난질에 빠져 이곳을 나가야만 하게 되었다는 것, 그자 때문에 나도 남자도 힘들게 되었다고 말했다. 반드시 그자에게 복수해야만 한다. 하지만 남자는 이곳에 온 위병들과 대화를 해야만 한다.

위병들에게 내 존재가 알려진다면 매우 상황이 나빠진다. 그러니 이곳을 나가서 살라고, 남자는 나를 도망치게 했다.

──교회에 파멸을 불러온 자의 이름은 미스티아 아렌. 그자를 최고로 고통스럽게 만든 후 죽여라. 그렇게 하면 아렌가에 복수할 수 있어. 내 복수를 해 주렴. 그런 말을 남기고 남자는 위병에게 잡혀갔다. 나는 남자가 소개한 교회 신자에게 몸을 의탁하고 복수 계획을 짜기로 했다.

어떻게 죽일까. 단순히 죽이는 것뿐이라면 간단하다. 하지만 최고로 고통스럽게 만든 후 죽이라고 했다. 독으로 고통스럽게 만들까? 아니면 상처를 내면 어떨까? 훈련하지 않으면, 제대로 노력한 착한 아이가 아니라면 독이나 상처에 금방 죽어버린다고 남자는 말했다.

그렇다면 나쁜 아이인 미스티아 아렌은 금방 죽어 버리겠지. 장난질로 교회를 망하게 만든 아가씨는 분명 노력해 본 적도 없는 나쁜 아이일 것이다.

어떻게 할까. 고민하는 내게 교회 신자들은 마음을 망가트리는 게 좋다고 말했다. 죽이려면 어차피 접근해야만 한다. 그러니 신자들은 친해진 후에 죽이는 것이 가장 좋다고 권했다. 그래서 나는 아렌가와 밀접한 관계인 포르테 고아원에 몸을 의탁하기로 했다.

포르테 고아원의 원아가 되면 아렌가의 사용인이 되는 길도 선택할 수 있다고 한다. 사용인이 되면 간단히 저택에 출입할 수 있게 된다.

내 나이라면 미스티아 아렌의 마음에 들어서 바로 저택 사용인 견습으로 고용될 수 있을 것이다. 그렇게 신자들이 말했다. 나는 우선 상황을 살피고자 멀리서 포르테 고아원을 관찰했다.

미스티아 아렌은 열흘에 한 번, 고아원을 찾아온다. 그녀를 처음 봤을 땐 증오도 살의도 아닌, '이런 아이가 장난질로 교회를 망하게 한 건가?'라는 의문이 들었다.

성격도 딱히 오만방자해 보이지는 않았다. 다른 아이가 먹다 남은 음식에 옷이 더러워져도 화내지 않았고, 진흙이 묻은 아이를 솔선해서 씻겼다. 이런 사람이 과연 교회를 망하게 할 수가 있는지 의아했다.

하지만 그 남자가 말했다. 미스티아 아렌은 나쁜 아이라고. 죽어야 한다고.

그렇게 관찰하는 사이에 미스티아 아렌과 친하게 지내는 자의 일기를 한 권 훔칠 수 있었다. 그자가 쓴 일기에는 바그라 교회를 헐뜯는 망상이 적혀 있었고, 기분이 나빠져서 읽기를 그만두었다.

그 후로 보름이 지난 어느 날. 좋은 기회가 찾아왔다. 미스티아 아렌과 유달리 친해 보이던 자가 갑자기 사라진 것이다. 미스티아 아렌은 원래 붙임성이 없는 아이였지만 그 아이가 사라지자 눈에 띄게 활기를 잃었다. 분명 이건 좋은 기회였다. 나는 바로 포르테 고아원에 몸을 의탁하고 미스티아 아렌과 만났다. 처음 나눈 대화는 이러했다.

"안녕하세요, 미스티아 님."

"……안녕하세요."

"같이 놀래요?"

계속 관찰한 결과, 미스티아 아렌은 이상한 아이였다. 생각에 빠져있는 듯하다가도 혼자서 웃기도 했다. 책을 읽고, 어른 같은 말투로 말하고, 장난감에 흥미를 보이지 않았다. 하지만 다른 아이가 놀자고 조르면 승낙한다. 하지만 미스티아 아렌은 내 예상과 다르게 거절하는 모습을 보였다.

"저로 괜찮나요?"

어딘가 슬픈 목소리로 말하는 미스티아 아렌. 그러고는 실수했다는 눈을 하고 어색한 얼굴로 입을 열었다.

"같이 놀기 싫다는 게 아니라, 저랑 같이 노는 게 재밌을까, 싶어서……. 재미, 없을 거예요."

"그렇지 않아요."

부정하자 미스티아 아렌은 조금 안심한 듯한 표정이 되었다.

그 후로 그녀와 놀고 자주 대화를 나눴다. 내게 이름이 없다는 것을 안 미스티아 아렌은 내게 '멜로'라는 이름을 붙였다. "여유롭고 아름답다는 의미를 섞어서……."라며 주저하며 내 얼굴을 살피는 눈빛이 어째서인지 매우 불쾌하게 느껴졌던 기억이 난다.

미스티아 아렌은 사교적인 성격이 아니다. 어떤 것에 흥미를 보이고 관심이 있는지는 이미 파악을 완료했다. 나는 미스티아 아렌의 대화에 적확하고 알맞은 대답을 제시하여 그녀와 좋은 친분 관계를 구축한 후, 그녀의 부모님의 신뢰를 얻어 드디어 그녀의 메이드로서 아렌가에서 일하게 되었다.

저택으로 들어가면 간단히 바그라 교회를 망가트린 자들에게 복수할 수 있다. 저택으로 들어가면 바로 저택을 태워버리자. 그렇게 생각하며 저택에 들어가고 두 달이 지났다.

계획이 실패한 것이 아니었다. 실행조차 하지 않았다. 나는 계속 주저했다.

정말로 미스티아 아렌이 교회에 장난을 친 걸까 의심이 들었다. 실은 다른 사람의 짓이 아닐까. 그렇게 생각하여 사건을 조사했다. 그때마다 미스티아 아렌이 했던 것, 그 남자가 정말 했던 일들을 알게 되었다.

바그라 교회의 신부는 외모가 괜찮은 아이를 사서 교회 지하에 전시하고 매춘을 시켰다고 한다.

분명 아렌가의 탄압을 받아 기자가 거짓말을 쓴 거겠지. 바그라 교회에 원한이 있었을 것이다. 그 남자는 나를 주워줬다. 내게 기대를 보여줬다. 나를 필요로 해줬다.

그런데 미스티아 아렌이 죽었다. 그러니 나는 미스티아 아렌에게 복수해야만 한다. 나는 미스티아 아렌을 죽이기 위해서 그녀를 응원했다.

"하아, 피아노 연습……."

"괜찮아요. 미스티아 님이라면 분명 잘할 수 있을 거예요. 저는 미스티아 님을 뒤에서 계속 응원하고 있을게요."

"……그러면 열심히 할 수밖에 없네요. 감사해요."

나는 미스티아 아렌을 죽이기 위해서 그녀의 고민을 들었다.

"저, 사람을 사귀는 게 힘들고 다른 사람의 기분을 잘 알아채지 못해요. 친하게 지냈다고 생각했는데 실은 저를 별로 좋아하지 않았다거나 하는 걸 뒤늦게 알게 될 때도 있어서……."

"저는 미스티아 님을 좋아해요."

"그래요? 죄송해요, 감사합니다. 저도 멜로를 좋아해요."

나는 미스티아 아렌을 죽이기 위해서 그녀를 축하했다.

"미스티아 님, 생일 축하합니다. 미스티아 님이 이 세상에 태어나 주셔서, 당신을 모실 수 있어서 정말 행복해요. 앞으로도 잘 부탁드릴게요."

"나도 멜로와 이렇게 생일을 함께 보낼 수 있어서 행복해. 고마워. 앞으로도 잘 부탁해."

함께 지내면서, 나는 내 기대에 부응하기 위해 노력하는 미스티아 아렌을 봤다. 대화를 나누면서, 나를 좋아한다고 말하는 미스티아 아렌을 봤다. 서로 마음을 터놓으면서, 내게 감사하는 미스티아 아렌을 봤다. 그렇게 거짓말로 점철된 친구 놀이를 반복하여 충분히 미스티아 아렌의 신뢰를 얻었고, 나는 그녀를 죽이기로 했다.

저택 3층의 안쪽 방. 항상 함께 대화를 나누고 놀던 방. 그곳으로 미스티아 아렌을 부른 나는 그녀에게 내 출신, 복수에 관한 것, 지금까지 무슨 감정을 품고 접근했는지를 전부 그녀에게 이야기했다. 상처받을 만한 단어를 골라서 너만 없어지면 된다고, 마음에 품은 살의를 전부 밝혔다. 하지만 미스티아 아렌은 나를 빤히 쳐다봤다. 겁먹은 게 아니라 슬퍼 보이는, 그러면서도 포기한 듯한 눈으로 나를 바라봤다.

"그러니 저는 당신을 죽여야만 해요."

그렇게 말하며 미스티아 아렌의 어깨를 붙잡고 미리 열려 있던 창문 밖으로 그대로 밀어버리려고 했다. 그때, 그녀는 저항도 하지 않고 이렇게 말했다.

──미안해, 힘들게 해서.

분명 좋은 기회였다. 그대로 창밖으로 밀어 버리면 끝이었다. 단숨에 던져 버리면 된다. 던져 버리면 끝이다. 그저 그것뿐인데. 손의 떨림이 멈추지 않았다. 할 수가 없었다. 죽일 수 없었다. 죽이고 싶지 않았다. 그런 생각이 들고 말았다.

나는 나를 키워준 남자에게 보답할 수가 없었다. 미스티아 아렌을 죽이는 것만이 그에게 보답할 길인데. 하지만 이제, 그때는 전부 알고야 말았다. 아플 정도로 알았다. 당시, 내가 동물의 울음소리라고 생각했던 목소리가 아이가 학대받아 절규하는 소리였다는 것도. 나를 키운 자가 잔혹한 범죄자고, 복수당하고 고통받아야 하는 것은 거기에 가담한 나라는 것도, 전부. 그 남자가 내게 준 것은 사랑이 아니었다. 나를 이용하기 위한 세뇌였다. 미스티아 아렌은 나를 제대로 사람 취급해 주었고 세뇌하지 않고 옆에 있도록 해 줬다. 나를 필요로 해 주었고, 내 말에 감사하고 기뻐하고, 아무 계산도 하지 않고 나를 배려해 줬다. 이름도 붙여줬다. 전부 알고 있었다. 그래서 일기의 주인이 너무나도 부러웠다. 나도 이렇게 만났으면 좋았을 텐데. 몇 번이나 그런 생각을 했다. 하지만 인정하고 싶지 않았다. 인정할 수 없었다. 나는 지금까지 계속 미스티아 아렌을 상처입히려고, 죽이려고 했다. 지금 와서 되돌릴 수는 없다. 죽이고 싶지 않다. 하지만 이제 돌이킬 수가 없다.

어쩔 수가 없었다.

그래서 나는 미스티아 님을 끌어안고 어둠 속으로 몸을 던졌다. 저택의 연못 안에서 눈을 떴을 때, 나는 바그라 교회에서 자란 기억이 전부 사라져, 교회에서의 기억은 내가 훔친 일기 내용으로 바뀌었다.

그때 나를 주워준 것은 신부가 아니라 미스티아 님. 나는 미스티아 님의 도움을 받아 함께 생활하고, 그녀에게 도움이 되기 위해 저택에서 일하고 싶다고 부탁한 사용인. 그러니 그날——미스티아 님을 죽이려 한 날. 그날은 내가 미스티아 님을 밀친 게 아니라 그녀가 혼자 창밖으로 떨어진 것이다.

우연히 밤 산책을 하던 내가 지나가다가 그녀를 구했다.

그런 망상이 내 머릿속에 생겨났고 사실이 왜곡되었다. 바그라 교회의 신자들과 모은 자료는 미스티아 님을 해치려는 자들을 내가 몰래 조사한 자료라고 해석했다. 신자들은 내 밀고로 근절되었고 전부 투옥되었다. 그때 내가 첩자였다는 것이 밝혀졌다면 좋았겠지만 신자들은 내가 복수하리라고 믿었는지 나에 관해서는 밝히지 않았고, 바그라의 첩자는 행방불명으로 처리되었다.

정말, 어리석기 그지없었다.

전부 미스티아 님을 죽이려다가 그녀의 옆에 남아 있고 싶다고 생각한 결과였다. 이 얼마나 어리석은가. 정말 제멋대로에 이기적인 변덕이었다. 그리고 불운하게도 미스티아 님은 창밖으로 떨어진 기억을 전부 잃었고 결과적으로 나의 어그러진 망상은 아무에게도 의심받지 않았다. 나조차도 깨닫지 못한 채로 지금까지 태평하게 그녀의 곁에 남았다.

하지만 그것도 오늘로 끝이었다.

"미스티아 님. 지금까지 죄송했습니다."

멍하니 나를 바라보는 미스티아 님에게 깊이, 아주 깊이 머리를 숙였다. 당연히 용서받지 못하리란 것을 안다. 그리고 분명 미스티아 님이 내게 벌을 주려 하지 않으리라는 것도 안다.

그러니 나는 스스로 벌을 받아야만 한다.

"안녕히 계세요."

미스티아 님에게 작별을 고하고 나는 그 자리를 뛰쳐나왔다.

따라 묻히다

"안녕히 계세요."

그렇게 말한 멜로는 뛰쳐나갔다. 쫓아가지 않으면 분명 후회할 것이다. 하지만 내가 달린다고 그녀를 쫓을 수 있을 리가 없다. 멜로는 죽으려는 것이다. 직감으로 알았다. 항상 그녀는 가장 효율적으로 움직이고는 했다. 그러니 이곳에서 가장 빨리 죽으려면——.

벽에 있던 촛대를 들고 나는 있는 힘껏 벽의 스테인드글라스를 내리쳤다. 유리는 단숨에 부서져 화려한 조각 사이로 절벽이 있는 풍경이 펼쳐졌다. 그곳으로 멜로가 달려가는 것이 보였다.

"멜로!"

나는 소리쳤다. 내가 이름을 부르면 멜로는 항상 행동을 멈췄다. 지금도 그렇다. 그녀는 반사적으로 발을 멈추고는 뒤돌아 나를 바라봤다.

"이상한 짓 하면 나 여기서 내 목을 베어버릴 거야!"

깨진 유리 조각을 주워 그렇게 말하자 멜로는 순간 얼굴을 일그러트리더니 벼랑 쪽으로 뒷걸음질을 쳤다.

"……아가씨도 전부 기억나셨겠지요. 그날 밤의 일도, 제가 누구인지도, 전부."

"응."

교회에 관한 일. 교회에서 발견한 딜리아. 정말 사이가 좋았

는데 어느 날 갑자기 딜리아는 내게 작별도 고하지 않고 수양부
모를 따라갔다.

　나를 싫어했던 게 아닐까, 혹은 내가 너무 치근댔던 게 아닐까
를 생각하며 힘들어했던 기억도 떠올랐다. 보통이었다면 다른
사정이 있으리라는 것을 알아챘을 텐데, 당시의 나는 너무 감정
적이었던 나머지 그런 생각을 하지 못했다. 그때 멜로와 만나
위로를 받았다.

　그리고 멜로와 친구가 되었고, 그녀는 나의 전속 메이드가 되
었다. 하지만 그날 밤, 3층의 그 방으로 불려가 멜로의 입으로
모든 사실을 전해 들었다. 신부에게 주워진 아이라는 것, 나를
증오하기에 죽이려 했다는 것을.

　슬프고, 괴로워서, 딜리아와 헤어졌을 때처럼 나는 상대의 사
정을 생각하지 못하고, 냉정하지 못하고, 다 포기하고 싶다고
생각했다. 이제 어찌 되든 상관없다고.

　그래서 함께 떨어졌을 때, 전부 잊은 거겠지. 그리고 지금은
모든 기억이 떠올랐다.

　"저는 잔혹한 인간이에요. 아니, 인간조차 아니에요. 그저 짐
승일 뿐입니다. 멋대로 당신을 죽이려 하고, 망상에 홀려서 미
쳐버린 짐승이에요."

　피를 토하듯이 말하는 멜로는 그날 밤과 닮아 있었다. 하지만
그때는 그저 괴로워 보이기만 했는데, 지금 그녀의 목소리엔 슬
픔이 섞여 있었다.

　"매일, 매일, 매일, 자각조차 없이 당신에게 거짓말을 해 왔어

요. 실은 손을 더럽히면서, 누추하게 살아온 몸뚱아리면서, 당신 옆에 계속 남아 있었어요. 그건 결코 용서받을 일이 못 돼요. 당신은 저를 구해 줬는데."

"멜로……."

"저는 계속 당신의 옆에 저를! 가장 당신에게 피해를 끼치게 될 괴물을 남겨뒀어요!"

"멜로는 괴물이 아니야. 나는 그렇게 존경받을 만한 사람도 아니고!"

"……아뇨. 당신은, 당신은 모르니까 그렇게 말할 수 있는 거예요. 계속, 계속, 마음을 죽이고 그것을 사랑이라고 배운 괴물이, 당신에게 순수하게 감사받고 당신의 웃는 얼굴을 마주했어요. 끝없이 거짓말하며 계속 옆에 있는 것 자체가 얼마나 아픈 일인지를. 얼마나 구원받는 일인지를. 제게…… 얼마나! 당신이! 큰 존재가 되었는지를."

멜로는 간절한 목소리로 내게 호소하며 눈물을 흘렸다. 그리고 그녀는 자신의 가슴팍을 세게 붙잡고는 눈을 감았다.

"그런데, 저는 인정할 수 없었어요. 당신의 사랑을. 그리고 제가 지닌 것이 저주였다는 것을. 하지만── 이제 끝이에요."

한 발짝, 또 한 발짝. 멜로는 벼랑을 향해 뒷걸음질을 쳤다.

"나는 죽음으로 갚는 건 바라지 않아!"

내가 외치자 그녀는 조용히 고개를 가로저었다.

"이건 거짓을 들켜서 더는 당신에게 제 더러움을 보여주고 싶지 않은 것뿐…… 도망치는 것뿐이에요. 저는 죄를 갚을 수조차 없어요.”

멜로는 분명 무슨 말을 하든 벼랑으로 뛰어들 것이다. 여기서 내가 목을 베려고 해도, 분명 나를 혼절시키고 뛰어내리겠지.

“멜로. 전에 했던 약속, 기억하지?”

그녀는 강하고 몸놀림도 빠르다. 나로서는 도저히 그녀를 막을 수 없다.

이리 오라고 불러봤자 내 옆으로 다가와 나를 방심시킨 후에 다시 뛰어내릴 수도 있다.

멜로를 구하고 싶다. 그 생각에만 빠져 있으면 분명 모든 수를 읽힐 것이다.

“제대로 지킬게.”

그러니. 내가 할 수 있는 건 하나뿐이다. 힘차게 땅을 박차고 멜로를 향해 달려갔다. 그녀는 눈을 크게 뜨더니 한 발짝 뒤로 물러섰다.

나는 그대로 멜로를 들이받듯이 그녀와 함께 벼랑 아래로 뛰어내렸다.

바람을 가르고, 쏴아아 하는 커다란 물소리가 귀를 스쳐 지나갔다. 몸 전체가 아프고 차가웠다. 물속에서 눈을 뜨자 누군가가 나를 끌어안고 필사적으로 헤엄치는 것이 보였다. 아, 역시 멜로는 그래. 항상 그녀는 나를 구하고 지키려 한다. 드디어 우리는 수면 위로 올라왔고, 순식간에 공기가 몸으로 흘러들어왔다.

멜로는 나를 끌어안고 조금 더 헤엄치더니 바위 위에 나를 눕혔다. 나는 다친 곳이 없는지 살피는 그녀의 팔을 붙잡았다.

"하하, 역시. 같이 뛰어들면 운동 신경이 좋은 멜로는 받아줄 거라고 생각했어."

"당신은……."

"멜로의 선의를 이용해서 미안해."

천천히 일어나려 하자 멜로가 내 어깨를 부축해주었다. 당장이라도 울 것 같은 표정을 보니 마음이 죄여 오는 듯했다.

"……그리고 멜로에 관한 기억을 잊어서 미안해."

"그러지 마세요. 저는 당신에게 사과받을 가치 따위……."

멜로가 다시 고개를 가로저었다. 벼랑에서 떨어지기 전에도 그날 밤도 그녀는 내게 말했다. 하지만 그때 나는 이야기를 듣기만 하고 내 생각을 말해주지 못했다.

"나는 멜로와 같이 있어서 행복했어."

"아가씨……."

"……그리고 앞으로도 이 행복이 이어졌으면 좋겠어."

"그럴 수 없어요. 저는 당신을 죽이려 했어요. 그리고 마지막에는 당신의 목숨까지 휘말리게……."

"멜로는 분명 나를 죽이려 했어. 하지만 그 죄를 용서할지, 안할지는 멜로가 멋대로 정할 게 아니라 내가 정하는 거야. 죽을 뻔했던 건 나인걸."

멜로에게 그렇게 단호히 말하자 그녀는 어떻게 대답해야 할지 모르겠다는 표정으로 입을 닫았다.

"게다가 같이 뛰어든 것도 말이야. 멜로는 나까지 휘말리게 했다고 말했지만 같이 뛰어든 덕분에 지금처럼 살아있는 거잖아."

멜로는 그날, 나만 밀어 떨어트리지 않았다. 떨어지기 직전까지는 같이 죽자고 생각했을지도 모른다. 하지만 끝까지 그렇게 생각했는지는 모르는 일이다. 그리고 지금, 멜로는 나를 살리려고 했다.

"나는 멜로의 말처럼 깨끗한 사람이 아니야. 언제나 더럽게 살아왔고 다른 사람의 마음에 공감하지 못하고 즐거운 대화도 못 해. 나밖에 몰라. 탐욕스럽고 더러운 사람이야."

"그렇지 않아요!"

"그러니까 지금도 이렇게 멜로가 괴로워하는데 도망치고 싶어 하는 마음을 무시하고 이기적으로 같이 있고 싶다고 태연하게 말하잖아? 법률을 무시하고, 용서하고 싶어 해. 그런 사람이야, 나는."

어쩔 도리가 없어서 죽고 싶은 마음이 드는 것도 이해한다. 살고 싶다고 바라는 것과 마찬가지로 죽음 또한 존중받아야 한다고 생각한다. 하지만……,

"멜로를 구원할 길이 죽음이라고 하더라도 내 옆에서 살아줬으면 좋겠어. 제멋대로라 미안해."

나는 그날, 분명 포기했다. 멜로가 복수를 위해 접근했고, 그녀가 내게 했던 말들에 거짓이 섞여 있었다는 것이 충격이었으니까. 그래서 경솔한 판단으로 멜로는 나를 싫어한다고 결론짓고 말았다. 아무도 나를 좋아하지 않는다고 생각하면 상처받지 않고 끝나니까, 도망쳤다.

"멜로, 살아 줘. 멜로는 괴롭겠지만 살아서 같이 있고 싶어. 그렇게 생각하는 나를 용서해 줘."

"미스티아 님……."

"멜로는 언제나 내 가족이고, 최고의 친구고, 천사고, 나의 소중한 일부니까, 앞으로도 계속 같이 있어 줘."

멜로의 손을 꼭 붙잡았다. 그녀는 고개를 숙이고 굵은 눈물을 뚝뚝 흘리기 시작했다.

"당신은, 바보예요……."

"뭐, 머리가 좋지 않다는 자각은 하고 있어. 후회하기도 하고, 실패도 많이 하니까."

"정말 바보예요……."

"그런가."

멜로의 손을 잡고 있던 내 손 위에, 멜로의 다른 쪽 손이 얹어졌다.

"미스티아 님……."

"응?"

"감사합니다……."

"괜찮아."

나는 일어섰다. 그리고 멜로에게 손을 내밀었다.

"자, 돌아가자. 멜로."

"네, 미스티아 님."

그녀의 눈을 똑바로 응시했다. 그리고 그녀는 조용히 미소 짓고는 눈물을 흘리며 고개를 끄덕였다. 그 은발도 상냥한 남색 눈동자도, 새빨간 노을빛을 받아 반짝반짝 빛났다.

"실은 저택에 돌아가면 하고 싶은 말이 있어."

새빨간 노을이 비추는 돌길을 걸으며 나는 손을 잡고 있는 멜로에게 말했다.

"계속 말하지 못했던 건데, 들으면 정말 놀랄 거야."

"미스티아 님의 말씀이라면 전부 믿을게요."

"미스티아!"

화내는 듯한 목소리에 멜로와 함께 뒤를 돌아보니 에릭이 호위를 데리고 이쪽으로 달려오고 있었다. 그는 그대로 나를 꼭 끌어안더니 점점 팔의 힘이 세졌다.

"미스티아, 살아 있었어. 다행이야."

어라, 주인 호칭이 사라졌잖아……? 아니, 지금은 이런 걸 생각할 때가 아닌가.

"에릭……."

"정말……, 왜 그런 위험한 짓을 하는 거야……? 아, 이렇게 젖어서……, 메이드 것까지 옷을 준비해 뒀으니까 담요부터 두르고……. 다행이다, 마차에 이것저것 준비된 게 있어서."

그는 내게 담요를 덮어주었다. 오늘은 터무니없는 일에 그를 휘말리게 만들고 말았다. 정말 미안한 마음뿐이다. 교회를 함께 살펴봐 준 그에게 걱정까지 끼치다니.

"오늘, 정말 고마워. 에릭한테는 계속 민폐랑 걱정만 끼치게 되네……."

"괜찮아. 나도, 오늘 여기 있을 수 있어서 다행이었어. 드디어 대답을 찾았거든."

에릭은 내 머리에 담요를 하나 더 덮더니 내 머리카락의 물기를 마구 털었다.

"미스티아는 아무것도 신경 쓰지 마. 집으로 가자. 나는 마차를 불러올게."

에릭은 그렇게 말하고 다시 멀어졌다. 하늘을 올려다보니 그렇게 하늘을 새빨갛게 물들이던 빨강은 옅어지고 짙은 남색이 번져 있었다.

번외. 꿈에서 깨어날 때

SIDE: Eric

미스티아의 첫 번째가 되고 싶었다. 그러니 그녀의 옆에 있는 녀석들은 전부 방해물로 보였다.

미스티아에게 미움받으면서 계속 옆에 죽치고 앉아 있는 레이드 녹터. 미스티아를 싫어하면서 집착하는 로베르토 와이즈. 미스티아를 이용하려고 했으면서 친구를 자칭하는 피나 네인. 미스티아에게 친한 척하는 클라우스 센트릭. 미스티아에게 접근해 이상한 시선을 보내는 앨리스 하트펄. 미스티아에게 호감을 얻으려고 일을 꾸미는 평민 직원.

잔뜩 있지만 가장 방해되는 것은 미스티아의 전속 메이드였다. 내가 아카데미에 다니느라 미스티아와 만나지 못할 때도 함께 있고 아침, 점심, 밤에도 계속 함께 있다. 일어날 때부터 잠들 때까지 옆에 있다. 그리고 미스티아가 가장 소중히 여기는 사람이다. 여자라서 미스티아를 억지로 빼앗지는 못할 테고 결혼도 하지 못하겠지만 그건 관계없다. 미스티아의 마음속에서 나보다 상위……, 미스티아의 첫 번째인 것만으로도 방해되었다. 짜증 나.

미스티아 주변 남자 중에서 가장 그녀의 호감을 많이 받는 건 분명 나겠지만, 나는 미스티아의 첫 번째가 되고 싶었다. 확실한 첫 번째. 절대적인 첫 번째가. 그래서 계속, 계속 메이드의 자리를 차지하기 위해 나는 미스티아를 '주인'이라고 불렀다. 미스티아의 마음속에 있는 메이드의 장소를 덧칠해 없애기 위해.

그런 녀석이 미스티아의 목숨을 노리는 교회의 첩자라는 사실을 알게 되었을 땐 미스티아의 신변이 걱정되었지만, 그와 동시에 좋은 기회라고 생각했다. 방해물을 없앨 좋은 기회라고. 내게 그 사실을 알려준 클라우스 센트릭은 미스티아와 연관된 교회가 있는 영지를 통치하는 가문의 영식으로, 교회의 사정에 관해서 자세히 알고 있었다. 그리고 여러모로 흥미로운 정보를 내게 제공해 주었다.

미스티아의 전속 메이드가 그녀의 목숨을 취하기 위해 미스티아에게 접근했다는 것. 그 후 위병에게 익명의 밀고가 들어와 미스티아와 아렌가에 복수하려던 교회의 잔당들이 줄줄이 적발되어 제거되었다는 것. 그리고 아마도 그 사건에 메이드가 연관되어 있다는 것. 요약하자면 그 메이드는 미스티아에게 접근한 후 미스티아를 소유하고 싶은 마음에 자신의 출생을 전부 감추고 과거를 청산할 생각으로 교회 잔당들을 밀고했고, 자신은 태연하게 전속 메이드로 미스티아의 옆에 남았다는 것이었다.

이 얼마나 짜증 나고 뻔뻔한 녀석이란 말인가. 당장 없애 버리려는 내게 클라우스 센트릭은 '좋은 방법'이 있다고 했다. 클라우스 센트릭이 말하기로는 미스티아는 교회에 관한 기억이 흐릿하다고 한다. 교회가 저지른 짓도 자료로 봐서 알 뿐, 이야기를 들으면 어렴풋이 기억할 정도라고 한다.

그러니 미스티아와 교회에 가서 교회가 저지른 짓을 떠오르게 한 후, 메이드가 교회와 연관된 첩자라는 것을 알리는 편이 평범하게 알리는 것보다 미스티아가 전속 메이드를 꺼림칙하게 여길 가능성이 크다.

멋진 계획이었다. 하지만 의아했다. 클라우스 센트릭은 대체 뭐가 하고 싶은 걸까. 질문하자 그는 '재미있는 걸 좋아한다'고 대답했다.

그리고 '선배나 약혼자님과 같은 감정은 없으니까 오해하지 말아달라'라고 덧붙였다. 확실히 녀석이 미스티아를 보는 눈은 아이가 장난감을 보는 눈과 비슷했다. 아니면 맹우를 보는 듯한 눈 같기도 했다. 그건 그것대로 불쾌하기 그지없었기에 없애버리고 싶었지만, 녀석의 이용가치를 알았기에 당분간 그를 가만히 두기로 했다.

그리고 여름방학. 미스티아와 함께 교회에 가게 되었다. 레이드 녹터가 아렌 저택에 방문하려고 했던 듯하지만 그것도 클라우스 센트릭이 어떻게든 막아줬다고 한다.

평범한 데이트를 하고, 나와 미스티아는 교회로 향했다.

교회에 관해서는 미리 조사해 뒀으니 안에서 더 알아낼 수 있는 것은 딱히 없었다. 하지만 미스티아의 눈이 교회가 저지른 처참한 짓의 증거를 담을 때마다, 이제 그 성가신 전속 메이드가 미스티아의 앞에서 없어지리라고 생각하면 가슴이 고동쳤다.

그 전속 메이드는 평범하게 협박하거나 폭력을 가하는 것으로는 끄떡도 하지 않을 테고, 내가 메이드를 혐오한다는 것을 미스티아가 알게 되면 날 싫어하겠지. 미스티아를 죽이려 했던 방해물. 모르는 남자의 아이라도 낳게 하는 방법도 생각했지만 전속 메이드는 빈틈을 보이지 않았다. 그보다 미스티아의 저택 사용인들은 모두 빈틈이 없었다. 그만큼 미스티아가 안전한 것은 좋은 일이지만.

그렇게 전속 메이드를 어떻게 없앨까 고민하다가 결국 지금까지 방치하고 말았다. 하지만 그런 나날도 오늘로써 끝이다. 오늘만 지나면, 미스티아의 첫 번째는 내가 된다. 새로운 일상이 시작된다. 하지만 내가 첫 번째가 되었다고 해도 두 번째, 세 번째가 남아있다. 이 세계에 나와 미스티아만 남으면 좋겠지만 그런 세계는 만들 수 없다. 미스티아를 방에 가두고 단둘만의 세계를 만들 수는 있다. 하지만 음식과 물도 필요할 테고, 그렇게 되면 분명 단둘이 있기는 힘들 것이다.

어릴 때 자주 둘이서 방에서 놀았던 그 정도의 시간만 영원히 지속 가능할 뿐이었다. 아니, 영원하지 않다. 왜냐하면 제한이 있으니까. 끝이 있으니까. 영원하지 않다. 나는 영원을 원하는데. 미스티아의 절대적인 첫 번째. 계속 이어지는 둘만의 시간. 오직 나만이 소유하는 미스티아.

"멜로. 전에 했던 약속, 기억하지?"

상냥한 미스티아가 어둠 속에서 발견한 것은 나뿐만이 아니다. 그곳에서 구출해낸 것도 나뿐만이 아니다. 그리고 용서한 것도, 나뿐만이 아니었다.

"제대로 지킬게."

미스티아는 전속 메이드와 함께 뛰어내렸다. 새빨간 석양이 바다에 가라앉듯이, 천천히, 천천히 떨어지는 미스티아에게 손을 뻗어봤지만 닿지 않았다. 미스티아는 전속 메이드를 끌어안고 있었다.

반짝, 반짝. 미스티아의 새까만 머리카락이 바람에 휘날리며 노을빛을 반사했고, 결국 커다란 소리를 내며 물길 속으로 사라져 버렸다. 나는 그때의 광경을 절대 잊을 수 없을 것이다.

어찌할 바를 모른 채, 죽고 싶고, 괴로웠지만, 살아 있을지도 모른다는 기대를 품었다. 소란스러운 마음을 안고 미스티아가 떨어진 절벽 아래로 향하니 미스티아는 살아 있었다. 살아서, 자신의 목숨을 노린 첩자와 평소처럼, 평범하게, 정말 평범하게 대화를 나누고 있었다. 살해당할 뻔했는데, 용서했다. 함께, 죽으려고 했다. 그런 미스티아를 보고, 내 생각은 무척이나 잘못되었다는 것을 깨달았다.

첫 번째면 안 된다. 첫 번째가 되어 버리면 언제 그 자리를 다른 사람에게 빼앗길지도 모른다.

내가 그 자리를 빼앗을 수 있다는 건, 또 '바뀌는 것'이 가능하다는 뜻이다. 만일 내가 미스티아의 첫 번째가 되었다고 해도 내가 바로 어떠한 이유로 죽어 버린다면 미스티아를 누군가에게 빼앗기고, 누군가가 그 첫 번째 자리를 차지할지도 모른다.

게다가 내가 먼저 죽지 않더라도 미스티아가 먼저 죽어 버린다면. 내가 없을 때 내가 보지 못하는 곳에서 마지막 순간에 무슨 일이 일어나 첫 번째가 바뀌어 버린다면.

내가 미스티아의 첫 번째가 되는 날이 오기 전에 미스티아가 죽어 버린다면. 첫 번째가 되었다고 해도 또 이러한 일이 일어나 미스티아가 사라져 버린다면. 냉정하게 생각해 보면 불확실한 요소들뿐이었다. 내가 영원하고 굳건하다고 생각했던 것이 무르고, 덧없고, 불확실하고, 5년 전에 종이로 만든 성 같은 것이었다는 사실을 처음으로 깨달았다.

그러니 이제 나는 '절대적인 것'을 찾아야만 한다. 그렇게 생각하자마자 그것이 무엇인지를 바로 알 수 있었다. 마지막이라면 바뀌지 않는다. 절대 무언가가 덧씌울 수 없다. 목숨을 앗으면 거기서 끝난다. 바뀌지 않는 것이 된다. 미스티아를 죽이면, 미스티아를 죽인 것은 나뿐이다. 내가 처음이자 마지막이다. 다른 누군가가 무슨 짓을 하더라도 그것만은 평생 변하지 않는다. 미래영겁 바뀌지 않는, 미스티아의 절대적인 유일이 될 수 있다. 나만이 죽일 수 있고, 나에게만 죽임을 당하는 미스티아.

영원이란 그런 것이다.

"미스티아!"

미스티아를 크게 소리쳐 부르며 다가가자 전속 메이드에게 향했던 눈동자가 나를 비췄다.

"미스티아, 살아 있었어. 다행이야."

그대로 힘껏 끌어안자 미스티아의 심장 고동이 내 고동과 녹아들 듯이 울리는 것이 느껴졌다. 살아 있어. 미스티아가 살아 있어. 아직 살아 있어. 아직 죽지 않았어. 아직, 죽일 수 있어.

"정말……, 왜 그런 위험한 짓을 하는 거야……? 아, 이렇게 젖어서……, 메이드 것까지 옷을 준비해 뒀으니까 담요부터 두르고……. 다행이다, 마차에 이것저것 준비된 게 있어서."

실은 상처 입은 미스티아를 데리고 그대로 어딘가로 여행을 떠나는 것도 나쁘지 않다고 생각했다.

계획은 실패했지만 중요한 것을 깨달은 덕분에 실패한 기분이 들지 않았다. 미스티아를 끌어안은 채로 하인에게 담요를 받아 미스티아에게 걸쳐 주었다.

"오늘, 정말 고마워. 에릭한테는 계속 민폐랑 걱정만 끼치게 되네……."

"괜찮아. 나도, 오늘 여기 있을 수 있어서 다행이었어. 드디어 대답을 찾았거든."

미스티아가 내 말에 의아하다는 눈빛을 했다. 몰라도 된다면서 담요를 더 걸쳐주고 머리를 쓰다듬었다.

"미스티아는 아무것도 신경 쓰지 마. 집으로 가자. 나는 마차를 불러올게."

그렇게 말하고 미스티아를 뒤로했다. 미스티아. 계속 부르고 싶었던 이름. 지금까지는 주인이라고 불러서 전속 메이드의 존재 위에 나를 덧씌워 지우고 싶었다. 하지만 이제 다르다. 다르다고 생각하니 어쩐지 주인이라고 불렀던 시기가 매우 멀게만 느껴졌다. 어렴풋하고, 애매하게 느껴졌다. 계속 꿈을 꿨던 것일지도 모른다. 하늘을 올려다보니 미스티아의 눈동자처럼 새빨갰던 하늘은 점점 검정으로 침식되어갔다.

이제 곧 밤이었다. 하지만 나는 이제 꿈은 꾸지 않는다.

밤이 지나도 오지 않는 아침

별들이 반짝반짝 빛나는 밤, 멜로는 내 앞에 앉아 나의 이야기를 경청했다.

"……그래서 내게는 전생의 기억이 있다는 이야기였습니다. 들어 주셔서 감사합니다."

그렇게 말하며 나는 그녀에게 고개를 숙였다. 그 교회 사건으로부터 5일이 지났다. 나는 멜로에게 '두근러브'에 관해 이야기하기로 했다. 내게 전생의 기억이 있다는 것, 이 세계는 그 세계에서 접했던 스토리와 매우 비슷하고 나오는 인물도 거의 같다는 것. 그냥 이 세계 자체라고 해도 과언이 아닐 정도로 비슷하다는 것을.

그리고 내가 그곳에서는 악역에 속하는 인물이고, 스토리의 주인공을 계속 방해하거나 살해하려고 하다가 마지막에는 투옥, 사형으로 생을 마감한다는 것. 모든 것을 감추지 않고 이야기했다. 어쩐지 대화를 나누기에는 서로의 고통을 알게 된 지금이 적기라고 생각했기 때문이었다. 솔직히 내가 상대의 입장이었다면 '머리 괜찮나?'라고 생각할지도 모른다. 그건 어쩔 수 없다고 생각한다.

"──그곳에서 제 역할은 어떤 것이었나요?"

계속 침묵을 지키던 멜로가 조용히 나를 응시했다.

"아, 그거 말인데. 이런 말 하기 좀 그렇지만, 멜로는 없었어."

"그러면…… 교회와 관련된 일도 있었나요?"

"그것도 없었어. 교회나 고아원에 관해서는 나오지 않았어. 사용인들도 안 나왔고. 그리고 그 이야기에 등장했던 미스티아의 사용인 세 명이 여기에 없기도 했고…… 그 이야기 안에서 일어나는 일은 대부분 제대로 일어나긴 하는데 말이야…… 이따금 있어야 할 사람이 없기도 하고 그래……."

사용인들은 아무도 나오지 않았다. 아버지의 전속 집사이면서 총괄역인 집사장은 분명 있었을 텐데…….

"그렇군요. 당신이 미스티아 님이기에 제가 이렇게 이곳에 있게 된 거예요. 그게 전부인 거죠."

멜로는 눈을 내리깔고는 부드럽게 미소 지었다. 하지만 갑자기 엄한 표정으로 확 바뀌었다.

"그래서, 앞으로는 어떻게 하실 생각이신가요?"

"으음, 나는 결과적으로 아카데미에 불을 질러서 투옥되거나 사형당하거든……. 물론 불을 지를 생각은 없지만, 오해를 받을 수도 있고. 일단 뭐가 어떻게 될지 모르니까 도망칠까 했어."

"도망친다고요? 그렇다면 지금 당장이라도."

"앗, 그래도 일단 내가 해야 할 일이 남아 있으니까 계속 아카데미에는 다닐 거야. 아직은 도망 안 쳐. 그리고 피할 수 있는 건지도 모르고."

"그런가요……."

"그래서 말야. 그, 미래에 관한 이야기인데, 나중에 상황이 위험해진다면 말이야. 그때, 같이, 도망칠 수, 있으려나?"

지금까지는 멜로에게 묻지 못했던 질문이다. 갑자기 '무슨 일이 생기면 같이 도망치자.'라고 말할 수는 없잖아. 그런 부탁은 전생 이야기를 말한 후에야 할 수 있었다. 그러나 그런 이야기를 꺼냈다간 내가 미쳤다고 생각할 것 같아서 계속 주저하느라 지금까지 질질 끌고 말았다.

"만일…… 만일이야? 그, 내가 비극적인 결말을 맞이하게 된다면 사용인들의 재취직처를 구한 후에 가족이랑 도망치려고 했는데…… 멜로도 같이, 갈 수 있을까 해서. 아, 물론 어려우면 제대로 재취직처는 구해 줄게. 안심해."

멜로의 침묵에 초조해진 내가 그렇게 덧붙이자 그녀는 내 손을 잡았다.

"당연히, 미스티아 님과 함께할 거예요. 당신이 허락한다면 어디든 따라가겠습니다."

"응. 고마워."

"그러면, 저기…… 잠시 제 방에 와주실 수 있으실까요?"

"응?"

"드리고 싶은 물건이 있어요."

그 이상은 가르쳐 주지 않는 멜로를 따라서 방을 나섰다. 도착한 곳은 멜로의 방이었다. 그녀는 책장으로 가서 색이 다른 일기장 한 권을 꺼내 내게 건넸다. 그곳에는 딜리아라는 이름이 적혀 있었다.

"이 일기는 제가 훔친 거예요. 안에는 아가씨에 관한 것이 적혀 있었어요. 아가씨를 생각하는 마음, 그리고 감사하는 마음이요. 아가씨가 보관해 주세요."

"……알았어."

딜리아의 일기.

이 일기장은 내가 선물한 것이다. 글씨 쓰는 연습에 도움이 될까 해서 선물했다. 딜리아를 그린 그림이나 부분적으로 떠올린 뒷모습 때문에 여자아이라고 생각했던 딜리아. 하지만 분명 딜리아는 남자아이였다. 뜨거운 물을 나 대신 뒤집어쓴 것도 그였다. 지금은 그 목소리도, 얼굴도 확실히 기억이 났다.

이 일기장을 건넸을 때, "일기…… 그게 뭐야?"라며 고개를 갸웃한 후 일기장을 이리저리 살펴보더니 조금 기쁜 얼굴을 지었던 것도 기억난다. 언젠가 딜리아와 만나게 된다면 되돌려 줄 수 있도록 이 일기는 내가 제대로 보관해 두자. 그에게 이 일기를 전해줄 수 있도록 평화로운 미래를 만들어야 한다.

"장래에…… 전생의 지식을 활용해서 부모님이나, 사용인들이나, 영지 사람들 모두에게 도움이 되는 일을 하고 싶어……."

전생을 떠올리고 5년. 나는 지금까지 그 지식을 활용해서 투옥, 사형 엔딩을 피할 생각만 했고 그 외에는 아무것도 하지 않았다. 하지만 데드 엔딩을 피한다면, 그 이후에는 전생의 지식을 활용하여 지금까지 내가 민폐만 끼쳤던 사용인들이나 부모님에게 도움을 주고 은혜를 갚고 싶다.

"아가씨가 행복하시다면 저도 행복해요. 그건 사용인들도 전부 같은 마음일 거예요."

멜로는 어느샌가 내 손을 잡고 있었다. 나도 그 손을 맞잡았다.

"나도 멜로와 모두가 행복하다면 행복하니까 같은 마음이네."

"네."

"그래도 나는 욕심쟁이니까 역시 제대로 은혜를 갚고 싶어."

"네."

멜로와 함께 웃으면서 복도를 걸었다. 평소와 같은, 아무것도 변하지 않은 일상. 그럼에도 여름이 다가오는 것보다 더욱 자연스럽게, 살면서 가장 행복한 날이라고 느꼈다.

제13장

절벽 위의 여학생

마지막 신세계

"그럼 다녀오겠습니다."

마부 솔 씨에게 인사하고 교사를 향해 걸어갔다. 여름방학이 끝나고, 오늘부터 새 학기가 시작된다.

교실로 향하자 그곳에는 멋진 풍경이 펼쳐져 있었다.

앉아 있는 앨리스 앞에 서서 대화를 나누는 레이드 녹터. 매우 흐뭇한 광경이었다. 하지만 나는 교실에 들어갈 수 없었다. 지금 교실에 들어가서 연애 이벤트를 방해할 수는 없다. 화장실로 가자. 안심되고 안정되는 신뢰의 화장실. 절대적인 결계가 펼쳐진 곳.

"어라, 미스티아 님?"

하지만 발걸음을 되돌리기 전에 앨리스가 나를 발견하고 말았다.

"안녕하세요."

인사하자 다들 내게 인사해 주었다. 그대로 교실로 들어가 자리에 가방을 두자 레이드 녹터가 내 앞에 섰다.

"안녕, 미스티아. 마침 지금 여름방학에 어떻게 지냈는지 대화하고 있었어."

"저는 계속 산에 있었어요! 그래서 미스티아 님과 오랜만에 만날 수 있어서── 이렇게 다시 뵐 수 있어서 정말 기뻐요!"

앨리스의 말에 심장이 꽉 죄어드는 듯한 기분이 들었다. 계속 산에 있었다고……?

"카, 카페에서, 일하거나…… 하지는 않았나요?"

게임 속에서 앨리스는 여름방학에 부모님의 가게를 돕거나 카페에서 아르바이트를 하며 공략 대상들과 만난다. 함께 메뉴를 고안하고, 공략 대상들이 다른 여자아이와 만나는 모습을 보고 마음이 불편한 것을 느끼다가 사랑을 깨닫게 되는 것이다. 산에서는 그런 이벤트가 일어나지 않는다.

"네! 카페에서 일해보는 것도 괜찮다고 생각했는데, 숙박하면서 일하는 편이 급료가 높거든요! 계속 산에서, 등산하는 분들이 들르는 식당에 머무르면서 일했어요! 앗, 그래도 제과 기술도 연습하고 싶어서 마지막 1주일간은 과자 전문점에서 수행하고 왔어요! 식당 사장님이 연결해 주셔서요."

"어어, 그건 어디에 있는 곳인가요?"

"옆 마을의 옆 마을이요! 동쪽에 있는."

나는 앨리스의 말에 입을 떡 벌렸다. 그녀가 말하는 곳은 게임에 나오지 않는다. 즉, 이벤트가 일어나지 않는 곳이라는 뜻이다. 나는 실낱같은 희망을 품고 레이드 녹터에게 말을 걸었다.

"레, 레이드 님은? 어떻게 지내셨어요?"

"아버지 일을 도와드렸어. 다양한 지방에 다녀왔거든. 옆 나라에도 가 봤어. 편지에 적은 내용 그대로야."

맞다. 레이드 녹터로부터 편지가 몇 통 왔었다. 답장도 했고, '다양한 곳에 갔구나, 힘들겠다.' 하는 생각만 하고 넘어갔는데, 혹시 계속 이곳을 떠나 있었던 건가?

"……이 도시에는 안 계셨어요?"

"거의 다른 곳에 있었어."

"거의…….."

말이 나오지 않았다. 하지만 앨리스는 기쁜 얼굴로 나를 바라봤다.

"미스티아 님은 어디 다녀오셨어요?"

"저는, 계속 별장에서, 멍하니 있었어요……."

"멋지네요! 푹 쉬는 거 좋죠! 너무 열심히 살면 몸에 안 좋거든요!"

나를 생각해 주는 마음은 기쁘다. 하지만 왜 앨리스가 산에서 일하고, 레이드 녹터는 외국으로 공부하러 간 거야? 앞으로 평생 레이드 녹터가 브라콤으로 남게 되면 어쩌지. 그의 인생을 망친 죄뿐만 아니라 자르드 군의 인생까지 망치게 된다. 나는 그대로 셋이서 대화를 나누며 식은땀을 흘려야만 했다.

"어떻게 하지?"

쉬는 시간, 나는 교실을 나와서 복도를 정처 없이 걸어 다녔다. 어째서 앨리스가 산으로 가 버린 걸까. 대체 뭐가 시나리오에 영향을 준 거지? 앨리스는 지금 어느 루트에 있는 걸까. 두 근러브에선 한 루트에 돌입하지 않으면 엔딩을 볼 수 없으니 누군가의 루트에 들어가 있긴 할 텐데.

고개를 갸웃하며 걷다 보니 앞에 에릭이 교과서를 들고 걸어가는 모습이 시야에 들어왔다. 그러고 보니 초봄에는 그가 항상 여학생에게 둘러싸여 있는 모습을 봤는데, 체육제가 끝났을 때부터는 계속 혼자 있는 듯했다.

"에릭 선배?"

"아, 미스티아다!"

조심스레 말을 걸자 그는 기쁜 얼굴로 뒤돌았다. 손에 든 교과서는 화학 교과서였다. 2학년이라고 제대로 적혀 있었다.

"너무 좋다. 새 학기부터 미스티아랑 만나다니. 무슨 일이야? 날 만나러 왔다거나?"

"아뇨. 그냥 잠깐 생각하면서 걷다가. 선배는요?"

"난 이제 화학실에서 실험! 심심하면 미스티아도 같이 갈래?"

"저기, 선배. 조금 궁금한 게 있는데…….."

"뭔데—?"

"주인! 이라거나, 그런 호칭을 안 쓰네요. 오늘도…….."

에릭은 "아…….." 하면서 먼 산을 바라봤다. 혹시 지적하지 않는 편이 좋았나?

"미스티아는 미스티아라고 생각해서."

"어어, 그렇죠. 저는 저예요."

"그러니까 미스티아라고 부르기로 했어. 별로인가?"

"아뇨. 괜찮아요. 좋다고 생각해요!"

……혹시 앨리스는 지금 에릭 루트에 있는 건가……?

"그럼 나는 앞으로 계속 미스티아라고 부를게. 마지막까지."

"네. 잘 부탁드려요."

잘 모르겠지만 고개 숙여 인사하자 에릭은 "앗, 맞다!" 하며 내 팔을 붙잡았다.

"미스티아, 이번 달에 숙박 체험 있지? 거기 있는 절벽 꽤 위험하니까 말야. 절대로 떨어지면 안 돼."

"어, 아―…… 네."

"약속이야! 죽으면 미워할 거야! 끝내는 건 내 역할이니까."

"끝내요……? 뭐를요?"

"후후후. 비―밀. 그럼 먼저 가 볼게, 미스티아."

에릭은 가벼운 발걸음으로 복도를 뛰어갔다. 나는 그를 배웅하면서 문득 깨달았다. 혹시 앨리스가 에릭 루트에 있다면, 그녀와 레이드 녹터의 사이는 어떻게 좁혀야 할까.

에릭 루트에 방해되지 않는 선에서 레이드 녹터와 앨리스가 친해지게 만들어야 한다. 그러려면 어떻게 해야 할까 고민했는데 기회는 의외로 금방 찾아왔다. 그로부터 1주일 후, 자립심을 키우기 위해 사용인이 없는 곳에서 2박 3일 숙박하는 체험 학습이 있기 때문이다.

마차로 한나절은 가야 하는 피서지에 가서, 지내는 동안 학생들은 필요한 일을 스스로 해야 한다. 필연적으로 아카데미에 있을 때보다 함께 있을 시간이 늘어나게 되니 연애 이벤트도 준비되어 있다.

하지만 문제가 하나 있다. 게임에서 미스티아는 이때 앨리스를 절벽으로 밀어 버린다.

그러니 나는 결석하고 싶었다. 하지만 에릭에 이어서 레이드 녹터를 갱생시킬 책임이 있다. 앞으로 느긋하게 기다리다 보면 앨리스와 에릭의 사이가 점점 깊어지겠지. 지금 에릭에게는 '여성 편력이 화려하고 개방적인 느낌'이 전혀 없으니까.

천진난만하고 솔직한 노력파. 공부도 성실히 하고 성격이 좋다. 그리고 주종 놀이에 대한 집착이 나아졌다. 친해지지 않을 이유가 없었다. 그렇다고 둘의 관계가 너무 진전되어 버리면 레이드 녹터는 교제 상대가 있는 여자에게 다가가는 것은 좋지 않은 일이라고 생각하여 앨리스에게 다가가려 하지도 않을 터.

그러니 지금 레이드 녹터와 앨리스의 관계를 진전시켜야만 한다. 그래야 레이드 녹터는 그녀의 힐링을 받아 주인공 보정…… 히로인 테라피에 의해 브라콤을 치료하게 될 것이다. 그리고 문제가 하나 더 있었다.

"그래서, 하실 말씀이 뭔가요? 저뿐이라면 몰라도 의사까지 부르시다니."

"정말이지. 이 할아버지도 깜짝 놀랐어. 모처럼 공주님과 단둘이 데이트라고 생각했는데 스티브가 있다니."

달빛이 비치는 아렌가의 정원, 스티브 씨와 랜스데이 선생님이 뒤돌았다. 나는 미래의 중대한 결함에 관해 깨닫고 만 것이다.

"실은, 부모님——아버지에 관해 묻고 싶은 게 있어서요."

게임의 엔딩 직전, 미스티아는 아카데미에 불을 지르고 투옥되어서 사형을 맞이한다. 하지만 평범하게 생각하면 왕족이 있지도 않은 심야의 학교에 불을 지른다고 사형까지 할까? 그게 의아했다. 그래서 떠오른 것이, 부모님이 죄를 저질렀을 가능성이다. 게임 속 미스티아의 부모님은 딸을 위해서라면 무슨 짓이든 했다. 우리 부모님은 분위기가 다르지만 게임 속 미스티아는 '배를 사 달라고 했는데 어렵대. 짜증 나.' 같은 별거 아닌 이유로 앨리스를 함정에 빠트리고는 했다.

그런데 정말로 우리 아버지──미스티아의 부친은 몇 년 전 내 생일에 배를 사려고 했다. 주로 금전적인 면으로, 부정을 부정이라고 인식하기 전에── 악에 물들었을 가능성도 충분히 있다. 그러니 나는 아렌가에서 오래 일해왔고 아버지와도 오래 교류해 온 두 사람을 부른 것이다.

"아버지에 관해? 왜 그런 걸? 아카데미의 숙제 같은 거니?"

"랜스데이. 말을 조심하도록. 아가씨. 당주님께 무슨 일이 있습니까?"

"뭔가, 좋지 않은 일을 하는 게 아닐까 해서…… 소, 소비 습관이 너무 거칠다고 해야 할까, 나한테 뭐든 사주려고 하니까, 그 돈은 어디에서 왔나…… 궁금해서."

일단 이유를 덧붙여두었다. 그러자 스티브 씨는 "그렇군요." 하고 작게 수긍했고, 랜스데이 선생님은 갑자기 크게 웃기 시작했다.

"하하하하! 공주님. 그런 걱정을 하고 있었어? 재밌네─, 하하하하, 아이고 배야, 하하하하!"

"랜스데이."

"미안, 미안. 공주님의 말이 너무 예상 밖이라서 재밌어서 말이야!"

랜스데이 씨는 눈꼬리에 맺힌 눈물을 손가락으로 훔치며 나를 안심시키듯이 머리를 쓰다듬어주었다.

"괜찮아. 이 가문의 경제 상황이 좋은 건 영지민들이 이 가문을 굉장히 좋아해 주기 때문이야."

"그, 그런가요……?"

"응? 그 얼굴을 보니 못 믿는가 본데? 이 할아버지가 공주님께 거짓말을 한 적이 한 번이라도 있었나?"

"그런 적은 없지만…….."

"게다가, 이것 봐. 스티브도 증인이니까."

스티브 씨를 보자 그는 조용히 고개를 끄덕였다.

"당주님은 부정한 자금에는 손을 대지 않고 제대로 아가씨를 위해 매일 노력하고 계십니다. 아가씨가 걱정하실 필요는 없다고 생각합니다."

"스티브. 말투가 좀 그러네."

"……문제없습니다. 아가씨. 만일 당주님이 아가씨의 뜻에 맞지 않는 일을 하신다면 저와 랜스데이가 책임지고 막아내지요."

"그래, 그래. 우리가 제대로 막아줄 테니까."

"……잘 부탁드릴게요."

두 사람이 그렇게 말한다면 든든하다. 특히 스티브 씨는 집사인 루크에게 전해 듣기로는 상당히 엄격하고 얼음 같은 사람이라고 했다. 그렇게 엄격한 사람이라면 안심할 수 있다.

"할아버지들이 노력하지! 공주님이랑 한 약속이니까 말이야."

"랜스데이. 이제 웃기는 소리는 그만둬. 아가씨를 이런 찬 데에 계속 모실 수는 없지."

"알았다고. 자, 공주님. 저택으로 돌아가야지. 이제 어두우니까 마물이 잡으러 올지도 모른다고?"

랜스데이 선생님이 웃는 것을 보고 나도 따라 웃었다. 스티브 씨도 기분 탓인지 미소를 지은 듯했다. 나는 두 사람 사이에서 안심하며 정원을 뒤로했다.

드디어 숙박 체험 학습의 날이 찾아왔다. 오늘은 아침부터 오후까지 마차를 타고 이동한 후, 현장에 도착하자마자 식사를 하고 2박 체류할 숙소로 가 목욕 및 다양한 일정을 마친 뒤 취침하는 것이 대략적인 일정이었다.

숙소는 귀족 아카데미가 소유하는 숙소로, 아카데미가 전부 빌린 덕분에 각자 개인실을 하나씩 받았다. 정말 다행이다. 앨리스와 같은 방을 썼다간 죽었을지도 모른다.

나는 아카데미에서 숙박 체험 시설로 향하는 마차 안에서 창밖을 빤히 바라봤다. 도시를 벗어나니 창밖으로 반짝거리는 바다가 펼쳐졌다. 수평선까지 뻗은 새파란 바다와 맑은 하늘의 대비가 시원하게 느껴졌다. 벌써 오후. 마차 안에서 점심 도시락을 먹고, 그 후로도 당분간 이동이 계속되었다. 조금 있으면 시설에 도착하겠지.

"바다가 예쁘군."

"네. 오늘은 날씨도 좋아서 상쾌하네요."

맞은편에 앉은 제시 선생님의 말씀에 나는 크게 고개를 끄덕였다. 이 아름다운 바다를 마음 놓고 구경할 수 있는 것은 전부 선생님 덕분이다. 선생님이 옆에 있다. 그것만으로도 이토록 행복한 기분이 들었다.

　이번에 나는 하마터면 봉사 활동을 함께 했던 조와 마차를 같이 탈 뻔했다. 하지만 멀미가 날 것 같다면서, 교외 학습 때 사용했던 마차 멀미 전법을 사용했다. 그러자 루키트 님은 "너, 돌아올 땐 그렇게 멀미 안 하겠지……? 그렇지……?"라며 생기가 없는 눈으로 나를 바라봤다. 왠지 미안한 기분이 들었다.

　"이렇게 너와 둘이서 마차를 타고 가니 이상한 기분이군."

　제시 선생님이 작게 말했다. 5년 전에 선생님께 승마를 배웠던 기억이 떠올라 나도 그리운 기분이 들었다.

　"그때는 감사했어요."

　"나도, 고마워. 네게 배운 게 아주 많았어."

　선생님은 눈을 가늘게 뜨며 상냥하게 미소 지었다. 승마를 가르쳐 줬으면서 오히려 고맙다니. 역시 선생님은 정말 좋은 선생님이다. 이보다 더 교사에 어울리는 사람은 없었다. 은사(恩師)라는 건 그를 표현하는 단어가 아닐까. 감동하고 있자 드디어 마차가 감속하기 시작하더니 이내 멈춰 섰다.

　"도착했군."

　선생님의 말씀에 따라 마차에서 내리자 눈앞에 보이는 것은 숙소……라고 표현해도 되는 걸까. 무척 호화찬란한 성이 있었다. 게임에서는 실내밖에 못 봤는데 이렇게 넓었을 줄은…….

다른 반은 벌써 도착한 모양이었다. 반끼리 모여 성에 버금가는 숙소로 들어갔다. 오늘부터 2박 3일, 힘내자. 나는 기합을 불어넣고 숙소 안으로 들어갔다.

"도—착—했다."

반 전체가 모여 제시 선생님께 시설 설명을 들은 후, 나는 곧바로 내 방으로 들어왔다. 지금은 자유시간이었다. 저녁 식사 시간까지 30분간 자유롭게 쉬면 된다고 한다.

방의 인테리어는 게임에서 본 그대로였다. 호텔 방과 닮았다. 새하얀 벽에는 사슴 박제가 걸려 있고 바닥에는 새파란 카펫이 깔려 있었다. 천장에는 눈부시게 아름다운 샹들리에가 설치되어 있고 창문도 넓었다. 수족관을 방불케 하는 크기였다.

이 건물은 1학년의 숙박 체험 학습 전용이라서 1년에 한 번만 개방한다고 한다. 가구는 침대와 책상, 의자 외에도 소파와 커다란 탁자가 있었다. 옆에는 화장실과 목욕실도 붙어 있다. 체험 학습용으로만 쓰기에는 아까운 곳이었다. 일단 잘 때 입을 파자마를 침대에 두고 책상에 어제 준비한 목욕 세트를 놓았다.

원래 숙박용 준비물은 3일 전부터 준비해서 전날에는 점검만 할 예정이었는데 사용인들이 숙박 체험 학습에 가지 말라고 계속 말리는 바람에 어쩌다 보니 어제까지 준비를 마치지 못했다.

"이걸로 됐다."

짐을 전부 풀고 숨을 돌리고 있자 문에서 똑똑 하는 노크 소리가 들려왔다.

외시경이 달려 있지는 않았지만 이곳은 귀족 아카데미가 소유한 건물. 괜찮으리라 생각해서 문을 열었다.

"안녕, 미스티아. 짐은 다 풀었어?"

전혀 괜찮지 않았다. 반사적으로 한 걸음 뒤로 물러서자 내가 놓은 손잡이를 레이드 녹터가 붙잡고 마저 문을 열었다.

"어, 어떻게 레이드 님이 여기에?"

"반장이니까. 집합 장소를 까먹은 학생이 있을까 봐 확인 중이야."

"그래도 여기, 여학생 층인데요……?"

이곳은 여학생이 묵는 층이라 남자는 들어오지 못한다는 규칙이 있었다. 남학생이 묵는 층은 여자가 들어가지 못한다. 옆 반 담임 선생님이 여성이니 그 선생님이 확인할 줄 알았는데…… 왜 그가 여기에 있는 걸까.

"반장이니까. 자, 완장도 있어."

레이드 녹터는 내게 완장을 보여주었다. 확실히 반장이라고 적혀 있다. 그렇구나. 반장이라서 점호를…… 맡은 건가…….

"그, 그렇군요. 저는 이제 나갈 참이었으니까 괜찮아요. 감사해요. 수고하세요."

그럼 이만, 이라고 인사하고 문을 닫으려 했다. 하지만 레이드 녹터는 떠나려 하지 않았다. 그뿐만 아니라 '빨리 나와.'라는 분위기를 풍기며 나를 기다렸다.

"저, 집합 시간은 이미 알고 있는데요……?"

"응. 미스티아가 마지막이니까. 준비는 끝났어?"

"어, 아, 네."

"그럼 가자."

레이드 녹터가 방문을 더 활짝 열어 내가 나오도록 재촉했다. 방에서 나오자 그는 깔끔한 동작으로 내게 열쇠를 받아들더니 멋대로 문을 잠갔다.

"어, 어?"

"자물쇠가 잘 잠기지 않는 곳이 있다고 들었어. 그래서 하나하나 확인하는 중이야. 다행이다. 네 방은 괜찮은가 봐."

"아, 감사해요……."

깜짝이야. 너무 깔끔한 동작이라 멍하니 보고만 있었는데 완전히 소매치기 수법이었다. 레이드 녹터가 전문 소매치기였다면 나는 열쇠를 되찾지 못했겠지만, 상대는 정의로운 사람이었다. 제대로 열쇠를 내게 건네주었다.

"힘들겠네요. 문이 잠기는지 확인하고 다니는 거."

"왜? 뭐가?"

그냥 잡담을 할 생각이었는데 그는 내 말을 물고 늘어졌다. 어린아이…… 자르드 군이었다면 귀여웠겠지만 상대는 15살. 꽤나 위협적이었다.

"다른 사람까지 챙겨야 하는 거잖아요……. 그러니까 레이드 님이 적임이라고는 생각하지만 힘들 것 같았어요. 어어, 그것뿐이에요."

"왜? 내가 적임이라고 생각하는 이유를 알려 줘."

엄청 깊이 파고드네. 심문인가. 무서워. 상대가 레이드 녹터여서 그런가? 아니면 내게 커뮤니케이션 능력이 부족해서 그렇게 느끼는 것뿐일까.

"어어, 성실하시고, 책임감 있으시고, 일을 진행하시는 게 능숙하니까……? 그리고 나쁜 일은 하지 않을 테니까요……."

"흐음. 너는 나를 그렇게 생각하는구나."

그는 아이처럼 순진무구한 표정을 했다. 표정이 바뀌는 게 무서워. 지금 이렇게 순수한 눈으로 바라봐도 곤란하다. 왠지 요리장이나 정원사인 포레스트와 비슷한 느낌이었다. 그 두 사람도 갑자기 기분이 바뀌는 타입이었다.

"그러고 보니까, 미스티아한테 말할 게 있었는데 잠시 잊고 있었어."

동생에게 다가오지 말라는 경고일까.

"시크 선생님은 조심하는 게 좋을 거야."

"……네?"

갑작스러운 말에 머릿속이 새하얘졌다. 레이드 녹터는 그런 나를 보며 입꼬리를 올렸다.

"나도 신경 쓸 테지만 말이야."

"그건 대체, 무슨 의미로……."

"늦겠다. 슬슬 출발하자."

그는 내 질문에 대답하지 않고 먼저 걸어갔다.

제시 선생님의 무엇을 조심하라는 거지……? 레이드 녹터가 한 말의 의미를 이해하지 못한 채로 나는 그의 뒤를 쫓아 저녁 식사를 위한 집합 장소로 향했다.

"자, 안으로 들어가도록. 안을 직접 보는 편이 이해가 빠를 테니까."

집합 장소는 큰 방의 문 앞이었다. 어째서인지 앞치마 차림인 제시 선생님이 문을 열었다. 시야에 들어온 것은 알록달록한 채소, 그리고 산처럼 쌓인 고기와 생선들이었다. 색채와 양의 폭력이라고 할 수 있는 그 광경에 나는 숨을 들이켰다. 아, 큰일이다. 이건 정말 큰일이었다.

……이건, 틀림없었다. 레이드 녹터와 앨리스의 연애 이벤트다.

숙박 체험 학습의 레이드 루트 연애 이벤트. 그것은 지금 시작되려 하는 비밀 과제가 메인이었다.

'저녁 식사를 스스로 만들어라.'

각자 준비된 기구를 이용하여 그 누구와도 협력하지 않고 혼자만의 힘으로 오늘의 저녁 식사를 만드는 것이었다. 큰 방에는 오늘을 위해서 설치된 주방이 반 인원수대로 배치되어 있었다. 다른 반이 모인 방에도 이렇게 주방이 설치되어 있겠지. 그리고 이 과제를 수행하는 것이 연애 이벤트였다. 귀족 자제인 학생들은 요리와는 연이 없다. 그래서 학생들은 모두 이번 과제에서 실패하고 만다.

하지만 앨리스는 재빠르게 맛있는 요리를 만들어 낸다. 앨리스는 상냥하게 모두에게 식사를 나눠주려 하지만 미스티아는 혼자서 그것을 거부한다. "서민 냄새가 나서 못 먹겠어.", "개밥을 먹으라는 거야?"라는 말을 하며 앨리스의 요리를 던져버리려 한다.

바로 그때 레이드 녹터가 등장, 요리와 앨리스를 구출, 미스티아에게 지금까지와는 차원이 다른 주의를 주며 격퇴한다. 앨리스는 식사를 계기로 반 학생들과 화해하고 사이좋게 저녁 식사를 마친다. 레이드 녹터의 옆에서.

한편 분한 마음을 참지 못한 미스티아는 다음 날 앨리스를 불러와서는 절벽 아래로 밀어버린다. ……라는 스토리가 지금 뚜렷이 기억났다. 절벽으로 떨어트리는 계기가 바로 이것이었다. 그저 미스티아의 변덕이 아니었다. 그보다 언제 앨리스가 레이드 루트에 들어선 걸까. 에릭 루트가 아니었던 걸까. 아니면 이곳으로 오는 마차 안에서 뭔가 연애 이벤트가 일어났던 걸까.

"자, 각자 학적 번호가 적힌 위치에 서도록. 거기가 너희의 지정 장소다. 준비된 식재료와 도구는 마음대로 사용해도 된다. 제한 시간은 3시간. 시작하도록."

게임과 똑같은 설명을 마친 선생님의 신호를 듣고 다들 망설이면서 식재료가 늘어선 선반으로 이동했다. 선반에는 채소를 비롯하여 고기, 생선, 버섯, 과일, 치즈 등의 유제품부터 뭔지 모를 생물의 통구이까지 있었다.

하지만 게임 속 미스티아는 모든 재료를 먹지 못할 것으로 만들어 버렸다. 그녀가 만든 스튜는 안에 익지 않은 닭고기 햄버그스테이크가 둥둥 떠다니거나 가열하지 않은 생선이 튀어나와 있었고, 새로운 생명을 인공적으로 창조한 것처럼 끊임없이 부글부글 끓었다.

"하아."

내가 여기서 실패하지 않으면 앨리스가 유일하게 요리를 성공적으로 만들었다는 사실이 왜곡되고 만다. 앨리스 외의 전원이 실패하여 식사를 하지 못하는 상황을 만들어 내지 않으면, 그녀의 상냥함과 큰 도량이 효과를 보지 못한다.

앨리스를 보니 당근과 양파 등을 빠르게 고르고 있었다. 힘내, 앨리스. 레이드 녹터의 위장을 사로잡아 그대로 너의 포로로 만들어서 브라콤을 고쳐 줘……라고 마음속으로 응원하며 나는 내 자리로 다시 돌아왔다. 내일 아침까지 나는 단식할 수밖에 없다. 게임처럼 식중독이 걸릴 게 뻔한 요리를 만들어도 좋지만, 그것은 거의 재해와 같았으니 아무것도 하지 않기로 했다.

배는 고프겠지만 한 입도 먹지 못할 요리를 만들어서 식재료를 낭비하는 것보단 낫겠지…… 어라? 미스티아의 그 스튜는 만든 본인조차 먹지 않았다. 그렇다는 것은 그게 무슨 맛이었는지 아무도 알지 못한다는 뜻이다.

……누가 봐도 실패로 보이는 요리를 만들면 식재료를 낭비하지 않을 수 있는 거 아니야? 그래. 색을 섞다 보면 결국 검정이 되는 법칙을 이용해 아주 새까만 스튜를 만들어 버리자. 내가 생각했지만 정말 좋은 아이디어라고 생각한다. 나는 바로 아주 맛없게 생긴 요리를 만드는 과정에 착수했다.

"좋았어."

고개를 들었다가 멀리서 요리를 만드는 레이드 녹터와 눈이 마주친 듯한 기분이 들었다. 나는 자연스럽게 시선을 피하고 식재료를 고르는 곳으로 발걸음을 옮겼다. 색이 가장 중요하지만 웬만하면 맛있게 먹고 싶다. 나는 다양한 조합을 떠올리며 채소를 골랐다.

"다 됐다…….".

제한 시간은 20분 남았다. 주변 학생들이 하나둘 요리를 완성했고, 나도 완성된 요리를 앞에 두고 웃었다. 색의 삼원색을 섞으면 어두워진다.

나는 미술 수업에서 배운 지식을 활용하여 시금치, 당근, 토마토를 베이스로 한 점도 높은 수프를 만든 후 삶은 마카로니를 곁들여── 볼트 마카로니 그라탕을 만들었다. 생긴 건 완전히 공구였다. 완전히 볼트였다. 거기에 치즈를 섞은 덕분에 쭈욱 늘어나는, 보통이라면 식욕을 가장 돋우는 순간에 공포가 느껴지는 완벽한 요리가 완성되었다. 정말 어디에 내놓아도 부끄럽지 않을 볼트였다. 공사 현장을 해체하여 생겨난 몬스터로밖에 보이지 않았다.

"그건…… 대체?"

마음이 충만해지는 달성감을 만끽하고 있자 어느샌가 옆에서 로베르토 와이즈가 내 요리를 창백한 얼굴로 보고 있었다.

"제가 만든 요리예요."

"무슨…… 이, 이걸……?"

그는 믿기지 않는다는 눈으로 나를 바라봤다. 기쁘다. 고지식한 그가 이런 반응을 보이다니. 겉모습은 완벽히 실패로 보이는 모양이었다. 최고야.

"······내 거랑 바꿀까?"

"무, 무슨 소리를 하시는 거예요."

"만든 요리는 남기지 말라는 설명은 있었지만, 다른 사람이 먹으면 안 된다는 이야기는 없었지. 교환하지 말라는 언급도 딱히 없었으니까."

"아뇨. 괜찮아요. 정말 교환은 안 해도 괜찮아요. 제대로 제가 먹을 거예요."

"분명 죽을 거야! 이건 정말 먹을 수 있는 상태가······."

그렇게 말하며 로베르토 와이즈는 입을 다물었다. 역시 볼트를 앞에 두고도 다른 사람이 만든 음식을 '식용이 아니다'라고 단언하는 것은 어려운 듯했다. 하지만 먹을 수 있는 음식이니 괜찮다.

"이건 제 식사니까 마음만 받을게요."

"하지만······!"

"와아. 미스티아가 만든 거야?"

나와 로베르토 와이즈 사이에 누군가가── 레이드 녹터가 끼어들었다. 그는 내 요리를 보고 쿡쿡 웃었다.

"맛있어 보이네."

어떻게 봐도 맛있어 보이지는 않지만 역시 레이드 녹터였다. 연기도 완벽하다. 이 볼트 마카로니를 보고 진심으로 그렇게 생각하는 것처럼 보였다.

"한 입 먹어봐도 괜찮아?"

빈말이려니 하고 흘려들으려 했으나 레이드 녹터는 내 손에서 포크를 가져갔다.

"……앗, 잠깐. 그러지 마세요. 제가 책임을 지고 먹을 테니 드시면 안 돼요."

레이드 녹터는 내 말을 듣고도 포크를 손에서 놓지 않았다. 약혼자가 만든 요리라면 뭐든 먹겠다는 배려심이 그를 이렇게까지 몰아세운 것은 아닐까. 그러고 보니 그는 앨리스의 쿠키도 혼자서 열심히 집어 먹었다. 혹시, 먹는 걸 좋아하나……?

"그럼 내 거랑 조금씩 바꾸는 거라면 괜찮지?"

"네?"

"나는 샌드위치를 만들었거든. 네가 싫어하는 식재료는 안 들었어."

그가 내민 트레이에는 구운 샌드위치와 수프가 올라가 있었다. 샌드위치에는 스크램블에그와 잘 구워진 베이컨이 들어 있었다. 수프에는 예쁘게 잘린 채소가 들어 있어서 보는 것만으로도 식욕이 돋았다. 하지만 교환하면 안 된다. 특히 레이드 녹터에게 내 요리의 정체를 알릴 수는 없다.

"아뇨. 괜찮아요. 저는 제 걸로 충분하니까요."

"내 요리는 먹고 싶지 않다는 뜻이야?"

"녹터. 조금 강요하는 것처럼 들리는데."

거절하는 나. 교환을 제안하는 레이드 녹터. 그리고 그것을 막는 로베르토 와이즈. 왜 이런 상황이 되어 버린 걸까. 도피 욕구가 끓어오르는 것을 참으며 여전히 눈앞에 있는 샌드위치로 시선을 내렸다. 그리고 신경 쓰이는 점을 발견했다.

처음 봤을 땐 그냥 맛있어 보인다고만 생각했는데 뭔가 이상했다. 시나리오에서는 레이드 녹터도, 요리가 익숙지 않아 고군분투했을 텐데. 게임에서 그는 분명, 타 버린 미트 파이를 만들었었다.

왜 그의 요리 실력이 향상된 거지? 이유를 생각하다가 한 인물의 모습이 떠올랐다.

부인이다. 녹터 부인이 가르쳐 준 거야. 그는 '어머니가 요리를 만들어 주시곤 했는데 동생이 곧 태어날 거라 최근엔 못 먹었어.' 같은 말을 한 적이 있었다. 그리고 자르드 군이 태어나 성장하면서 녹터 부인은 요리를 할 기회도 많아졌을 테고…….

처음부터 내가 무슨 요리를 만들든, 레이드 녹터는 이렇게 완벽한 요리를 만들어 냈을 것이다. 내가 뭘 하든 아무 상관도 없었던 거 아니야? 그보다 레이드 녹터가 만든 요리는 너무나도 낯이 익었다. 약 5년 전, 내가 레이드 녹터에게 요리를 대접하던 시기가 있었다. 이건 그때 내가 만들었던 요리가 아닌가.

5년도 지난 일이고 기간도 한정적. 나는 완전히 잊고 있었는데 레이드 녹터는 기억하고 있었던 건가. 그렇다면 내 작전은 처음부터 실패였던 거잖아…….

"거기까지."

위에서 목소리가 들려왔다. 고개를 들어보니 제시 선생님이 옆에 서 있었다.

"다른 사람이 만든 걸 먹으려 하지 마. 완성했으면 빨리 식사하는 곳으로 가서 학적 번호순으로 앉도록."

제시 선생님은 레이드 녹터와 로베르토 와이즈의 어깨를 붙잡고 이동하도록 재촉했다.

로베르토 와이즈는 걱정스러워하는 시선으로, 레이드 녹터는 차가운 시선으로 나를 보더니 떠나갔다.

"정말이지, 저 녀석들은……. 너는 요리를 마쳤나?"

"네."

"그럼 앉아. 잠시 후에 먹을 시간이니까. 조금 식겠지만 모두가 끝날 때까지 기다리는 게 규칙이니까 말이야."

제시 선생님은 담담하게 그렇게 말하고 돌아갔다. 살았다. 덕분에 살았다. 언제나 위기 상황에 빠지면 제시 선생님이 나타나 어떻게든 정리를 해 준다. 정말 감사할 따름이다.

그러고 보니 레이드 녹터는 제시 선생님을 조심하라고 했는데, 그건 대체 무슨 의미였을까.

긴 테이블에 각자 자신의 요리를 앞에 두고 앉았다. 테이블에는 조금 타거나 양 조절이 안 된 수프, 찜 요리, 소테, 샐러드, 파이가 늘어섰다.

"녹터, 너 대단하다. 수프를 만들다니."

"타지도 않았고 엄청 깔끔하네. 맛있겠다."

"그렇게 어려운 건 아니야. 이건 간단하게 만들 수 있는 수프인데 어머니한테 배웠어."

멀리에서 레이드 녹터가 주변 학생들과 대화를 나누는 소리가 들려왔다. 그 근처에는 앨리스, 로베르토 와이즈, 그리고 루키트 님도 있었다. 학적 번호순이라는 제도에 감사했다. 시나리오의 진행을 위해서인지 레이드 녹터 등 주요 인물들은 학적 번호가 서로 가까웠고 미스티아만 떨어져 있었다. 덕분에 안심할 수 있었다.

"그렇게 맛있어 보이는 수프를 간단히 만들 수 있다고? 그럼 요리사가 필요 없잖아."

"아버지는 어머니를 요리에 빼앗기는 것 같다면서 오래 걸리는 요리를 하면 싫어하시거든. 5년 전부터 그게 심해져서……. 그래서 이건 어머니가 빠르게 만들 수 있도록 고안한 레시피야. 그리고 이건 내가 개인적으로 좋아하는 거."

샌드위치를 가리키며 싱긋 웃는 레이드 녹터. 그에게서 세 자리가 떨어진 곳에는 로베르토 와이즈가 있다. 그는 맞은편에 앉은 학생들과 담담히 대화를 나누고 있었다.

"와이즈. 너 요리도 할 줄 알았구나…… 좀 의외네."

"응. 동생이 좋아해서."

로베르토 와이즈의 요리……. 대체 어떤 느낌일까 궁금해서 살펴보니 토마토를 끓인 요리와 포크스테이크였다. 고기는 전부 균일하게 정사각형으로 자른 상태였다. 실패하지 않았다. 성공했다. 어라……?

"저는 간단한 생선 소테와 샐러드를 만들었어요. 요리는 별로 좋아하지 않지만……."

부끄러운 듯이 고개를 숙이는 루키트 님에게 주변 남학생들의 시선이 꽂혔다. 소테를 보니 이쪽도 역시 성공했다. 애초에 그녀는 생략된 것인지 시나리오에는 등장하지 않던 학생이다. 그러니 실패할 이유가 딱히 없던 것일지도 모르겠다.

그보다 앨리스는 대체 뭘 하고 있는 걸까. 게임에서는 그녀는 가장 먼저 요리를 완성했는데. 뭔가 곤란한 일이라도 있었던 걸까. 앨리스의 모습을 찾다 보니 멀리서 손수레를 드르륵……하고 밀고 들어오는 사람이 있었다. 잘 살펴보니 그 사람은 다른 누구도 아닌 앨리스였다.

"어…….."

신중하게 손수레를 미는 앨리스. 그 손수레에는 상상을 초월하는 요리가 올라가 있었다.

"이 요리의 테마는 사랑과 빛이에요!"

앨리스가 루키트 님에게 그렇게 말하며 즐거운 얼굴로 테이블로 자신이 만든 요리를 옮겼다.

앨리스가 만든 요리는 가정식이나 부모님이 운영하는 식당의 메뉴가 아니라, 빨강과 검정으로 통일된 풀 코스 요리였다. 그것도 프로 레벨의.

"이 빨간 음료는 뭔가요……?"

"고귀하고 가련한 모습에서 아이디어를 얻은 나무딸기 음료예요. 선명한 붉은색을 살리면서 달콤함을 강조해서 고귀하고 가련한 모습을 제대로 표현해 봤어요!!"

루키트 님의 질문에 앨리스가 잘 질문했다는 듯이 술술 대답했다. 샴페인 글라스에 담긴 나무딸기 음료 위에는 초콜릿 장식이 올라가 있어서 마치 칵테일을 보는 듯했다.

게다가 두 사람의 앞에 있는 애피타이저에는 식용 장미꽃잎이 곁들여져 있었고, 채소를 얇게 잘라 만든 장미가 접시를 꾸며주고 있었다. 그 장미꽃잎 안에는 밀푀유처럼 다양한 재료가 끼워져 있고, 새까만 소스가 아름다운 곡선을 그리며 뿌려져 있었다.

"……여기에도 장미가?"

"네! 역시 루키트 님! 같은 최애를 둬서 알아보시는군요! 감사합니다!"

"너, 항상 활력이 넘치네……."

앨리스가 소개한 수프는 토마토 포타주인 듯했다. 크림으로 섬세한 장미가 몇 개 그려져 있었는데 이건 완전히 장인의 영역이라 할 만했다.

"고기 요리는 덩어리로 된 고기의 표면만 잘 구운 후에 장미와 향초를 넣어 쪘어요! 소스는 채소와 과일을 끓여서 만든 덕분에 상큼하게 먹을 수 있죠! 헤헤헤. 디저트는 사과 타르트예요. 장미와, 장미를 표현한 거죠! 빨간 장미예요! 실은 조금 더 만들고 싶었는데 제한 시간 내에 완성하고 싶었거든요! 헤헤헤! 에헤헤헤!"

앨리스가 황홀한 듯한 웃음을 지었다. 루키트 님은 "잘됐네." 하고 짧게 대답했다. 레이드 녹터의 모습을 슬쩍 살펴보니 그는 어째서인지 차가운 시선을 보내고 있었다.

볼트 마카로니를 전부 먹은 나는 일단 식사 시간에는 방으로 돌아가지 못한다는 규칙 때문에 물을 마시는 중이다.

겉모습은 이상했지만 결국 맛은 평범한 채소 마카로니 그라탕이었다. 그래도 시각 정보가 폐품 공장 같은 상태여서 상당히 심경에 좋지 않았다. 식사를 마쳤다기보다는 산을 하나 넘은 기분이었다.

"앗…… 저기…… 미스티아 님…… 지금, 바쁘신가요오……?"

뒤돌아보니 케이크 한 조각이 담긴 접시를 든 앨리스가 서 있었다. 어라, 이벤트, 아직 끝나지 않았나……?

"괜찮으면 이거 드세요. 저기, 이 케이크, 미, 미스티아 님의 고귀하고 가련한 모습을 표현하고 싶어서 만든 거라, 아니, 그래도 전혀 표현할 수는 없었지만 괜찮으시다면! 앗, 그리고 칠흑의 치즈 그라탕! 멋있었어요! 어휘력이 부족해서 죄송해요! 항상 응원하고 있어요! 그럼 이만!"

내 앞에 케이크 접시를 둔 후 앨리스는 맹렬하게 달려나가 모습을 감췄다. 그녀의 요리가 시나리오의 강제력에 의해 엉망이 되지 않은 점에는 안도했으나, 왠지 불안한 기분이 들었다.

게임에서는 저렇게 공격적으로 식사를 권하지는 않았는데. 게다가 '항상 응원하고 있어요!'라니 무슨 소리야? 여전히 앨리스에게서는 연예인을 보는 팬 같은 분위기가 느껴졌다.

나는 조금 놀란 마음을 가라앉히고 제시 선생님의 "저녁 식사 시간이 끝나가니 슬슬 정리하도록."이라는 말에 서둘러 포크를 손에 들었다.

전생에서 숙박 계열의 행사는 전부 목욕은 모두와 함께, 밤에는 레크리에이션…… 같은 일정이 일반적이었는데 두근러브 세계관이라고는 해도 역시 귀족 아카데미에서 그런 건 어렵겠지. 저녁 식사를 마친 후에는 각자 방에서 씻고 그대로 자는 것으로 하루 일정이 마무리되었다.

"세 시간마다 만조와 간조가 반복되며……."

그리고 오늘은 숙박 체험 학습 2일 차. 내리쬐는 햇살 아래, 나는 야트막한 언덕에서 멍하니 이 일대의 바다에 관한 정보가 적힌 간판을 읽는 중이다. 지금은 자유시간. 그리고 미스티아가 앨리스를 절벽에서 떨어트리는 이벤트가 발생하는 시간대다.

하지만 자유시간이라는 것은 이름뿐이고, '정해진 범위 내에서 절벽이나 자연을 만끽하도록. 범위 밖으로 나가는 건 금지'라는 규칙이 있었다. 그리고 미스티아가 앨리스를 밀어 떨어트린 절벽 아래의 바다는 만조와 간조가 세 시간 간격으로 반복된다고 한다.

상당히 빈도가 높게 느껴졌다. 미스티아가 앨리스를 떨어트렸을 때 만조였는지, 간조였는지를 알면 사건 발생 시간을 대충이라도 예상할 수 있을 텐데 그런 묘사는 없었다.

"하아."

쓰고 있던 모자를 들고 그것으로 팔락팔락 부채질을 했다. 이 모자는 이 지역의 햇살이 강렬하다는 것을 안 멜로가 "숙박 체험 학습에 가는 건 반대하지만 만일 가신다면 이걸 가져가 주세요."라고 하며 챙겨준 것이었다. 확실히 이 더위에는 모자를 쓰지 않으면 열사병에 걸리겠지. 모자를 들고 온 학생은 나뿐이었지만 모자를 쓰고 있으면 얼굴이 보이지 않아서 무슨 일이 있었을 때 알리바이를 만들기 어렵다. 그래서 나는 가끔 모자를 벗어 부채질하는 것으로 내가 여기 있다는 어필을 하는 중이다.

"괜찮나?"

바닷바람을 맞고 있자 로베르토 와이즈가 다가왔다.

"괜찮아요. 부채질로 열을 분산시키는 것뿐이고 몸이 안 좋은 건 아니에요. 신경 써 주셔서 감사해요."

"그렇다면, 다행이고……."

그와 함께 멍하니 지평선을 바라봤다. 올해 여름은 정말 눈 깜짝할 새에 지나고 말았다. 하지만 멜로에 관한 것, 딜리아에 관한 것, 진짜 기억을 찾게 되어서 그 무엇으로도 대체할 수 없는 여름이 되었다.

"……내가 올해 여름에 이것저것 생각해 봤는데."

"네."

"와이즈가의 당주로 살면서 의사가 되려고 해."

후련한 얼굴로 로베르토 와이즈는 그렇게 말했다. 그는 평소와 다르게 상쾌한 얼굴이었다. 봉사 활동 때처럼 생각이 많아 보이는 분위기는 이제 느껴지지 않았다.

"와이즈가의 당주로서 영지민을 풍요롭게 하고, 거기서 얻은 자금력을 영지민에게 환원하면서 선순환을 만들고 싶어. 그리고 언젠가 그 일환으로…… 가난해서 의사를 찾아가지 못하는 자들도 진찰을 받을 수 있는 환경을 만들고자 해."

멋있는 생각이었다. 그는 당주로서 구체적인 미래를 생각하고 있었다. 이런 이야기를 앨리스가 아니라 나에게 해도 괜찮은 건가? 그 점이 마음에 걸리긴 했지만 그는 이제 아카데미를 그만 두겠다는 소리를 하지 않겠지.

"지금까지 나는 의사라는 꿈을 포기하려고 했어. 하지만 너와 관련된 고아원을 보고, 그리고 아렌가와 연계된 시설과 연구실을 보고 각오를 정했지. 고마워."

"좋은 결단을 내리셨네요."

"응?"

"안색이, 전과는 다른 사람 같아서요. 건강하고 좋다고 생각해요."

"그건, 네 덕분이야."

그는 눈부신 것을 보는 듯이 나를 보며 웃었지만 나는 아무것도 하지 않았다. 오히려 증인이 되어달라며 도움을 받은 기억밖에 없다.

"아뇨. 고민하고 생각해서 결단을 내린 건 와이즈 씨잖아요. 저는 아무것도 하지 않았어요. 전부 와이즈 씨의 독자적인 힘이에요."

"그런 겸손을……."

"겸손이 아니에요. 고민하는 것도, 생각하는 것도, 따지자면 피곤한 일이잖아요. 그걸 계속 반복하면서 결론을 내고 각오를 다지는 것. 그건 정말 중요한 일이에요. 그걸 뛰어넘은 것은 전부 와이즈 씨의 힘이니까요."

좋은 사람이라고 생각한다. 그런 로베르토 와이즈의 성실한 마음이 나 때문에 왜곡된 적이 있으니 그에게 도움을 주고 싶었다. 마음은 앨리스가 맡아줘야 하니까…… 나는 권력이나 금전 쪽으로.

"……슬슬 점심시간이군. 이동해야겠어."

"네. 갈까요?"

로베르토 와이즈와 함께 나는 언덕을 내려갔다. 생각해 보면 앨리스와 레이드 녹터가 둘 다 보이지 않았다. 혹시, 데이트……? 이 자유시간을 이용해서 상당히 관계가 진전된 게 아닐까? 그렇다면 최고다. 미스티아가 절벽에서 밀어 떨어트리지만 않으면 두 사람의 관계가 수월히 진전되는 건가.

"피곤하진 않나?"

"네."

그는 나와 보폭을 맞추려는지 신발을 힐끔힐끔 바라봤다. 함께 걷고 있자 레이드 녹터가 내게 달려왔다.

"미스티아. 앨리스 양이 다쳤어. 잠깐 와 줄래?"

앨리스가, 다쳤다고?

"상태는요?"

"약하게 삐었나 봐. 인솔 의사가 보이지 않아서."

상당히 긴급한 상황인지 레이드 녹터가 내 팔을 붙잡고 그대로 잡아당겼다.

"앨리스 양이 장미가 있다면서 절벽을 내려다보다가……."

"떨어졌나요?!"

"아니, 비틀거리다가 삐었어."

그대로 그가 이끄는 대로 따라간 곳은 절벽 위, 미스티아가 앨리스를 밀친 그 절벽 위였다. 그곳에서 앨리스가 발목을 감싸고 앉아 있었다.

"괜찮아요, 앨리스 씨? 오른쪽 발목을 삔 건가요?"

"우왓, 반짝반짝! 존엄해!"

"이름과 나이를 말할 수 있겠어요?"

"아, 아아아아, 앨리스, 앨리스예요! 15살입니다! 건강한 게 특징입니다! 시력도 좋아요!"

패닉 상태에 빠진 모양이었다. 머리를 다친 건 아닌 듯했다. 문제는 발목뿐이었다. 나는 가방에서 물통과 손수건을 꺼낸 후 얼음을 손수건으로 감쌌다. 응급 처치를 한 후 나는 레이드 녹터에게 말했다.

"일단 선생님이나 의사가 올 때까지 대기하죠. 선생님은 부르셨나요?"

"아니, 어디 계신 건지 보이지가 않아서. 그래서 일단 미스티아를 불렀어. 너는 이런 걸 잘 아는 것 같아서."

"그럼 제가 불러올 테니 레이드 님은 여기서 앨리스 씨와 대기해 주세요."

뒤돌다가 문득 머리에 위화감이 느껴졌다. 모자를 어디 뒀지? 앨리스와 레이드 녹터 쪽을 바라보니 그가 내 모자를 들고 있었다. 뭐, 잠시 보관해 준다면 괜찮으려나. 그대로 선생님을 찾으러 가려 했는데 갑자기 계절감이 없는 로브를 걸친 사람이 내 옆을 지나갔다.

저건 달려나가는 것에 가깝다. 왜 절벽을 향해 달려가는 걸까. 의아해서 뒤돌아보자 그 로브 차림의 인물은 레이드 녹터를 들이받고 있었다.

"······어?"

반사적으로 몸이 움직였다. 밀쳐진 레이드 녹터의 몸이 기울고, 순간 절벽으로 떨어지는 것처럼 보였다. 그의 팔을 붙잡기 위해 손을 뻗었다. 붙잡았다. 하지만 이대로라면 같이 떨어질 뿐이었다.

한쪽 발에 체중을 실어 단숨에 끌어올리자 빙글 회전하여 그대로 내 몸이 기묘한 부유감에 휩싸이더니······ 경치가 순식간에 바뀌었다.

레이드 녹터와 앨리스가 놀란 얼굴로 나를 바라봤다. 그와 손을 붙잡은 상태다. 이대로라면 그를 끌어들이고 만다. 나는 눈을 크게 뜨는 레이드 녹터의 팔을 밀어내듯이 떨쳐냈다. 그러고 보니, 이거, 전에도, 밀쳐낸 후에 트럭에——.

그 기억이 떠오른 순간 빨려들어 가듯이 절벽 아래로 떨어졌다. 그리고 등에 강한 충격과 통증이 전해져 나는 의식을 잃고 말았다.

"으아······."

입안에 느껴지는 소금기에 눈을 떴다. 얼굴이 축축해서 기분은 최악이었다. 주변을 둘러보니 아무래도 절벽 아래 물가에 표류

하던 모양이다. 근처 바위를 향해 헤엄쳐서 땅 위로 올라섰다.

아까 레이드 녹터가 로브를 입은 남자에게 밀쳐질 뻔했다. 그리고 내가 그 대신 떨어지게 되었는데, 당연히 이런 일은 시나리오에 없었다. 대체 어떻게 된 일이지?

나는 하늘을 바라보며 낙하 지점이 엄청나게 높은 곳이었다는 점에 놀라며 젖은 머리카락을 짜냈다. 떨어지기 전에는 낮이었다. 분명 점심 식사에 관한 점호가 있었고 그 직후 떨어졌다. 그리고 지금은 해가 저물고 있었다.

그렇다면 나는 대략 5시간 정도, 의식 없이 물 위에 떠 있었다는 뜻이다. 어쩌면 물살에 몸을 맡긴 덕분에 여기까지 무사히 흘러온 것일지도 모른다. 아니, 분명 같은 상황에서 사망한 예시를 전생에 읽은 적이 있으니 천운이 따랐다고 할 수 있었다.

세 시간 간격으로 만조와 간조가 반복된다고 했으니 이곳에 물이 들어찰 가능성도 있다. 나는 일단 절벽 아래 근처의 동굴로 향했다. 시나리오에서는 이 동굴 안에 앨리스가 절벽 위로 올라간 통로가 있었다.

그곳으로 가면 바로 절벽 위로 돌아갈 수 있겠지. 게임에서는 앨리스가 "힘내서 올라가자!"라고 말한 후, 곧바로 "휴우, 힘들었어."라고 말하는 화면으로 전환되었다. 그녀만큼 빨리 오르지는 못하겠지만 신체 능력이 뛰어나지 못해도 시간을 들이면 어떻게든 될 것이다. 다행히 다친 곳도 없다.

나는 잠시 어둑한 동굴 안을 나아가면서 뭔가 도움 될 만한 것이 없는지를 찾았다. 그러나 바로 막다른 곳에 도달했고 시야에 들어온 광경에 자연스레 호흡이 멈췄다.

"거짓말이지……?"

앨리스가 "여기라면 올라갈 수 있을 거야!"라고 말했던 벽. 그 것은 실로…… 이 세계의 히로인이 아니라면 올라갈 수 없을 정 도로, 직각을 이루고 있었다.

비교적 평평한 지면을 찾아 베개 대신 적당한 바위를 둔 후 이 불 대신 돌을 쥐고 눈을 감았다. 아무리 노력해도 절벽 등반, 혹 은 암벽 등반은 불가능하다고 판단한 나는 체력 보존을 위해 잠 들기로 했다.

스스로 생각하더라도 이상하긴 했지만, 주변엔 바위와 돌밖에 없으니 어쩔 수 없다. 살아남는 것이 목표였다. 게다가 저런 벽 을 올라가는 것보다는 도움을 기다리는 편이 빠르다. 사람은 하 루 이틀 정도 굶어도 괜찮다. 괜히 소리 지르면서 목을 상하게 만드는 것도 좋지 않다.

"응?"

눈을 감고 가만히 수마가 찾아오기를 기다리고 있자 저벅저벅 하는 발소리가 들렸다. 낙석이 아니다. 하지만 뭔가가 근처에 온 기척이 느껴졌다. 곰일까? 하지만 어둑하니까 어쩌면 나를 먹을 것이 아니라 풍경으로 알고 지나갈지도 모른다. 나는 움직 이지 않고 실눈을 떴다.

"미스티아……?"

나를 부르는 목소리에 눈을 크게 떴다. 랜턴을 든 레이드 녹터 가 바로 옆에 서 있었다. 다행히 다치지는 않은 듯했지만 진흙

투성이였다. ……어라, 그런데 왜 그가 여기에 있지?

누가 동굴로 떨어트리지는 않았을 것이다. 왜지? 상대도 내 모습에 많이 놀란 표정이었다. 바위 위에서 돌을 쥐고 누워 있었으니. 뭔가 의식이나 강령술을 펼치는 중이라고 생각했을지도 모른다. 일어서자 그가 내게 달려들었다.

"미스티아……!"

그는 나를 꽉 안았다. 그의 팔이 내 목을 꼭 조이는 듯했다. 고아원 아이들이 자주 이렇게 껴안고는 했는데 상대는 15세 남성. 체격 차도 있어서 숨이 막혔다.

"어어……."

"미스티아, 미스티아, 미스티아, 미스티아, 미스티아……."

레이드 녹터가 더 패닉이었던 모양이다. 멍한 눈동자로 내 이름을 계속 불렀다. 일단 그의 등에 손을 올려 진정하도록 가볍게 두드렸다. 전생에 동생이 울거나 떼를 부릴 땐 자주 이렇게 토닥여 주곤 했었다. 달래주는 것에 가깝고 그에게도 효과가 있을지는 모르겠지만 이것밖에 떠오르지 않았다.

애초에 왜 레이드 녹터가 여기에 와 있는 거지……? 보통이라면 구조대가 조난자를 구하러 올 텐데. 일반인이 나서려 한다면 그들이 막을 것이다. 아무리 레이드 녹터가 정의감과 책임감이 강한 사람이라고 해도 그는 일반인. 그가 나서면 그저 구조자를 늘릴 뿐이다. 나서려 해도 주변의 어른…… 선생님이 막았을 터. 그게 어른의 의무니까.

손수건을 꺼내 묵묵히 레이드 녹터의 팔을 닦고 있자 그가 내 팔을 붙잡았다.

"왜 나를 감싼 거야?"

"……네?"

"아니, 이런 질문을 해도 의미가 없나. 너는 원래 그런 사람이니까……. 그걸 미처 전부 파악하지 못한 내가 어리석었어. 내가 알고 있었으면 내가 그때, 나는."

레이드 녹터는 마치 자신의 탓으로 내가 이렇게 됐다고 말하는 듯했다.

"저기, 떨어질 뻔했던 건 레이드 님이고 떨어진 건 저인데요. 전적으로 밀친 사람이 잘못한 거니까 레이드 님의 탓이 아니에요. 그러니까 신경 쓰지 마세요. 정말 괜찮으니까……."

"괜찮을 리 없잖아!"

피를 토하는 듯한 노성에 가까운 레이드 녹터의 말에 멍하니 있자 그는 내 팔을 더욱 강하게 붙잡았다가 확 놓았다.

"아냐. 네게 화내고 싶었던 게 아니야. 상처 입히고 싶지 않아. 상처 입히고 싶지 않은데…… 결국 이렇게 다치게 만들어 버리고……."

"아뇨. 안 다쳤어요. 피도 안 나고 아프지도 않아요. 아하하."

"왜 웃는 거야……?"

"네?"

"너는, 죽을 뻔했어. 그런데 어떻게 웃을 수 있는 거야……?"

레이드 녹터가 당장이라도 울 것처럼 얼굴을 찌푸렸다.

"저기……."

"웃지 마……!"

후회하는 목소리에서 갑자기 분노하는 목소리로 바뀌었다. 순식간에 분위기가 긴장됐다.

확실히 상태가 이상했다. 냉정한 상태가 아니다.

일단 도망쳐야겠다는 생각에 본능적으로 몸을 뒤로 빼자 발목이 잡혔다.

"너는, 자기 목숨을, 뭐라고……. 뭐라고 생각하는 거야……?"

레이드 녹터의 시선이 날카롭게 나를 관통했다. 그의 이런 모습은 처음 봤기에 마치 꿈처럼 느껴졌다. 하지만 그에게 꽉 붙잡힌 발목에서 통증이 전해져 와서 현실이란 것을 인식했다.

"그렇게 나랑 결혼하기 싫었어? 다치면, 나랑 약혼을 파기할 수 있다고 생각했어?"

"어어……."

이야기가 너무 비약하는 바람에 이해할 수가 없었다. 지금 레이드 녹터는 뭐에 화를 내는 거지? 방금까지는 사람이 눈앞에서 추락한 것 때문에 충격을 받은 게 아니었나……. 그게 왜 이런 거센 분노로 바뀐 거지?

그대로 레이드 녹터는 내게 바짝 다가와 어깨를 붙잡았다. 손가락이 파고들 정도의 힘으로 붙잡혀 떨쳐내려 했으나 그는 꼼짝도 하지 않았다.

"……마침 잘됐어. 너도 알아야 해. 너는, 내게서 벗어날 수 없어. 영원히. 너는 나와 결혼해야 해. 평생, 내 옆에 있을 수밖에 없어. 만일 네가 죽더라도 말이야. 도망치는 건 절대 용서하지 않아."

"저기."

"이제 됐어. 네 허락은 이제 필요 없어. 나는 이제 실수하지 않을 거야. 너를 손에 넣을 거야. 원망받더라도."

레이드 녹터가 내 뺨으로 손을 뻗었다. 어째서인지 입술을 엄지로 훑기에 혼란스러워서 가만히 있었는데 누군가가 그의 손을 붙잡았다.

"미스티아를 건들지 마."

제시 선생님이 레이드 녹터의 손을 잡고 있었다.

선생님은 그 손을 내치더니 나를 일으키고 자신이 입었던 외투를 내게 걸쳐 주었다.

"안 보인다 싶더니 절벽에서 떨어진 여자를 덮치고 있었다니. 대체 정신머리가 어떻게 된 거야? 너는……."

바닥을 기는 듯한 제시 선생님의 목소리에 분위기가 더욱 얼어붙었다. 하지만 선생님은 바로 정신을 차린 듯이 내 얼굴을 살폈다.

"늦어져서 미안. 머리는 다치지 않았나? 아픈 곳은? 곧 구조대가 올 거야."

"아, 네……."

"녹터. 너도 길이 아닌 곳으로 내려왔으니 의사에게 진찰을 받아. 그 후에 이야기를 좀 하지."

선생님이 그렇게 말하자 레이드 녹터는 선생님을 노려본 후

작게 한숨을 쉬었다. 태도가 너무나도 반항적이었다. 아까부터 레이드 녹터의 상태가 이상했다. 혼란스럽다거나 공격적이라고 표현할 수준이 아니었다. 지금까지 그가 이렇게 거친 감정을 드러낸 적은 한 번도 없었다. 언제나 온화하고 냉정하고 이지적이고 신사적인 태도를 유지하는 것이 바로 그였다.

내가 어떤 무례한 행동을 해도 짜증을 보이지 않았다. 그런데 지금은 어째서 레이드 녹터가 선생님께 이렇게 혐오스럽다는 듯한 태도를 보이는 거지……?

그 후로 나는 제시 선생님의 부축을 받아 레이드 녹터와 함께 숙소로 돌아왔다. 의사는 "그 높이에서 떨어졌는데 이 정도로 멀쩡한 건 기적입니다. 머리부터 떨어졌다면 목숨이 위험했겠지요."라고 말했다.

"자, 그러면 내일은 돌아가는 날이니 오늘은 쉬도록. 내일은 늦잠을 자도 좋다. 식사는 방으로 가져다주지."

숙박 체험 시설의 로비에서 제시 선생님이 내 등을 툭 두드렸다.

"그리고, 너는 이쪽이야."

그렇게 선생님은 레이드 녹터를 데리고 떠났다. 나는 어서 방으로 돌아가 자고 싶어서 멍한 머리를 끌어안고 빠르게 발걸음을 옮겼다. 그리고 드디어 내가 묵는 층에 도착했는데, 내 방 앞에 누군가가 정좌한 채로 꿈틀거리고 있었다. 사람에게 꿈틀거린다는 표현은 적절하지 않지만 확실히 꿈틀거리고 있었다.

"미스티아 님이 무사하시기를. 미스티아 님이 무사하시기를. 미스티아 님이 무사하시기를. 뭣하면 제 팔이나 다리와 교환해도 좋아요. 뭐든 바칠게요. 목숨이라도 좋아요. 미스티아 님을, 부디 미스티아 님을 도와주세요. 뭐든 드릴게요. 선행을 베풀면서 살게요. 그러니까 부디 미스티아 님을, 부디. ……그보다 대체 뭔가요? 신님은 대체 뭐 하시는 분인가요? 미스티아 님을 천사로 데려가실 속셈이신가요? 하아! 대체 뭔가요? 소속사랑 얘기하고 오신 건가요? 아냐, 지금 나 엄청 비매너 오타쿠 같았어! 레이드 님이랑 똑같아지잖아! 같은 최애 팬 견제하는 비매너 오타쿠 레이드 님이 되어 버릴 거야! 같은 최애 팬은 견제 안하지만! 안 돼, 나! 정신 차리자! 미스티아 님은 살아계셔! 살아계실 거야! 진정해! 나! 이런 모습을 미스티아 님께 보여드릴 순 없어! 보여줘도 괜찮으니 살아만 계셔 주세요. 죽고 싶…… 젠장! 내가! 다치지만 않았으면! 이 발목이! 아아아아!"

내 방 앞에서 기도를 올리는 앨리스. 그 움직임은 기우제를 방불케 했고, 기도문은 염불을 외는 것 같았다. 게다가 엄청 빨랐다. 속사포 염불. 내 생존을 바라는 것은 고마운 일이지만 광기에 차 있었다.

"뭐야. 절벽에서 떨어졌다고 들었는데 꽤 멀쩡해 보이잖아. 튼튼한가 보네."

한 발짝 뒤로 물러서자 뒤에서 루키트 님의 목소리가 들려왔다. 그녀는 내 머리부터 발끝까지 평가하는 듯한 시선으로 천천히 살펴보더니 안심했다는 표정으로 바뀌었다.

"뭐, 오늘은 빨리 자고…… 히익."

루키트 님이 말하던 와중에 얼굴을 찌푸리고는 뒷걸음질을 쳤다. 왜 호러 영화를 본 것 같은 표정이지. 의아하게 생각하며 뒤돌아보니 앨리스가 눈을 크게 뜨고 내 바로 뒤에 서 있었다.

"미스티아 니임……!"

아름다운, 이 세계의 히로인의 눈동자와, 목소리. 그 목소리만으로도 시든 꽃을 활짝 피게 만들 수 있을 듯했지만 어째서인지 불안해졌다.

"무사하셔서어! 정말, 다행이에요! 아아아…… 최애가 살아있어! 살아 있어어……!"

걱정을 끼쳤고 내가 살아있다는 점을 기뻐하고 있다. 이전부터 가끔 그녀의 호감을 느낄 때는 있었지만 이렇게 내가 살아있다는 사실에 기뻐할 정도로 좋아할 이유는 예상이 가지 않았다.

"죄송해요, 앨리스 씨. 걱정을 끼쳐드려서……. 그리고 감사합니다."

"아아…… 이름! 인지! 접촉! 으으, 여한이 없어…… 정말 최고야! 에헤헤!"

앨리스는 결국 전혀 알 수 없는 말을 내뱉기 시작했다. 뭐지? 절벽에서 떨어질 때 나한테 이상이 생겨서 다른 사람의 말이 이상하게 들리는 걸까. 어떻게 반응해야 할지 몰라 곤란해하고 있자 루키트 님이 앨리스의 목덜미를 붙잡았다.

"어쩔 수 없지. 이건 내가 처리할게. 너는 빨리 방으로 돌아가."

"네?"

"하룻밤 지나면 괜찮아지겠지. 지금 와서 한 명을 옮기든 두 명을 옮기든 별로 다르지 않아. 뭐, 지금은 추종자들이 없지만. 자, 너는 방으로 돌아가."

루키트 님은 앨리스의 어깨를 붙잡고 빨리 방으로 들어가라고 재촉했다. 그녀의 말대로 문을 열고 방으로 들어서자 그녀가 한숨을 쉬었다.

"그럼 내일 봐. 자, 빨리 자라고. 그렇지 않으면 이걸 처리하는 내가 바보 같아지니까."

루키트 님은 앨리스를 보고 다시 한숨을 쉬더니 내 방의 문을 닫았다. 역시 앨리스와 루키트 님은 좋은 콤비로 보였다. 사이가 좋은 자매를 보는 느낌이었다. 나중에 감사 인사를 해야겠다고 생각하며 방의 소파에 앉았다.

레이드 녹터를 밀친 사람은 대체 누구였을까? 이야기를 들어보니 도망치는 바람에 아무것도 알아내지 못했다고 한다. 내가 본 것은 스쳐 지나가기 직전과 그를 밀친 뒷모습뿐이었다.

얼굴은 보이지 않았지만, 어깨가 가녀렸던 것 같다. 남자인지 여자인지는 알 수 없다.

하지만 그 장소는 아카데미 학생만 출입할 수 있는 곳이 아니라 누구나 들어갈 수 있는 곳이다. 아카데미 외부인일 가능성도 있다. 만일 아카데미 내부의 관계자라면 사람들 앞에서 절벽에서 밀치기보다는 방에 잠입하는 편이 더 확실히 해치우기 좋았겠지. 외부범일 가능성이 크다.

그리고 레이드 녹터를 노린 이유는 전혀 예상이 가지 않았다.

하지만 어쩐지 녹터 부인이 살아 있는 것과 관련이 있을 것만 같았다. 어제 요리 과제에서 그 영향을 느꼈기 때문일지도 모르겠지만, 게임 속에선 안전했던 레이드 녹터의 신변 중 바뀐 것은 그것뿐이다.

여성향 게임과 관계없는 만큼 어떻게든 대책을 세워보자.

번외. 사랑의 종언

SIDE: Raid

"선생님. 멋대로 절벽을 내려간 점은 사과하겠습니다. 죄송해요."

그렇게 담임 교사에게 사과했다. 빠르게 해결하고 혼자 있고 싶다. 혼자가 되어서 미래를 생각해야 한다. 냉정하게 올바른 정답을 제대로 찾아내야 한다.

"뭐, 그것도 있지만 그래서 부른 게 아니야."

"그러면 무슨 일이시죠?"

"그 녀석에게 무슨 짓을 하려 했지? 왜 너는 절벽에서 떨어진 부상자의 발목을 붙잡고 있었던 거야?"

"······."

"말 못할 짓을 하려고 했던 건가?"

내가 아무 대답도 하지 않자 담임 교사는 화난 듯한 얼굴로 바뀌었다.

이 교사는 전부터 미스티아를 보는 눈이 이상했다. 미스티아를 대할 때와 다른 학생을 대할 때, 약간이지만 시선의 온도가 다르다. 그리고 가끔 내게는 적의를 보이기도 했다.

전부 주의 깊게 보지 않으면 느끼지 못할, 그야말로 미스티아를 잘 지켜보지 않으면 알 수 없는 사소한 차이였다. 부적절했다. 자리를 바꾸기 위해 제비뽑기를 했을 때도 분명 그가 결과를 조작한 것이 틀림없다.

"그렇다면 어떻게 하실 건가요? 미스티아와 저는 약혼한 사이예요. 선생님께 책망받을 이유는 없다고 생각하는데요."

"그런 문제가 아니잖아!"

도발하듯이 질문하자 담임 교사는 감정을 억제하지 못하고 화냈다. 역시, 분명 이 교사는 미스티아에게 학생 이상의 감정을 품고 있다. 게다가 논리정연하게 말하지 못하고 감정적인 모습을 보인다. 어울리지 않아. 이런 남자는 사라져 버려야——.

"너는 모르겠지만 그 녀석은 말이야. 한번 위험한 일이 있었다고."

피를 토하는 듯한 간절한 교사의 목소리에 마치 찬물을 뒤집어쓴 것 같은 착각이 들었다.

"……그게 무슨 의미인가요?"

"역시 그 녀석은 너한테 얘기하지 않았나 보군."

전부 알고 있다는 듯한 교사의 말. 진의를 묻듯이 시선을 그에게로 향하자 교사는 잠시 주저한 후 입을 열었다.

"그 녀석의 추문에 관한 이야기야. 극비리에 처리되었지만, 시험이 끝난 지 얼마 되지 않아서 그 녀석은 정신이 이상한 녀석에게 습격당한 적이 있었어. 도끼로."

"네……?"

"그 녀석이 만든 점토 과제가 없어지거나, 체육제 때 준비하던 게 없어지거나, 그런 사고들이 있었잖아."

미스티아의 점토 작품이 망가지고 체육제 준비에 필요한 도료 캔이 사라졌다. 그건 전부 직원의 짓이라고 생각하고 있었다. 하지만 좀처럼 증거를 찾지 못했고, 미스티아가 장기결석을 한 후에는 직원이 눈에 띄는 행동을 하지 않아서 그냥 지켜보고만 있었다. 그러나 범인이 따로 있었고 미스티아를 습격했다고?

　"그런 것도 전부 그 정신이 이상한 녀석이 벌인 짓이야. 결국에는 그 녀석을 죽이려고 도끼를 들고 달려들었지. 마침 직원이 그 자리에 있어서 녀석은 다치지 않았지만, 도끼를 든 남자가 자기를 덮쳤으니 상상하지 못할 정도로 충격을 받았을 거야."

　"왜 미스티아가, 그런 습격을."

　"미스티아는 기억 못 하는 것 같았지만, 입학식 때 길을 안내해 준 걸 계기로 눈독을 들였다고 해."

　미스티아는 이름도 모르는 상대라도 친절히 대한다. 그녀는 자주 그랬다. 일상 같은 것이다. 그러니 기억에 없었겠지. 그런 사소한 이유로 미스티아를 습격한 인간이 있다. 그렇다는 것은 앞으로도 그런 위험이 생길 수 있다는 뜻이다.

　"그 녀석은 아무렇지 않은 듯이 행동하지만 그런 일을 겪었어. 애초에 사람을 습격하는 것 자체가 잘못된 일이지만 말이야. 아카데미를 그만두는 이야기까지 나왔는데…… 그 녀석은 아카데미에 계속 다니겠다고 했어. 지금이 중요한 시기야. 앞으로 그 녀석에게 이상한 짓을 하려 한다면 양쪽 가문에 보고하겠다. 알겠나?"

　"……네."

"그럼 이제 가도 돼. 너도 다쳤으니 빨리 가서 쉬도록."

"네."

머리가, 생각이, 정리되지 않았다. 담임 교사에게 대답한 후 자리를 떴다. 그렇게 내 방으로 돌아온 후, 나는 다리에 힘이 풀리고 말았다. 바닥에 손을 두고 그저 멍하니 있었다.

"나, 는……."

처음엔, 그저 웃는 모습이 보고 싶었다. 미스티아를 웃게 하고 싶었다. 그저, 그것뿐이었다.

5년 전, 길에서 목격한 그녀의 웃음. 나를 보며 그렇게 웃어줬으면 했다. 아카데미에 입학한 후에도 그 마음은 변하지 않았다. 그뿐만 아니라 그녀의 평등한 상냥함과 따뜻함, 남들과 다른 생각을 지닌 것을 포용하는 관용, 자신의 약함을 인정하는 강함에 끌렸다. 참을 수 없을 정도로 좋아했다. 하지만 그녀는 언제나 나를 보면 어떻게 대해야 할지 모르겠다는 표정을 짓는다.

하지만 가끔 제대로 나를 봐줄 때도 있었다. 그때마다 '어쩌면, 혹시나.' 하고 기대했다. 이대로 미스티아에게 따로 좋아하는 사람이 생기지 않는다면, 녹터와 아렌 가문에 딱히 다른 문제가 생기지 않는다면, 우리는 결혼하게 되겠지.

당연한 일인데, 항상 불안함을 떨치지 못했다. 내버려 두면 미스티아는 어딘가 멀리 가 버릴 것 같았다. 그런 기분이 들어 항상 불안했다. 불안하다면 나의 호의를 말로 전하면 좋을 텐데. 나는 미스티아의 선택지를 빼앗고 언제나 그녀가 도망칠 길을 막을 뿐이었다. 그녀와 관련된 일이 아니면 뭐든 능숙하면서, 그녀와 관련된 일에는 완벽할 수가 없었다.

나는 계속 실패를 거듭했고 그 실패를 살릴 수가 없었다. 하지만 이제 실패는 허용되지 않는다.

미스티아는 나 대신 절벽에서 떨어졌다. 그녀는 자신이 무서워하는 나 같은 인간조차 감쌀 수 있는 사람이었다. 그렇다면 그녀의 친구가 상대라면 어떨까. 가족은? 고아원 아이들은? 두려워하는 나조차 구하는데. 모르는 인간도 구하려 하겠지.

분명 그렇게 미스티아는 죽어버릴 것이다. 지금까지 아렌가의 사용인들을 이상하다고 생각했지만, 내 생각이 틀렸다. 그들은 옳았다. 올바른 형태로 그녀를 지키고 있었다.

왜냐하면 미스티아는 그냥 두면 분명 당장이라도 죽어 버릴 테니까. 다른 사람에게, 간단히 목숨을 내놓아서. 그러니 미스티아는 내가 완벽히 관리해야만 한다.

언제나 그녀는 다른 사람을 위해 움직인다. 누군가가 도움을 구하면 그에 응한다. 그 어떤 위험한 일이 있어도 자신의 몸을 던져 막는다. 그러니 누군가가 지배하여 관리해야만 한다.

위험으로부터 멀리 떨어트리고, 해를 끼치는 것을 없애고, 미스티아의 행동 전부를 파악하고 관리해서 안전한 곳에 격리해 둬야만 한다. 그러지 않으면 그녀는 죽어 버리고 만다. 사라져 버리고 만다. 간단히 목숨을 빼앗겨 먼 곳으로 가 버릴 것이다.

계속, 미스티아의 웃음을 보고 싶었다. 마음을 원했다. 그녀를 행복하게 만들어 주고 싶었다. 둘이서 나란히 걸어가고 싶었다. 웃어 줬으면 했다. 한 번이라도 좋았다. 단 한 번이라도 좋았다. 내가 미스티아를 웃게 만들고 싶었다. 하지만 그런 안일한 생각이, 망설임이, 미스티아를 죽음으로 이끄는 원인이 된다면, 그녀를 영원히 잃게 될 요인이 된다면, 그런 것은 필요 없다. 이런 마음은 필요 없다.

전부 버릴 것이다. 웃음도, 나란히 걷는 것도 아무것도 원하지 않을 것이다. 어딘가에 가두고 영원히 그녀를 울게 만들고 거절당해도 상관없다. 미스티아가 내 옆에서 살아만 있어 준다면.

이제, 아무것도 바라지 않을 것이다.

세계의 끝

맑은 하늘 아래, 몽롱한 기분으로 아침 집합 장소에 섰다.

어젯밤은 좀처럼 잠들지 못했다. 레이드 녹터가, 사람이 죽을 뻔했다. 지금은 전문가들이 수사 중이고, 내가 할 수 있는 것은 없지만 불안함은 남아 있었다. 나는 원래 그의 행동을 주시하고 있으니 최대한 수상한 사람이 없는지 살펴볼 생각이다.

"그럼 다들 마차에 타도록."

학년 주임 선생님의 지시가 들려와 나는 제시 선생님이 타는 마차로 걸어갔다. 그러나 갑자기 손목을 붙잡혔다.

"미스티아, 잠깐 기다려."

"레, 레이드 님?"

"오늘은 같이 마차로 돌아가자고 했잖아, 미스티아. 멀미가 나면 제대로 내가 돌봐줄게."

레이드 녹터는 내 어깨에 손을 얹고 조금 큰 목소리로 말했다. 그렇게 크게 말하지 않아도 잘 들리는데. 어째서인지 달콤한 목소리에서는 상냥함보다 위태로움이 느껴졌다. 게다가 왠지 연인 사이 같은 거리감이었다. 확실히 반 학생을 대하는 거리감이 아니었다. 주변 학생들은 호기심을 보이며 우리에게 시선을 보내고 있었다.

이대로라면 레이드 녹터와 보통 관계가 아니라고 의심받고 말 것이다. 한 발짝 뒤로 물러서려 하자 그의 시선이 차가워졌다.

"저기, 놔 주세요."

"안 돼. 어제처럼 떨어지면 큰일이잖아. 네가 또 떨어지면 나는 슬퍼서 죽고 말 거야. 반드시 네 뒤를 따라갈 거야."

노골적으로 이어지는 레이드 녹터의 말에 주변 학생들이 순식간에 술렁였다. 그는 반 학생들의 주목을 한 몸에 받으며 왕자님처럼 신사적으로 웃었다.

"실은 전에 체육제에서 모두에게 농담이라고 말했는데, 우리는 정말 약혼 관계야. 드디어 모두에게 사실을 말할 수 있게 됐네, 미스티아."

조금 탁한 듯한 파란 눈동자와는 대조적으로 그 입술은 아름답게 호선을 그렸다.

막 너머의 문화제

"역시 전부 퍼져버렸나……."

숙박 체험을 마치고 이틀간의 휴일이 지나, 숙박 체험 이후 첫 등교일. 1교시 수업을 마치고 나는 서둘러 교실을 나왔다. 예상대로라고 해야 하나, 역시라고 해야 하나, 뭐라고 해야 하나. 반 학생들은 계속 레이드 녹터의 이야기를 했다.

레이드 녹터와 내가 약혼 관계라는 것이 알려진 지금, 그와 앨리스가 가까워져서 좋은 관계가 된다면 두 사람은 '우와, 약혼자도 있으면서…….'라는 시선을 받고 말겠지.

게임에서는 그것도 사랑을 불타오르게 만드는 장애물로 그려졌지만, 운명적인 연인끼리는 장애 따위 없어도 멋대로 불타오를 것이다. 그리고 오늘, 앨리스는 어째서인지 얼굴이 어두웠다. 아마도 레이드 녹터에게 약혼자가 있다는 사실에 충격을 받은 거겠지.

이대로 앨리스와 브라콤 증세가 낫지 않은 레이드 녹터의 관계가 진전되지 않는다면 끝이다.

뭔가 대책이 필요하다. 다음 달에는 문화제가 있다. 문화제 시나리오는 기억하고 있으니 거기서 뭐든 하지 않으면 정말 돌이킬 수 없는 상황이 되어 버린다.

"아, 미스티아다."

고개를 숙이며 걷고 있자 에릭이 내게 다가왔다. 그는 내 손목을 붙잡고는 문지르듯이 손가락을 움직였다.

"숙박 체험 학습 어땠어? 즐거웠어? 뭔가 재밌는 일이라도 있었어?"

"공부는, 되었는데요……."

뭐지, 이 움직임은? 마치 맥을 짚는 듯한 느낌이었다.

"그렇구나! 우리 때도 그런 느낌이었어. 오히려 너무 지루해서 괴로울 정도였지."

에릭은 내 손목을 놓고는 뭔가를 회상하는 것처럼 웃었다.

"저기, 숙소 근처에 바다가 있었지?"

"네, 있었어요."

"미스티아는 수영할 수 있었던가? 물은 좋아해?"

"올해 연습한 덕분에 조금은 수영할 수 있게 되어서…… 좋아지긴 했어요."

"헤헤, 그렇구나! 둥둥 떠다니는 것도 기분 좋겠다. 이제 곧 겨울이니까 차갑겠지만, 너무 차가워서 오히려 따뜻하게 느껴질지도 모르지."

어쩐지 대화가 맞물리는 기분이 들지 않았다. 에릭과 내가 전혀 다른 생각을 하면서 대화를 나누고 있는 기분이었다.

"에릭 선배, 저기."

"그러고 보니 곧 문화제네. 미스티아네 반은 뭐 하기로 했어?"

"아직 안 정해졌어요. 에릭 선배네 반은 정해졌어요?"

"우리 반은 체스 대회를 개최하려나 봐ー. 뭐, 그건 됐고, 미스티아네 반도 정해지면 나한테 알려 줘. 나도 구경 갈래."

"네. 알겠어요."

"후후. 지금 추억을 잔뜩 만들어 두자. 지금은, 지금밖에 없으니까."

좋은 말을 하네. 지금은 지금밖에 없다. 달력에 표어로 싣고 싶은 말이다.

"그럼 아쉽지만 나는 이제 이동 수업이라서. 또 봐, 미스티아."

"네, 다음에 봐요."

에릭이 내게 손을 흔들어 인사했다. 이제는 주인이라고 말하지 않는다. 제대로 된 호칭을 사용한다. 그런 그의 모습에 안심하며 나도 몸을 돌려 걸어갔다.

"그럼 다음은 문화제 준비 건이군. 반장, 앞으로 나오도록."

점심 식사를 마친 후 HR 시간. 앞에 선 제시 선생님이 그렇게 말하자 레이드 녹터가 일어서서 칠판 앞으로 향했다.

체육제에서는 연애 이벤트가 없지만, 문화제에서는 연애 이벤트가 확실히 존재한다.

문화제에서 앨리스가 있는 반은 연극을 선택했다. 상연할 연극은 신데렐라. 앨리스는 무대 장치 담당에 레이드 녹터는 감독, 미스티아는 감독 보좌라는 이름의 레이드 녹터 껌딱지 역할이었다.

거기서 레이드 녹터 감독과 무대 장치 담당 앨리스가 조금씩 교류를 이어나가고……라는 시나리오였지만 당연히 클라이맥스여서 그런지 비유가 아니라 정말 큰 사고가 일어나 버린다.

문화제 당일. 오전 공연 중에 여자 주인공 역의 신데렐라와 남자 주인공 역의 왕자님이 함께하는 장면에서 위에 설치되어 있던 샹들리에가 떨어져 연기자가 다치고 만다. 극장의 유령도 깜짝 놀랐을 것이다. 경상이라고는 해도 사고는 사고. 보통이라면 연극은 중지, 더 나아가서는 문화제 자체도 중지될 수도 있었지만, 사람이 절벽이나 계곡에서 떨어지기도 하는 게 두근러브 세계관. 연극은 대역을 세워 속행하게 되었다. 동생이 읽던 만화에서 몇십 번이나 본 적 있는 전개다.

그때 무대 장치 담당이라 당일에는 할 일이 없던 앨리스가 여자 주인공으로 발탁되고, 왕자도 레이드 녹터로 결정. 두 사람은 멋지게 연기를 펼친다. 즉, 사고는 앨리스와 레이드 녹터가 급히 연기를 맡을 포석이었다. 그런 사고를 일으키지 말고 처음부터 앨리스와 레이드 녹터가 신데렐라와 왕자님을 맡으면 좋았던 게 아닌가 하는 생각도 들었지만, 미스티아가 존재하는 한 학급 회의에서 앨리스가 신데렐라로 선택될 일은 없겠지. 선택되자마자 살해당하고 말 테니까.

두 사람이 대역으로 발탁된 것도 미스티아가 화장실에 가느라 잠시 자리를 비운 사이였다. 그러니 나는 이제 샹들리에를 다루는 조명 담당이 되어서 낙하 방지 처리를 하거나, 더 나아가서는 철거를 하고—— 캐스팅을 맡아서 앨리스와 레이드 녹터를 처음부터 주연으로 세워야 한다. 하지만 캐스팅은 어떻게 정하는 거지? 그와 관련된 묘사는 없었다.

"그럼 우리는 신데렐라를 상연하기로 하고, 일단 배역을 정해야겠네."

문화제에 관한 회의를 지켜보고 있자 역시나 연극…… 그리고 신데렐라로 결정되었다. 레이드 녹터는 신데렐라, 왕자, 마법사, 계모와 언니들…… 등 주요 배역을 칠판에 적어나갔다.

"이런 건 의욕이나 연기 실력도 당연히 필요하지만 역시 주변에서 보는 이미지가 중요하다고 생각하거든. 모두가 보는 연극이니까. 그러니까 다른 사람이 추천해 주면 좋을 텐데……."

그의 말에 다들 침묵을 지켰다. 의욕과 연기력이란 말이 나온 시점에서 입후보뿐만 아니라 추천하기도 힘들어진다. 그보다 지금 내가 앨리스를 추천하면 괴롭히는 것처럼 보이지 않을까. 성가신 일을 떠맡기는 듯한……. 하지만 부상자를 내지 않고 문화제를 성공시키고 싶은데——,

"나는 미스티아가 좋다고 생각하는데 어때? 맡아줄래?"

내가 발언하기 전에 반 학생들의 시선이 내게로 집중했다. 애매하게 올라가려다 만 내 손을 보고 레이드 녹터가 의외라는 표정을 지었다.

"어라. 할 생각이었어?"

"앗…… 아뇨, 저는……."

"나는 미스티아가 잘 어울린다고 생각하는데. 다들 어떻게 생각해? 동의하면 박수를 쳐 줘."

그의 말에 반 학생들이 동조했다. 아니, 뭐야? 왜 신데렐라를 추천해? 왜 무대에 세우려고 하는 거야? 무슨 생각이야? 의도를 전혀 알 수 없었다.

확실히 나는 5년 전 녹터가에서 난동을 부린 적이 있었다. 갑자기 그물에 걸려 육상으로 끌려 나온 생선처럼 몸부림을 쳤다. 그래서 수치심이 없는, 혹은 다른 사람 앞에 나서도 태연한 배짱 큰 사람이라고 생각하는 건가?

"아뇨, 저는 그런 건 좀……. 게다가 저는 조명 담당이 하고 싶은데……."

"조명 담당을 같이 맡아도 괜찮아. 신데렐라 이야기에서 신데렐라는 의외로 잘 안 나오니까."

잘 안 나온다고? 엄청나게 나오지 않나.

"일단 주인공이 없으면 연극을 상연할 수가 없으니까 해 보는 게 어때? 나도 도와줄 테니까."

"저요!"

레이드 녹터의 말을 끊듯이 앨리스가 손을 들었다. 혹시, 신데렐라를——?

"미스티아 님이 신데렐라라면! 제게 감독을! 맡겨 주세요!"

앨리스가 눈을 반짝이며 선언했다.

"지금은 배역을 정하는 시간인데……. 뭐, 열의가 있는 건 좋은 거지."

"네! 제게 꼭 맡겨 주세요!"

"다들 어때? 찬성? 반대?"

레이드 녹터는 앨리스의 제안에 곤란하다는 듯한 분위기를 풍겼다. 이런 분위기라면 앨리스가 감독을 맡는 건 좀 어렵지 않을까……라고 생각했는데 다들 "그러고 보니 하트펄, 체육제에서도 열심히 했었지…….", "맞아. 활기차고…….", "확실히 하트펄 씨, 목소리도 크고 말이야."라며 어째서인지 그녀의 활발함에 동의하며 박수를 치기 시작했다.

"그럼 다시 배역 분배로 돌아갈게. 왕자님은———."

"그건 역시 녹터가 맡아야지!"

"역시, 녹터밖에 없어!"

레이드 녹터가 묻자 금세 남학생들이 발언했다. 그리고 그대로 레이드 녹터가 왕자님이 되어 버렸다. 내가 당황하는 사이에도 다른 남학생이 "나, 마법사는 루키트 님이 좋을 것 같아!"라며 손을 들었다.

"마녀는 보통 할머니가 많잖아? 젊은 마법사가 있으면 좋을 것 같아!"

반 학생들이 루키트 님의 화제로 들뜨는 바람에 신데렐라를 맡기 싫다고 말할 분위기가 아니었다. 그보다 아까 앨리스가 "미스티아 님이 신데렐라라면."이라고 무서운 말을 덧붙이지 않았나?

대체 문화제가 어떻게 되려는 거야? 나는 상황에 따라가지 못하고 칠판에 적힌 신데렐라라는 글씨 아래에 내 이름이 적히는 것을 바라봤다.

배역이 결정되고 다음 날. 나는 신데렐라 책을 집에서 몇 권 가져와 어떻게든 왕자님역의 레이드 녹터와 감독인 앨리스를 이어줄 방법을 모색했다. 그러자 문에서 덜컹 소리가 났다. 또 클라우스인 줄 알고 시선을 돌렸으나 그곳에는 레이드 녹터가 있었다.

"안녕하세요…….."

"안녕, 미스티아. 마침 잘 됐다. 연극 연습 좀 도와줄래? 교실로 가자."

"아, 어어, 네……."

끄덕이며 복도로 나오자 레이드 녹터가 만족스럽게 미소 지었다. 무서워. 눈은 전혀 안 웃고 있잖아. 절대영도란 말이 어울릴 정도로 시선이 매우 차가웠다.

"문화제 이후에 열리는 댄스 파티에 관해서 잠깐 할 이야기가 있는데, 지금 해도 돼?"

'잠깐이 어느 정도인지에 따라서 달라지는데요.'라고 대답할 수 있을 리가 없다. 하지만 두근러브의 시나리오에는 물론 댄스 파티가 나왔다. 지금 대답을 잘못해서 이벤트를 방해할 수는 없다.

"그렇게 겁먹지 마. 댄스 파티 당일 데리러 갈 테니까 기다려 달라는 말을 하고 싶었어. 미스티아, 입학식 때도 먼저 가버렸잖아."

"제가, 그, 녹터 저택으로 가는 건 어떨까요?"

솔직히 그가 저택에 오는 건 무섭다. 정말 미안하지만 투옥, 사형 확정까지 반년도 남지 않은 지금, 레이드 녹터가 저택에 접근하지 않았으면 한다. 그의 표정을 살피자 그는 건조하게 웃었다.

"하하하. 안 돼. 최근 네 입에서 자르드의 이름이 나오는 것만으로도 미칠 것 같으니까."

레이드 녹터는 웃고 있었지만 눈은 전혀 웃고 있지 않았다. 큰일이다. 지뢰를 밟고 말았어. 자르드 군의 이름은 한 글자도 꺼내지 않았는데. 동생에 관해서 이야기하지도 않았는데 내가 저택에 가는 것과 동생과 만나는 것을 직결시키고 있다. 완전히 말기잖아. 이제 손쓸 도리가 없다. 앨리스, 도와줘. 이 환자를 고쳐줘. 내가 없는 곳에서. 어떻게든 물러설 방법을 쥐어 짜내려 했지만, 전혀 떠오르지 않았다. 무거운 침묵이 흐르는 와중에 레이드 녹터가 먼저 입을 열었다.

"곧 너한테 드레스가 도착할 거야. 당일엔 그걸 입고 와 줘."

그렇게 말하며 그는 내 머리를 툭 쓰다듬었다. 게다가 내가 멈춘 것을 바로 알아채고는 나를 기다리기 시작했다. 나는 하늘을 바라본 후 그를 따라갔다.

연습이라고는 해도 대본은 아직 완성되지 않았기 때문에 할 것이라고는 신데렐라를 같이 읽는 것뿐이었다.

그러나 어째서인지 감독인 앨리스가 엄청나게 열혈 지도를 하며 레이드 녹터와 내 거리에 관해 상당히 고집스럽게 지시했다.

아침에 같이 책을 읽느라 매우 심신이 피곤해져서 점심엔 빈 교실에서 혼자 식사하려고 생각했는데…… 문화제 준비를 하는 학생들이 많아 빈 교실이 없었다. 그래서 직원실로 가기로 마음을 먹었다.

나는 직원실의 문 앞에 서서 노크했다. 알리 씨의 느긋한 대답이 들리는 것을 기다리다가 문을 열었다.

"아, 미스티아 님. 점심이네요. 여기 앉으세요."

"감사합니다."

알리 씨는 화분에 물을 주는 중이었다. 나는 그의 말에 따라 직원실의 소파에 앉았다. 그는 바로 손을 씻고 티세트를 준비하기 시작했다.

"후후. 미스티아 님께 내드리려고 홍차를 사 왔거든요. 찾아와주셔서 기뻐요."

"감사해요. 생각해 주시니 기쁘네요."

민폐가 아닐까 하는 걱정이 줄어들어 조금 안심한 나는 찻잔을 받아들었다. 부드럽고, 매리골드와 비슷한 향이 났다.

"그러고 보니 미스티아 님의 반에서는 신데렐라를 상연한다고 들었어요. 미스티아 님은 무슨 배역을 맡으셨나요?"

"실은, 신데렐라예요."

"그렇군요…… 저는 좀 더 뒤에서 돕는 역할을 맡으실 줄 알았는데……."

왠지 알리 씨는 납득하지 못하겠다는 표정을 짓더니 "앗." 하고 말을 덧붙였다.

"공주님 역할이 어울리지 않는다는 의미는 아니에요. 그저, 저는 신데렐라 이야기에서 좀 신경 쓰이는 부분이 있었거든요."

"신경 쓰이는 부분이요?"

"네. 왜 신데렐라는 마법사를 고르지 않았을까, 하는."

알리 씨는 그렇게 말하며 나를 똑바로 응시했다. 긴 앞머리 사이로 붉은 눈동자가 엿보였다.

　"신데렐라가 괴로워하고 괴롭힘당할 때 손을 내밀어준 건 왕자가 아니라 마법사잖아요? 예쁜 옷을 준비하고, 시종까지 붙여 마차를 내준 것도 마법사. 그런데 신데렐라는 무도회에 간 후로 마법사에게 관해서는 아무런 행동도 취하지 않았어요."

　"그러네요……."

　"그러니까 그저 좋은 부분만 빼앗아가는 왕자도, 마지막엔 잊혀버리고 마는 마법사도, 다른 사람들에게 휘둘리는 신데렐라도, 미스티아 님께는 어울리지 않아요."

　단호하게 말하는 알리 씨의 말에서 어쩐지 압박감이 느껴졌다. 이상하네. 그답지 않았다. 하지만 원래 이런 성격이었던 것 같은 느낌도 들어서 신기했다.

　"알리 씨는 마법사가 행복해지기를 바라나요?"

　"물론이죠. 신데렐라를 도와준 건 그 누구도 아니고 마법사니까요. 꾀죄죄한 생쥐 같던 신데렐라를 어둠 속에서 구출해준 마법사는 행복해져야죠. 무슨 일이 있어도 마법사만큼은."

　"그러면, 사실 마법사가 변장한 왕자님이었다면 어떨까요?"

　"네……?"

　"마법사가 되어서 신데렐라를 돕고, 자기에게 오도록 이끈 거예요. 신데렐라도 그걸 알았지만, 왕자님이 밝히지 않으니까 모르는 척을 한 거죠. 이런 이야기는 어떤가요?"

　"하지만 그 신데렐라는 마법사나 왕자님이 보지 않는 사이에

무도회에 가기 위해 뭔가 나쁜 짓을 했을지도 모르잖아요. 마법사나 왕자님을 위해서라면서……."

무도회에 가기 위해 나쁜 짓? 그게 뭘까. 잘 떠오르지 않는다.

"으음…… 그래도 그런 신데렐라를 받아들일 아량을 가지고 있어요. 마법사 겸 왕자님은."

"그런, 가요?"

"네. 물론이죠."

알리 씨는 애절하면서도, 안심한 듯한 목소리를 냈다. 내가 강하게 긍정하자 그는 미소 지었다.

"……미스티아 님이 그렇게 생각하신다면 저도 그렇게 생각하게 되네요…… 아, 홍차가 식겠어요. 빨리 드세요."

"죄송해요. 감사합니다."

그가 권하는 대로 나는 홍차를 마셨다. 다음에 홍차에 잘 어울리는 쿠키를 가져와야겠다는 생각을 하고 있는데 알리 씨가 조용히 입을 열었다.

"그러고 보니 미스티아 님이 최근 어두운 표정이신 건 녹터가 영식에 관한 일 때문인가요?"

"네……?"

"아무것도 묻지 않으려고 했는데. 역시 혼자 고민을 끌어안고 있는 미스티아 님을 보니 마음이 바뀌었어요."

알리 씨가 레이드 녹터와 나 사이의 일을 알고 있다. 직원인 알리 씨의 귀에 들어갈 정도로 소문이 퍼진 건가. 어쩌지. 정말. 이대로라면 레이드 녹터와 앨리스가 이어졌을 때, 앨리스도 좋지 않은 말을 들을 테고 레이드 녹터의 입장도 곤란해진다.

"녹터가 영식에 관해 뭔가 마음에 걸리는 게 있으신가요……?"

"아뇨. 그렇지 않아요. 단지, 정말 그냥 약혼 관계일 뿐인데 그 사이에 연심이나 사랑이 있다고 소문이 멋대로 퍼져나가는 게 조금 곤란하다고 해야 하나요."

"그렇군요…… 힘드시겠네요. 소문은 부정하면 부정할수록 의심받고는 하니까요. 그렇다고 해서 긍정해 버리면 상황은 더 나빠지고……. 게다가 문화제가 끝난 후에는 댄스 파티가 있죠? 그때 뭔가 원하지 않는 이야기를 듣는다거나…… 그런 상황이 신 거죠?"

"네. 그 말대로예요. 제 손을 벗어났다고 해야 하나, 이대로 소문이 지나가기를 기다릴 수밖에 없다고 해야 하나……."

"저, 미스티아 님."

알리 씨가 책상 위에 올려진 내 손을 잡았다.

"그런 괴로운 일이 있으면 언제든 말씀해 주세요. 혼자서 끌어안지 말고 제게 전부 말해 주세요. 저는 당신의 슬픔을 덜어 주기에는 이야기를 듣는 것밖에 하지 못하지만 그래도 저는 당신에게 도움이 되고 싶어요."

진지한 알리 씨의 말에 더할 나위 없는 안심감을 느꼈다. 왜일까. 언제나 알리 씨의 말은 자연스럽게 내 마음속에 들어와 용기를 준다. 아직 만난 지 반년 정도밖에 지나지 않았는데. 계속 함께 있었던 것 같은 기분이 든다.

"감사, 합니다……."

어째서인지 알리 씨는 저택의 사용인들…… 멜로와 비슷한 느낌이었다. 뭐든 이야기할 수 있고, 대화하다 보면 안심이 된다. 나이도, 성별도 다른데.

"그러면 점심부터 먹죠. 일단 배를 채우고, 저도 뭘 할 수 있을지 같이 생각해 볼 테니까요."

알리 씨의 말에 정신을 차렸다. 맞아. 점심을 먹어야지.

시계를 확인하니 점심시간이 반이나 지나 있었다. 알리 씨와 대화를 하고 있으면 언제나 시간이 순식간에 지나간다. 나는 점심을 먹기 위해 도시락에 손을 뻗었다.

알리 씨와 함께 점심 식사를 마친 나는 방과 후, 조금 가벼워진 마음으로 입구로 향했다. 문화제는 어떻게 할지, 레이드 녹터와의 관계, 모든 게 찜찜했지만 조금은 차분해졌다. 단지——문화제가 끝난 후 열리는 댄스 파티를 생각하면 마음이 무거워졌다.

문화제 다음 날 열리는 댄스 파티의 시나리오는 드레스가 없어서 파티에 참가하지 못하는 앨리스에게 레이드 녹터가 '반장으로서 행사는 반 전원이 참가하는 게 좋으니까.'라며 드레스를 선물하는 것이었다. 그리고 현시점에서 그가 앨리스에게 드레스를 선물할지 확신이 없었다.

시나리오대로라면 당일 레이드 녹터는 미스티아를 에스코트하며 댄스 파티에 참가하지만, 약혼자로서 춰야 하는 두 번의 댄스를 빠르게 마친 후 앨리스의 앞에 씩씩하게 나타나 댄스를 청한다.

문화제의 연극을 재현하듯이 왕자님과 공주님이 되어 우아하게 춤을 추는 두 사람. 하지만 레이드 녹터가 보지 않는 사이에 미스티아가 앨리스의 드레스를 찢어버리고, 앨리스는 회장을 나가 버린다. 그 후 앨리스가 없는 것을 깨달은 레이드 녹터가 그녀를 쫓아가는 시나리오였다.

게임 리뷰 사이트에는 레이드 녹터는 약혼자가 있으면서 왜 다른 사람에게 드레스를 보내냐는 태클도 있었다. 하지만 이 시기에는 숙박 체험 학습 때 앨리스를 밀어버리고 돌아온 미스티아를 목격한 것, 식사를 만들 때 보였던 건방진 태도, 문화제 때 입만 나불거리고 전혀 일하지 않은 점 등 미스티아의 혐오 포인트가 축적되어 그를 발산할 의도도 있었다고 생각한다.

게다가 게임 속 레이드 녹터는 이 시기에 가족과, 특히 아버지와 불화가 있었던 탓에 태도나 능력은 완벽했지만, 마음은 미숙하고 불안정한 면이 있었던 것도 사실이었다.

지금 레이드 녹터는 부모님과 전혀 불화가 없고 브라콤 증상만 빼면 게임과는 다르게 제대로 된 인간으로서 성장했다. 정의, 상냥함, 성실의 아이콘, 레이드 녹터. 정신적으로도 제대로 건강한 성장을 이뤘다.

분명 앨리스에게 드레스를 선물하지 않겠지.

일단 그 누구도 앨리스에게 드레스를 선물하지 않는 참사가 일어나지 않도록 최대한 게임에서 앨리스가 레이드에게 선물받은 드레스, 일명 '레이드 드레스'를 재현한 것을 극비리에 주문해 둔 상태다. 이미 저택에 도착했을 것이다. 그것을 바로 앨리스의 집으로 보내두자.

앨리스는 상냥하고 순박한 면이 있고 주인공…… 히로인 특유의 둔감함이 있다. 발신인을 알 수 없는 물건이 배달되어 와도 의심하지 않고 입고 와 줄 것이다.

신데렐라도 마법사에게 '정체를 알 수 없는 사람이 준 선물은 좀…….'이라며 거절하지는 않으니 괜찮겠지. 다만 지금까지 내가 연애 이벤트를 보조하며 뭔가를 성공시킨 전적이 없다. 이번에도 뭔가 일어나지 않을까 하는 불안이 강해졌다. 아래를 바라보며 복도를 걷고 있다 보니 맞은편에서 피나 선배의 오빠인 네인 선배가 걸어오는 것이 보였다.

그는 나를 보고 "아." 하고 반응한 후 매우 어색한 얼굴이 되었다. 솔직히 나도 매우 어색하다. 첫 만남으로부터 반년이 지났지만 나는 네인 선배와 그다지 사이가 좋지 않다고 해야 하나, 미묘한 거리를 유지 중이다. 애초에 대화한 적이 별로 없다. 상대방은 학생회 일로 매우 바쁘고, 나도 그를 붙잡을 이유가 없는 데다가 사교성까지 떨어지니 '안녕', '앗, 안녕하세요.'로 항상 인사가 끝난다. 그것을 처음 만났을 때부터 지금까지 '일상처럼' 반복해 왔다.

"저, 저기. 갑자기 미안한데."

그리고 지금 그 일상이 무너졌다. 대체 무슨 용건일까.

"노트 같은 거 못 봤어? 가끔 피나가 들고 다니던……."

"수업에서 쓰는 노트 같은 거요?"

"아니. 일기장이나, 그런 거, 였던 것 같은데."

"아뇨. 저는 못 본 것 같은데…… 죄송해요."

"아냐! 못 봤으면 괜찮아. 신경 쓰지 마."

내 대답에 어째서인지 네인 선배는 안심한 것처럼 가슴을 쓸어내렸다. 노트가 떨어져 있는 것은 보지 못했다. 애초에 피나 선배가 가끔 들고 다니던 노트의 존재도 모른다. 순간 그녀와 하는 교환일기를 말하는 건가 생각했지만 그거라면 교환일기라고 자세히 말할 테고…….

네인 선배가 한 말의 의미를 생각하고 있자 선배는 문득 벽을 바라봤다. 나도 그 시선을 쫓아 고개를 돌리자 벽에는 문화제 때 열리는 체스 대회의 안내 포스터가 붙어 있었다.

"그러고 보니 아렌 양은 체스 대회에 나가? 피나한테 듣기로는 상당히 실력이 좋다던데."

"아, 아뇨…… 저는 참가 안 해요……."

솔직히 게임이라고 하면 전생의 피가 들끓는다. 그러나 눈에 띄는 곳에서는 하고 싶지 않다.

"그렇구나. 나는 학생회 선거가 있어서, 선전이나 얼굴을 알리기에는 나가는 게 좋다고 추천받아서 말이야. 아렌 양이랑 한 번 겨뤄보고 싶었는데 아쉽게 됐네."

네인 선배도 체스 실력이 뛰어나다고 피나 선배에게서 들은 기억이 있다. 그런데 자신이 없어 보인다고 해야 하나, 피나 선배에게 휘둘리는 듯한 말에 강렬한 위화감이 느껴졌다. 그리고 네인 선배의 표정이 잠시 딱딱한 표정으로 변한 것 같았다.

"오라버니, 그리고 미스티아 양?"

뒤에서 목소리가 들려와 네인 선배와 함께 뒤돌았다. 뒤에는 체스 보드를 든 피나 선배가 서 있었다. 그녀는 그림으로 그린 듯이 눈을 반짝이며 나와 네인 선배를 번갈아 바라봤다.

"저기, 미스티아 양. 지금 시간 괜찮아?"

"어어…… 괜찮아요…….""

"오라버니랑 체스 한 판만 둬줄 수 있을까? 나, 둘이 겨루는 걸 보고 싶어!"

피나 선배는 내 손을 잡았다. 그 정도야 괜찮지 않을까 생각했는데 네인 선배는 매우 놀란 표정이었다.

"자, 먼저 공격하는 것은 아렌가 영애…… 미스티아 아렌! 그리고 방어하는 건…… 우리의 부회장! 빅터 네인! 혜성같이 나타난 1학년 대 두뇌파로 알려진 학생회의 참모! 두 사람은 과연 어떤 승부를 보여줄 것인가!"

중계와 함께 교실 중앙의 의자에 앉았다. 피나 선배가 "지금 마침 체스 대회 준비 중인데 실내를 꾸미는 중이거든. 거기서 하면 되겠다!"라며 이끈 탓에 2학년 교실에서 네인 선배와 체스를 두게 되었다. 하지만 교실은 한창 인테리어 중이던 탓에 갤러리가 많았고, 대회 때 중계를 맡을 학생이 연습 겸 중계를 해주기로 해서 정말 대회 경기 같아졌다. 2학년의 다른 반 학생들도 있어서 상당히 어색했다.

"……설마 너랑 겨루게 될 줄이야."

그거, 자주 흑막이 하는 대사인데. 하지만 맞은편에 앉은 네인 선배는 어쩐지 안색이 나빴고 피나 선배를 두려워하는 듯이 보이기도 했다. 내 옆에 선 피나 선배를 바라보니 그녀는 내 어깨를 쓰다듬어 주었다. 그리고 네인 선배를 향해 입 모양으로만 뭔가를 말했다. '이 좋은 기회를 놓치지 마. 기대하고 있을게.'라고 하는 건가? 프로레슬링의 코치 같은 응원 방법이었다.

"두 선수 다 준비는 끝난 모양인데요. 그러면…… 시작!!"

피나 선배의 입 모양에 정신이 팔려 있었는데, 심판 겸 중계자의 신호로 체스판 옆에 놓인 시계가 째깍거리기 시작했다. 바로 체스 말을 옮기고 시계의 버튼을 누르자 네인 선배도 곧바로 자신의 말을 옮겼다. 그대로 체스판을 보고 형세를 파악하며 공격해 나갔다.

"실력도 좋고 좋아하기도 하나 봐."

"아뇨……."

네인 선배는 적확한 방어를 펼치면서 당당하게 공격하는 스타일이었다. 하지만 빈틈이 보이지 않았다. 내 공격을 완벽히 막으면서, 내 약한 부분은 정확하게 찔러 들어온다. 이 전법은 어쩐지 레이드 녹터의 전법과 닮아 있었다. 그보다 사람들이 보고 있는 상황에서 네인 선배와 체스 경기를 하는 것은 꽤나 감개무량했다.

지금까지 그다지 대화도 얼마 나눠보지 못했고, 친척 중에 조금 어색한 삼촌 정도로만 마주쳐 왔던 상대와 체스로 승부를 겨루다니.

하지만 네인 선배에 관한 이야기를 피나 선배에게 자주 들어
왔으니 아예 모르는 사람 같지는 않았다. 학년 수석의 성적을
지닌, 완벽하고 모범적인 학생으로 상냥하고 온화한 성격. 천성
이 순하고, 도박도 즐기지 않고, 술을 잘 즐기지 않는 집안이며
폭력을 진심으로 혐오한다고 들었다.

그렇게 생각하면 네인 선배는 레이드 녹터와의 공통점이 꽤
많았다. 나보다 레이드 녹터와 대화가 잘 맞을 것 같았다.

"오랜만에 보람이 느껴지는 승부네."

"영광이에요."

말을 잡혀도 네인 선배는 전혀 동요하지 않고 과감하게 공격
했다. 만만치 않은 상대였다. 보통 어느 정도 수세에 몰리면 소
극적인 공격을 펼치기 마련인데 네인 선배는 전혀 그러지 않았
다. 공격과 방어를 전력으로 펼치면서도 빈틈이 없었다. 대담하
게 공격하는데 서너 수 앞을 내다보고 있다. 강하다. 지금까지
상대해 본 온라인 체스 상대나 하드 모드 프로그램보다 몇백 배
는 강하고 다음 수를 두기까지의 시간이 짧고 빨랐다.

이길 수가 없었다.

어느샌가 체스 말을 전부 빼앗겨 내 킹이 네인 선배의 말에 둘
러싸이고 말았다.

"체크메이트."

네인 선배가 그렇게 선언했다. 아깝게 진 것도 아니고, 아쉬
움조차 남지 않을 정도의 깔끔한 패배. 완패였다. 네인 선배 대

단하다. 도저히 손쓸 도리가 없었다.

"승리자는 빅터 네인! 손에 땀을 쥐게 하는 뜨거운 승부를 보여준 두 사람에게 박수를!"

중계자가 그렇게 말하자 열렬한 박수와 환성이 쏟아져 내렸다.

"감사합니다."

"나야말로 고마워. 정말 즐거웠어. 만일 괜찮다면 나중에 또 두자. 다음엔 승부가 아니라 게임으로……."

"네."

승부 중에는 호전적이었던 네인 선배가 어째서인지 매우 힘이 빠진 얼굴로 악수를 청했다. 내가 손을 맞잡자 피나 선배가 내 손을 잡았다.

"미스티아! 대단했어! 어때? 오라버니는."

"강했어요. 정말 손쓸 도리도 없이 졌네요……."

"그렇지 않아. 나, 오라버니가 그렇게 접전하는 모습은 처음 봤어. 어느 쪽이 져도 이상하지 않은 승부였어…… 그렇지? 오라버니."

피나 선배의 상냥한 배려가 느껴졌다. 하지만 어째서인지 뭔가를 기대하는 듯한, 다른 목적이 있는 듯한, 그런 시선으로 나를 바라보는 듯했다. "여긴 시끄러우니까 나갈까?" 하고 권하는 그녀의 말에 따라 나는 복도로 나왔다.

"저기, 나중에 또 오라버니랑 체스를 둬 줄 수 있을까? 오라버니가 그렇게 즐겁게 체스를 두는 모습은 오랜만에 봤거든. 그래도 괜찮을까?"

"저로 괜찮으시다면 언제든지요."

"정말?! 고마워."

피나 선배는 매우 기뻐 보였다. 한편 그녀의 옆에서 걷는 네인 선배의 눈은 점점 생기를 잃어갔다. 이겼으니 분한 것도 아닐 텐데…… 어째서일까.

"안 돼, 미스티아."

누군가에게 위팔을 붙잡혔다. 에릭이 어느샌가 내 옆에 서서 피나 선배를 차가운 눈으로 내려다보고 있었다.

"네인 양은 계략이 특기니까."

"어라, 하임 군. 그게 무슨 뜻이죠?"

"말 그대로의 뜻인데."

에릭은 눈을 가늘게 떴고, 피나 선배는 당당하게 웃었다.

"네인 양은 자기 목적을 위해서라면 가족까지 이용하니까."

"그건 하임 군도 똑같잖아요? 자기의 소원을 이루기 위해서 노력하는 건 당연한 게 아닐까요?"

"그렇지. 그러니 나는 제대로 시기를 기다릴 생각이야."

에릭의 소원, 피나 선배의 소원. 그게 대체 뭘까.

"저기, 미스티아. 네인 양은 분명 오라버니를 이용해서……."

"그 이상 말한다면 저번에 했던 이야기는 무효로 할 거예요."

에릭의 말에 피나 선배가 날카로운 시선을 보내며 반론했다. 그녀의 그런 표정을 처음 본 내가 놀라자 "앗, 미스티아 양. 안심해. 네겐 무서운 짓은 안 할 거야."라며 그녀가 당황하여 말했다.

"자, 하임 군. 미스티아 양을 배웅해 주는 게 어때요? 슬슬 해가 짧아지기 시작했으니까요."

"그러네. 네인 양의 말대로 할까. 그럼 이만."

피나 선배는 "또 봐."라며 내게 손을 흔들어주었다. 네인 선배도 미소로 인사했지만, 어딘가 어색했고 안색도 창백했다. 나는 뭔가 마음에 걸렸지만 에릭과 함께 하굣길에 나섰다.

문화제 다음 날에 열리는 후야제 겸 댄스 파티는 두근러브의 시나리오에서 가장 중요한 이벤트였다. 그리고 이 귀족 아카데미에서도 중요한 행사로 여겨진다고 한다. 문화제는 2주 후. 준비도 본격적으로 시작했고 체육 시간에는 파티를 대비하여 댄스 수업을 받게 되었다.

집에서 레슨을 받기는 했지만 백작가 선생님과 남작가 선생님의 레벨은 상당히 다르다고 한다. 따라서 학생들의 댄스 레벨을 맞추기 위해 체육 수업에서도 댄스를 가르쳐 주었다. 그리고 지금은 같은 반 남학생, 여학생이 반씩 짝을 맞춰 체육관 중앙에서 춤을 추고 있다. 나를 포함한 나머지 학생들은 춤추는 학생들을 빙 둘러싸고 지켜봤다.

레이드 녹터는 춤추는 쪽에서 여학생을 화려하게 에스코트하며 춤추는 중이다.

"앨리스. 아까부터 대체 뭐야? 기분 나쁘게 한숨만 쉬고."

"아아, 그래 보이나요……?"

학생들이 춤추는 모습을 멍하니 바라보고 있는데 옆에 있던 루키트 님이 앨리스에게 말을 걸었다. 확실히 앨리스는 계속 한숨을 쉬었다. 레이드 녹터를 향한 상사병 때문이라면 매우 고마울 텐데.

"실은, 얼마 전에 큰일이 있었어요."

"무슨 일?"

"갑자기 집에 고가 드레스가 배달된 거예요. 보낸 사람도 알 수가 없고, 반송하려고 했는데 거부당했어요."

앨리스의 발언에 사고가 정지했다. 나는 분명 얼마 전에 위장 레이드 드레스를 익명으로 그녀의 집에 보냈다.

"그래서 위병에게 분실물 신고를 했는데……."

정신이 아득해졌다. 반송하려고 한 것까지는 알겠는데. 그걸, 위병에게 분실물로, 신고했다고……? 어, 그럼 드레스는? 앨리스는 지금 드레스가 없는 거야? 그보다 위병에게 드레스를 압수당했어? 예비 드레스는 있지만, 다시 보낸다면 위병에게 또 신고할 테고, '저주받은 드레스'라며 무서워할 가능성도 있다. 최악의 경우엔 교회에서 불태울지도 모른다. 그렇다면 레이드 드레스는 다시 못 보내는 거야?

"그래서 넌 왜 그러는데? 너도 뭐 이상한 일이라도 생겼어?"

바닥만 내려다보고 있는데 루키트 님이 의아한 표정으로 물었다.

"아뇨. 인생이 참 힘들다 싶어서요."

"뭐?"

"아무것도 아니에요."

루키트 님은 쓰레기를 보는 듯한 시선으로 나를 바라봤다. 나도 누가 갑자기 '인생이 힘들다'라고 하면 아무리 사이가 좋아도 이런 눈으로 보겠지.

그보다 루키트 님은 앨리스에게도 이제 반말을 하는 듯했다. 연극 준비를 하면서 사이가 좋아진 걸까. 최근엔 같이 밥도 먹는 듯하고.

"그러고 보니 올해부터 여학생은 에스코트를 받아야 입장할 수 있대."

"네?"

루키트 님의 말에 머리가 새하얘졌다. 그러면 앨리스는 회장에 입장조차 못 하는 거야? 누군가에게 에스코트를 받아야만 한다.

"그건, 대체 무슨 이유로……?"

"……방범 목적이겠지? 나도, 너도 사고가 좀 있었으니."

아마 알리 씨와 제시 선생님이 날 구해줬던 그때의 일을 말하는 듯했다. 어, 그러면 드레스도 없고 에스코트를 해 줄 사람도 없는 앨리스는 회장에 못 들어오는 거야?

"나는 적당히 추종자 중 한 명에게 부탁하면 되고, 너는 레이드 님과 올 테고, 앨리스. 너는 어떻게 할 거야?"

루키트 님은 앨리스에게 화제를 돌렸다. 그건 나도 궁금했다. 앨리스, 어떻게 할 거야? 누군가와 같이 오지 않으면 댄스 파티는 앨리스 없이 진행된다.

"아, 괜찮아요. 당일에 저는 회장에 나가는 요리를 만드는 주방에서 일하게 됐거든요!"

……뭐?

"실은 숙박 체험 학습에서 만든 요리가 완성도가 높다고, 괜찮다면 댄스 파티의 아침 식사 담당으로 하루만 일하지 않겠냐고 권유를 받아서요. 댄스 파티를 구경하고 싶어서 수락했어요!"

히로인 스마일을 선보이는 앨리스의 말에 내 머리가 쫓아가지 못했다. 분명 앨리스는 숙박 체험 학습에서 요리를 선보였다. 이것저것 구상해서 '이건 이런 테마예요.'라고 설명도 했다. 내가 능숙한 신인을 찾는 프로 셰프였다면 분명 앨리스를 스카우트했을 것이다.

하지만 그렇게 되면 앨리스는 댄스 파티 회장에 스태프로는 들어올 수 있지만, 댄스 홀 안에는 들어오지 못한다. 조리원 복장을 하고 주방에 있어야 한다.

"흐음. 뭐, 네 요리, 제법 나쁘지 않았으니까."

"에헤헤. 칭찬 감사합니다!"

"어머. 슬슬 우리 차례네. 가자."

루키트 님과 앨리스가 벌떡 일어섰다. 잠깐, 기다려. 레이드 녹터가 드레스를 준비하지 않는 것까지는 이해할 수 있어. 그건 내가 미리 드레스를 준비해서 대비하면 되니까. 하지만 이러면 안 되잖아. 드레스는 다른 드레스로 대체할 수 있어도 앨리스는 다른 사람으로 대체할 수 없는데.

비틀거리며 일어서서 나는 체육관 중앙으로 향했다. 마침 맞은편에서 레이드 녹터가 걸어오고 있었다. 그는 아무 말도 하지 않았다. 그저 빤히 나를 바라보며 걸었다. 무서워.

"당일 기대된다."

"네?"

스쳐 지나가는 순간 그는 오싹할 정도로 낮은 목소리로 그렇게 속삭이며 내 머리카락을 건드렸다. 뒤돌았으나 레이드 녹터의 떠나가는 뒷모습만 보였다. 지금, 완전히 공포 영화였는데. 오히려 혼란스러웠던 정신이 확 드는 느낌이었다. 나는 그대로 선생님의 지시에 따라 여학생 줄에 가서 섰다. 내 짝은 로베르토 와이즈인 듯했다.

"잘 부탁해, 아렌 양."

"저도 잘 부탁드려요."

어쩐지 안심되었다. 곧이어 선생님이 짝 소리가 나도록 손뼉을 쳤다. 그 신호에 맞춰 남학생들은 일제히 여학생에게 손을 내밀었다. 그 손을 잡고 흐르는 음악에 맞춰 춤을 췄다.

스텝도, 턴도 남들만큼은 할 수 있도록 전속의 랜스데이 선생님과 문지기 브람 씨, 거기에 집사장 스티브 씨와 멜로에게 배웠다. 그러니 딱히 걱정은 없지만 춤을 계속 춰 봐도 익숙해지지 않는다고 해야 하나, 다른 사람과 뭔가를 하는 것은 좀 부끄러웠다.

게다가 춤출 땐 다른 사람과 가까이 붙어있어야만 한다. 저택 사람들은 가족 같은 사이이니까 괜찮지만 다른 사람과 밀착하는 것은 위화감이 느껴졌다. 로베르토 와이즈도 비슷한 기분인지 최대한 나를 보지 않도록 노력하는 것이 내게도 전해져 왔다. 최근 자주 생각했는데, 그와는 취미나 사고방식이 의외로 비슷했다. 행사를 앞두고 '행사다! 신난다!' 같은 태도를 보이지 않는 점에서 친근감이 느껴졌다.

"그렇게 쳐다보면 시선을 움직이기 힘들어서 곤란한데."

그의 속삭이는 목소리에 정신을 차렸다. 아까부터 나는 그를 빤히 쳐다보고 있었던 모양이다. 서둘러 사과하자 "사과할 필요는 없어."라며 그는 고개를 가로저었다. 어쩐지 괜히 더 어색하게 만든 기분이었다. 나는 화제를 전환하려고 앨리스에 관해 물었다.

"저기, 와이즈 씨는 누굴 에스코트하기로 했나요? 파티에서."

"여, 여동생이야. 내년에 아카데미에 입학하는데 꼭 파티에 오고 싶다고 고집을 부려서⋯⋯."

"동생분은 파티를 좋아하시나요?"

"아니⋯⋯ 그런 성격은 아니야. 나랑 비슷한데⋯⋯ 너무 자세히 묻지는 말아줘."

로베르토 와이즈와 비슷하고 파티를 좋아하지는 않지만, 파티에 오고 싶어 한다고⋯⋯? 어떤 사람인지 전혀 감이 잡히지 않았다. 하지만 자세히 묻지 말아 달라고 하니 계속 물어볼 수는 없다. 그리고 그는 조심스럽게 "문화제, 성공하면 좋겠네."라고 작게 말했다.

"그러네요⋯⋯ 저 같은 사람이 신데렐라를 맡게 되어서 불안하기만 하지만요⋯⋯."

"⋯⋯네가 적임이라고, 생각해."

"네?"

내가 적임이라고? 왜지? 녹터가에서 난동을 부리는 내 모습은 본 적이 없을 테니 아마 최근 연습하던 내 모습——죽어가는 로봇 연기를 보고 판단할 수밖에 없을 텐데.

"너는 항상 조용히 뭔가를 생각하고 있을 때가 많잖아. 신데렐라는 계모와 언니들에게 괴롭힘당하지만, 마법사의 도움을 받아 스스로 반짝이지. 너는 마법이 없이도 노력하지만, 잘 어울린다고 생각해."

단어를 하나하나 생각하며 고르는 것이 느껴졌다. 그런 로베르토 와이즈에게 미안하고도 감사한 마음이 들었다. 지금 그는 나를 격려해 주려는 것이다. 그는 상냥하다. 연기는 잘 모르겠다고 하면서도 진지하게 신데렐라 속 인물상을 고찰하며 애드리브를 하고 있다. 아마 신데렐라와 연극도 좋아할 것이다.

마음이 따뜻해지는 것을 느끼고 있는데, 갑자기 로베르토 와이즈 뒤로 인영이 나타났다.

"와이즈 씨!"

이대로라면 접촉 사고가 일어날 것이다. 서둘러 그를 내 쪽으로 끌어당기자 그는 눈을 크게 뜨면서 아슬아슬하게 스텝을 밟았다. 그 반동에 몸이 그가 있는 방향으로 휘청여 순식간에 얼굴이 가까워졌다.

"아."

로베르토 와이즈는 볼을 붉히며 바로 몸을 떨어트렸다. 그리고 점점 얼굴이 창백해졌다. 뭔가를 두려워하는 듯한, 혐오하는 듯한 얼굴이었다. 기분 탓인지 손도 떠는 것 같았다.

"와이즈 씨……? 왜 그래요?"

"아니…… 아무것도 아니야…… 괜찮아. ……괜찮아."

그렇게 말한 그는 매우 안색이 좋지 않았다. 일단 중앙에서 벗어나 휴식을 취하게 하는 게 좋겠다. 손을 뻗자 선생님이 댄스 종료를 알리듯이 손뼉을 쳤다. 춤추던 학생들은 일제히 움직임을 멈췄다. 마침 잘 됐다. 로베르토 와이즈는 확실히 쉬는 편이 좋다. 지금도 점점 환자처럼 안색이 나빠지는 중이고 손의 떨림도 강해지고 있다.

"와이즈 씨, 쉬는 편이……."

"괜찮아. 네가 신경 써 줄 필요는 없어. 제대로, 쉴게……."

그는 힘없이 고개를 젓고는 나를 거절하듯이 중앙에서 벗어났다. 더 관여하는 건 좋지 않을 듯했다. 하지만 걱정되었다. 매우 몸이 좋지 않아 보였다. 곧바로 그는 선생님에게 다가가 두세 마디 대화를 나누더니 체육관에서 나갔다.

앨리스는 누구에게 에스코트를 받아야 하나.

나는 머리를 부여잡고 방과 후 한산해진 복도를 걸었다. 문화제까지 1주일밖에 남지 않았다. 대본은 완벽하게 완성되었고 연극 연습도 처음부터 끝까지 리허설 하는 날이 많아졌다. 전생의 문화제처럼 교실에는 배경이 그려진 무대 장치가 늘어섰고, 복도에는 홍보 전단지가 붙어 있었다. 학생들도 왠지 들뜬 모습이었으며 들려오는 대화는 전부 문화제나 댄스 파티에 관한 것이었다.

나도 조금 들뜨기 시작했다. 하지만 앨리스의 드레스는 둘째 치고 에스코트가 문제였다. 이쯤 되면 소거법으로 클라우스 혹은 제시 선생님만이 남는다. 클라우스는 불가능하고, 제시 선생님은 교사인 이상 누군가를 에스코트하여 입장하지 못한다. 분명 제시 선생님 루트에서 앨리스는 혼자 입장했다. 가능성이 없다고 단정 짓는 건 좋지 않지만, 교사와 학생 관계니까——.

"뭐 하고 있어? 이런 데서."

"아, 선생님."

마치 운명처럼 제시 선생님이 나를 향해 걸어오고 있었다.

"서, 선생님. 댄스 파티에 관한 일인데요!"

"진정해. 무슨 일이야, 아렌. 천천히 말해."

조급한 마음을 참지 못하고 수상한 모습을 보이고 말았다. 제시 선생님은 조금 당황한 얼굴로 주위를 둘러보더니 다시 나를 바라봤다.

"……죄송해요. 저기, 댄스 파티 때 선생님은 뭐 하세요?"

"접수."

즉답이었다. 분명 게임에서 제시 선생님은 회장 안을 계속 어슬렁거렸다. 여러모로 경비 내용이 바뀌어서 접수로 바뀐 건가.

"그렇군요……. 그럼 입장할 때, 누군가를 에스코트하거나."

"없어. 그럴 상대가."

약간 평소보다 무뚝뚝한 말투에 눈을 크게 떴다. 선생님은 원래 무뚝뚝한 사람이지만 불만스러워하는 목소리라 깜짝 놀랐다.

"……당일은 접수 작업을 해야 하니까."

제시 선생님은 작게 말하더니 "조심히 돌아가도록." 하며 내게 등을 돌려 떠나갔다.

"어서 오세요, 미스티아 님."

수업이 끝나 저택으로 돌아가자 멜로가 문 앞에 서 있었다. 지금까지 그녀는 마중할 때 문 안에서 기다렸는데 최근엔 문밖에서 기다리고 있을 때가 많아졌다. 이유를 물어봐도 "혹시 모를 위험으로부터 미스티아 님을 지키기 위해서예요. 그러니 아무리 미스티아 님의 부탁이라도 이견은 받지 않겠습니다."라고 단호히 대답하여 지금에 이른다. 생각해 보면 문화제 준비가 본격적으로 시작했을 때부터 멜로는 내 근처에 있었다. 최근엔 화장실에 갈 때도 문 앞에 대기하고 있고, 원래 다른 사용인들이 있으면 자리를 비우기도 했는데 요즘은 나와 한 몸처럼 가까이 붙어 있었다.

그리고 문 안쪽에는 문지기 브람 씨와 토마스, 정원사 포레스트가 상자와 봉투를 끌어안고 어딘가로 옮기는 모습이 보였다.

"앗, 아가씨! 어서 와—! 이것 봐! 바느질에 쓸 바늘이 잔뜩 도착했어—!"

토마스가 다다다 달려왔다. 그가 든 상자에는 작은 상자가 가득 차 있어서 마치 마트료시카 같았다.

"어, 다들 뭐 하고 계시는 거예요?"

"아까 저희가 주문한 짐이 도착해서……."

그렇게 말하는 브람 씨의 손에는 피아노 그림이 그려진 포장지가 들려 있었다.

"피아노 그림……?"

"네. 피아노 줄을 새로 맞췄거든요."

"아아…… 피아노 줄……."

한편 포레스트가 끄는 수레에는 액체가 든 병이 가득 담겨 있었다. 매우 무거워 보였다.

"우와, 무겁겠다…… 비료인가요? 수고하시네요."

"감사해요. 실은 이거, 기름이에요."

포레스트가 병 하나를 집어 들어 내게 보여주었다. 병 라벨에는 확실히 화기엄금이라는 문구가 적혀 있었다.

"이 기름을 사용하면 꽃을 영구히 보존할 수 있거든요. 나중에 완성한 걸 보여드릴게요."

"아, 항상 신경 써 주셔서 감사해요."

"아뇨. 이렇게 아가씨를 모시는 게 제 삶의 보람이거든요. 그걸 위해서라면 저는 뭐든, 무슨 노력이든 할 거예요. 아가씨를 위해서라면 희생도 꺼리지 않을 겁니다."

아니, 그렇게까지 안 해도 괜찮은데. 그리고 브람 씨는 품속에서 조용히 뭔가를 꺼내 내밀었다.

"저, 아가씨. 잠깐 묻고 싶은 게 있습니다만……."

"네."

"그럼 바로 질문하겠습니다. 왜 아가씨는 드레스를 아홉 벌지으신 거죠? 아렌가의 문을 넘는 인간이나 들어온 물품은 전부 저희가 기록하고 포레스트가 관리합니다. 그리고 아가씨는 드레스 아홉 벌을 스스로 구매하신 듯한데, 대체 무슨 일인가요? 아가씨는 항상 주인님과 사모님이 권유해도 한 벌, 많아도 두 벌이지 않았습니까. 그런데 이번에 아홉 벌이나 고르셨죠. 혹시, 오페라나 콘서트를 보러 가시는 건 아니겠죠? 안 됩니다. 그런 곳은 확실히 아름답고 음색도 최고죠. 하지만 그런 곳에 가는 건 위험합니다. 예전 같은…… 떠올리기도 싫은 흉악한 무뢰한이 잔뜩 있어요. 그리고 오페라나 콘서트를 보러 오는 귀족들을 노리죠. 그렇다면 역시 저택에서 감상하시는 게 가장 좋아요. 그렇지 않나요?"

술술 나오는 말을 듣고 안심했다. 드레스를 산 이유는 솔직히 말하고 싶지 않았다. 그것을 말하면 사용인 모두를 공범자로 만들어 버릴 테니까. 지금 아카데미에 관한 일은 별로 알리고 싶지 않으니 콘서트라고 생각하는 게 나았다.

"괜찮아요, 브람 씨. 그 드레스는 외출용이 아니고 저는 브람 씨의 연주를 좋아할 뿐이지, 음악은 잘 즐기지 않거든요."

"네……? 죄송합니다. 저는 아가씨가 오페라나 콘서트를 감상하러 가시는 줄로만 알고……."

"그렇군요. 걱정을 끼쳐 버렸네요……."

브람 씨는 미안하다는 듯한 표정이었다. 괜찮다고 말하자 멜로가 옷자락을 잡아당겼다.

"바람이 차니까 빨리 저택 안으로 들어가세요."

"응. 그럼 브람 씨, 토마스, 포레스트. 잘 부탁해요."

세 사람에게 손을 흔들어 인사하고 멜로와 함께 저택 부지 안으로 들어갔다. 그러자 저택에서 사람이 뛰어나왔다.

"아가씨!"

뛰어나온 것은 청소부장인 리자 씨였다. 그녀는 한 손에 편지를 들고 내게 뛰어와 덜덜 떨기 시작했다.

"아가씨. 네인가의 영애에게서 또 편지가! 편지가 또 왔어요! 이건…… 아니죠? 뭔가 실수가 있었던 게 아닐까요? 이렇게 편지를 보내고, 보내고, 또 보내고! 우정이라면 괜찮아요……. 아가씨는 저의 용감한 작은 영웅이니까요. 영웅은 고고하면서 동료와 함께 싸우죠. 그런 거라고! 알고 있었는데! 이 빈도는 조금 이상하지 않나요? 스토커가 아닐까요? 그보다 뭔가 상담하고 계신 건가요? 혹시, 혹시 말인데요. 사용인을 그만두게 할 생각 중이신 건 아니겠죠? 아가씨는 저희가 아가씨를 향한 은혜를 갚지도 못하는 무례한 인간으로서 부끄럽게 살기를 바라시는 건가요?"

청소부장 리자 씨는 요염한 분위기를 지닌 여성이지만 이런 식으로 허둥지둥하는 모습은 소녀처럼 보이기도 했다. 나는 그녀를 진정시키기 위해 크게 고개를 가로저었다.

"네인가 영애──피나 선배와는 친구니까 편지를 주고받는 것뿐이에요. 리자 씨를 어딘가로 보내버리진 않을 테니까 안심하세요."

리자 씨는 전에 배우자에게 학대를 당해서인지 환경의 변화에 따라 정신적으로 불안해할 때도 있었고 너무 진정해서 잠들어버릴 때도 있었다. 최근엔 문화제로 내 귀가 시간이 불규칙해진 데다가 딜리아나 교회, 멜로의 일로 내 심경도 변화한 탓에 그 것을 민감하게 알아챘을 가능성도 있다.

"만일 이 집의 사용인들을 그만두게 하는 날이 오더라도……
리자 씨 만큼은 제대로 책임을 질 테니까요."

리자 씨는 아마 전남편과 다시 만나는 것을 두려워하고 있다.
그러니 그런 일은 일어나지 않으리라는 것을 말하자 그녀는 안 도하면서 내게 네인가에서 온 편지를 건네주었다. 내용을 빠르 게 확인해 보니 저번 체스 승부에 관한 내용과 다음 학생회 임 원을 정하기 위한 선거에 나오지 않겠냐는 제안이 적혀 있었다.
나는 학생회에 들어갈 만한 능력이 없다. 내년에 죽지 않고 피 나 선배와 학생회 일을 하게 된다면 즐겁긴 하겠지만.

그렇게 생각한 순간, 갑자기 머릿속에 영상이 흘러들어 왔다.
피나 선배가 바닥에 누워있고 천천히 얼굴 위에 천이 덮이는 영 상이 머릿속을 빙빙 돌았다.

[도움을 구하는 피나의 목소리는 계속 들어왔어. 당주가 되 면, 훌륭한 당주가 되면 우리는 보상받을 수 있다고 생각했어.
그런데, 피나는 죽어 버렸어.]

[피나는 봄에 습격당해서 여름에 죽었어. 그때까지 한 번도 침 대 밖으로 나오지 못했어.]

[피나는 나 때문에 희생당한 거야. 그러니까 반드시…….]

머릿속에 흘러들어 오는 영상. 네인 선배가 이 세계의 끝을 마 주한 듯한 표정으로 동생인 피나 선배의 말로에 관해 말하는 영 상이 떠올랐다.

맞아. 피나 선배와 네인 선배도 게임에 등장했어. 분명 레이드 루트에서 나오는 학생회 선거의 흑막이 바로 네인 선배였다. 차기 학생회장을 정할 때, 네인 선배는 레이드 녹터의 부정 뇌물 수수 의혹을 날조하여 그 지위에서 떨어트린다.

이유는 피나 선배가 죽어버렸기 때문, 이었다.

"저기, 멜로. 입학하고 얼마 안 지나서 한 영애가 습격받은 사건이 있었지?"

"네. 아가씨가 현장을 우연히 마주쳐서 위기에 처하셨죠⋯⋯."

아침에 옷을 갈아입으며 옆에서 대기하는 멜로에게 말을 꺼내자 그녀는 눈을 가늘게 뜨더니 비난하는 듯한 목소리로 그렇게 말했다.

"으, 응. 그런데 말이야. 그때 습격당한 게 피나 선배였거든. 그 사람이 아무래도 게임에 나왔던 것 같아."

"그렇군요. 게임 시나리오에 적혀 있었다면, 귀족 아카데미에 잠입한 사람이 있었다는 것도 납득할 수 있네요."

"그리고⋯⋯ 게임에서 선배는 죽었나 봐. 내가 그때 그 자리에 없었으니까."

어제 떠올린 피나 선배의 일. 그 후로 '어쩌면'이라는 생각이 뇌리를 떠나지 않았다. 그런 것을 생각하면 끝이 없겠지만 만일 그 자리에 내가 없었다면 피나 선배는 죽었을 것이다.

그렇게 생각하면 정말 무서웠다.

"조금 무서워졌어. 만일 내가 그 자리에 없었다면 피나 선배는 죽었을 거야."

"저는 매일 무서운데 말이에요. 아가씨는 위험도 개의치 않고 다른 사람을 구하려 하시니까요."

단호한 멜로의 말에 당황하고 있자 멜로는 담담히 이야기를 이어나갔다.

"시나리오에서 그분이 살해당하셨다면, 그곳에 있던 아가씨는 그 시나리오에 휘말려서 목숨을 잃으셨을 가능성도 있어요. 다른 사람 걱정하기보다는 본인을 걱정해 주셨으면 좋겠어요."

확실히, 나도 휘말렸을 가능성은 충분히 있다. 멜로는 걱정하는 것이다. 내가 피나 선배가 죽었을지도 모른다며 공포를 느낀 것과 마찬가지였다. 아니, 그 이상의 공포를 느꼈을지도 모른다.

"게다가 그 자리에 아가씨가 있었더라도 영애는 목숨을 잃었을 수도 있죠. 중요한 건, 미래잖아요?"

"……그러네. 미안. 그 말이 맞아."

멜로와, 모두와 계속 살아간다.

이제 내게는 '그때 이랬다면? 저랬다면?' 하며 과거만 생각하며 멈춰 있을 시간은 없다. 게다가 지금 피나 선배는 살아 있다. 그 이상도, 그 이하도 아니다. 그 사실에는 변함이 없다. 그러니 제대로 앞을 보고 미래를 생각해야 한다.

빠르게도 드디어 문화제 당일이 찾아왔다. 아카데미는 다른 학년이나 다른 반으로 구경 가는 학생, 자신의 반을 홍보하는 학생들로 북적였다. 거기에 조금씩 섞여 있는 어른들은 교사진 혹은 아카데미 관계자뿐이다.

그리고 나는 현재 강당에서 절찬 리허설 중이다. 마침 지금 리허설 중인 장면은 무대 위에서 레이드 녹터가 유리 구두를 한 손에 들고 이름을 모르는 신데렐라를 쫓아가는 장면이었다. 무대 끝에선 루키트 님이 마법사 의상을 입고 우아하게 의자에 앉아 추종자들의 부채질을 받고 있었다.

그리고 내가 간절히 원했던 무대 장치 담당은 로베르토 와이즈가 리더가 되어 그 역할을 담당했다. 게임에서 그는 마법사였으나 루키트 님이 마법사를 맡게 된 탓에 바뀐 거겠지. 어제 나도 샹들리에가 떨어지지 않도록 확인했고, 그의 성실함을 생각하면 확인을 절대 게을리하지 않을 테지만 시나리오의 강제력이 발동할 가능성도 있다. 나중에 제대로 확인하고 본 무대 직전에도 살펴볼 생각이다.

"잠시 쉬다 가겠습니다!"

문화제 위원의 외침에 본 무대처럼 긴장되던 분위기가 바뀌고 다들 대본을 확인하거나 잡담을 나누기 시작했다. 전체 연습이 아니라 부분적으로 불안한 곳만 연습하는 리허설이었기 때문에 지금 나는 신데렐라의, 그것도 무도회 의상을 입고 있어서 상당히 더웠다. 열을 식히기 위해 강당을 나가자 웃는 얼굴의 클라우스가 서 있었다. 손에는 파이가 들려 있어서 그걸 내게 던지려는 게 아닐지 불안해졌다.

"여어! 쓰레기! 빵 뜯으러 왔어. 기뻐하라고."

"파이로 무대를 엉망으로 만들려고 온 건가요……?"

"파이가 아니야. 록슈거허니캐러멜초코바나나휩파우더스노우

코코아파이라고. 나의 주식이지. 그런 아까운 짓을 할 리가 없잖아, 멍청한 녀석. 토악질 나는 미트 파이라면 몰라도."

"네……?"

토악질 나는 미트 파이가 뭐야? 그러고 보니 레이드 녹터가 미트 파이에 관해 뭔가 말했던 것 같은데……. 기억을 되짚고 있자 클라우스는 감독을 맡은 앨리스를 봤다.

"저기, 너는 왜 가난한 하층민이 귀족님들이 다니는 아카데미에 왔다고 생각해?"

그건 시나리오가 그러니까요. 라고 대답하지 못한 나는 "운명적인 뭔가가 있어서가 아닐까요?"라고 대답했다. 그러자 클라우스는 흥이 깨졌다는 듯이 코웃음을 쳤다.

"너 말이야. 이런 즐거운 축제 때 그런 쓰레기 같은 발상을 하면 어떡해? 머리가 이상한 거 아니야?"

그에게 이런 악평을 듣고 싶진 않았다. 조금 반론하려 했으나 클라우스는 주머니에서 회중시계를 꺼내더니 가볍게 휘두르더니 다시 주머니에 집어넣었다.

"……슬슬 재밌는 일을 준비하러 가야겠어."

"네?"

"어이, 쓰레기. 약혼자님에게 전언이야……."

클라우스는 그렇게 말하고 내게 귓속말을 하고는 그대로 떠나버렸다.

클라우스와 헤어진 나는 이번엔 본 무대를 위해서 학대당할 적의 신데렐라의 옷으로 갈아입고 무대 끝에서 대기했다.

왕자님 역의 레이드 녹터는 의상도 어우러져서 완전히 동화 속 주인공 같았고, 마법사 역의 루키트 님은 노출이 적은 복장인데도 불구하고 요염하고 아름다웠다.

각각 대본을 읽고 물을 마시며 자유롭게 연습 중이지만 연극 전에 정신을 통일하는 중요한 시간이다. 조용히 그 모습을 보고 있자 레이드 녹터가 내게 다가왔다.

"어, 미스티아. 마침 잘됐다. 비뚤어진 부분이나 이상한 부분 없는지 봐줄래?"

"네."

최종 확인을 하라는 소리인가. 거울을 보는 게 확실할 것 같은데……라는 생각도 했지만 그러고 보니 주변에 거울이 없었다. 머리끝부터 발끝까지 순서대로 확인해 보니 딱히 비뚤어진 부분이나 이상한 부분, 눈에 걸리는 부분은 없었다. 완벽했다.

"괜찮아요."

"그래? 고마워, 미스티아."

레이드 녹터는 내 손을 붙잡고는 그대로 손등에 입술을 가져다 댔다.

"성공의 주문이야. ……그럼 슬슬 시간이 다 됐으니 갈까?"

레이드 녹터는 주위 학생들에게 말을 걸면서 무대로 올라갔다. 주변 학생들은 나를 보고 "어울린다."라거나 "역시 약혼자……." 등의 이야기를 하고 있다. 그는 대체 무슨 생각이지? 해도 되는 것과 안 되는 게 있잖아. 지금은 가을. 그리고 겨울에

'앨리스를 좋아해.'라고 고백하면 레이드 녹터는 순식간에 마음이 바뀌는 사람으로 보일 것이다. 평판도 안 좋아질 테고.

"떼내야, ⋯⋯어떻게 저런 짓을! 저런⋯⋯ 얼굴만 믿고!"

빤히 이쪽을 바라보며 중얼거리는 앨리스. 세계의 히로인, 순수하고 상냥하고 청렴의 결정인 그 눈동자는 어째서인지 분노로 흔들리는 것처럼 보였다. 어라, 이 반응은 설마, 질투⋯⋯?

"⋯⋯돌인 ⋯⋯아 님은, 모두의 것인데⋯⋯. 하지만 미스⋯⋯님은, ⋯⋯님의 것이⋯⋯!"

앨리스는 그대로 휙 소리가 들릴 정도로 빠르게 고개를 돌려 레이드 녹터를 바라봤다. 역시 앨리스는 레이드 녹터를 좋아하는구나. 레이드 루트다, 틀림없어.

"앗."

앨리스는 부들부들 떨더니 천천히 나를 바라봤다. 아까 그 분노하는 표정은 사라지고 평상시의 앨리스로 돌아왔다.

"미스티아 님. 당신은 완벽해요. 감독으로서 함께할 수 있게 되어서 영광이에요. 응원하고 있어요. 실례하겠습니다."

"어어⋯⋯ 감사합니다."

"끄악, 힘낼게요. 감사합니다. 응원할게요. 실례하겠습니다."

앨리스는 내게 인사하고 빠르게 무대 끝의 정위치로 돌아갔다. 그래서 대체 무슨 소리지. 응원이라니. 의미를 알 수 없어서 멍하니 서 있자 루키트 님이 어이없다는 듯한, 피곤한 듯한 눈으로 나를 보고 있었다.

"너 정말 불쌍하네. 이상한 수첩에 적히기나 하고."

"네?"

"자, 빨리 가. 레이드 님의 차례가 끝나면 네가 계모에게 구박받는 장면이잖아."

루키트 님은 무대를 가리켰다. 맞아. 왕자님이 파티 개최 선언을 하는 장면 이후에는 내가 무대의 바닥을 닦거나 청소를 해야 한다.

"자, 제대로 해보자."

나는 무대로 올라갔다. 루키트 님의 효과인지 게임보다 관객이 많아 보였다. 나는 여기서 "아, 빨리 해야 해! 빨래에 청소, 그리고 저녁 준비까지!"라며 커다랗게 혼잣말을 하며 빗자루를 종횡무진 움직여야 한다. 조용히 방구석을 청소하고 있으면 처참한 연극이 되어 버릴 테니까.

문득 무대 끝 반대편을 보니 제시 선생님이 복잡한 표정으로 서 있었다. 선생님은 내가 남들 앞에 나서는 사람이 아니라는 것을 아마 승마 연습을 할 때부터 알고 있었을 것이다. 불안한 거겠지. 내가 힘차게 끄덕이고는 무대에 올라 빗자루를 쥔 그 순간이었다. '쿵' 하고 한쪽 발이 바닥에 빨려 들어가는 듯한 감각이 들더니 몸이 아래로 떨어지려 했다. 아래로 시선을 내리자 무대 바닥에 40cm 정도의 구멍이 나 있었다. 어떻게든 자세를 바로잡으려 하자——,

"미스티아!"

제시 선생님이 뛰어와 내 팔을 붙잡았다.

"미스티아, 괜찮나? 바로 보건실로 데려가 줄게."

제시 선생님이 나를 공주님 안기로 안아 들고는 무대에서 뛰어내려 달려나갔다. 바닥에 있던 액체는 뭐였지……?

나는 혼란한 마음으로 선생님에게 들려 보건실로 향했다.

"으음. 다치지는 않았는데 일단 무대에는 올라가지 않는 편이 좋을 것 같네요……."

보건실 선생님이 내 다리와 팔을 살폈다. 보건실로 옮겨진 나는 선생님에게 진찰을 받는 중이다. 무대는 게임처럼 일시중지가 되었고 다른 연기자와 앨리스가 불안한 얼굴로 나를 바라봤다.

"정말, 죄송해요……."

"아냐. 미스티아는 잘못하지 않았어. 무대 장치가 오작동한 거니까. 주인공이 못 나가게 됐으니 오후 공연은 취소하자."

레이드 녹터가 복잡한 얼굴로 모두에게 말했다. 연극이, 문화제가 엉망이 되어 버렸다. 거기서 연기를 이어나가야 했던 게 아닐까…… 고개를 숙이자 앨리스가 "저기!" 하며 손을 들었다.

"제가, 신데렐라를 맡을게요!"

"어……."

"제가 미스티아 님의 이름을 걸고 연극을 성공시키겠어요! 미스티아 님의 반 연극이 실패했다는 소리가 나오지 않게 해보이겠어요!"

그렇게 말하며 앨리스는 결의에 찬 눈동자로 나를 바라봤다. 그리고 "저는 미스티아 님의 대사를 전부 외우고 있어요! 지금 여기서 암송도 할 수 있어요! 어떻게 움직이는지, 전부 알고 있어요!"라며 내 손을 잡았다.

"그러니까 그렇게 어두운 얼굴은 하지 말아 주세요! 자책하지 말아 주세요! 당신은, 빛이에요!"

"어어……."

나는 주뼛거리며 고개를 끄덕였다. 앨리스는 의상 담당에게 "예비 의상 좀 빌릴게요! 화장 부탁드려요!"라며 반 학생들을 데리고 나갔다. 루키트 님이 "기운 차려. 너는 너니까."라며 보건실을 뒤로했다. 레이드 녹터는 나와 복도를 번갈아 보더니 제시 선생님의 재촉에 보건실을 나갔다. 보건실 선생님도 "제시 선생님, 잠시 봐 주시겠어요? 저는 잠시 비품을 가지러 가야 해서요."라며 나가 버렸다.

"아까는 정말 감사했어요……."

"아냐. 학생을 지키는 게 교사의 역할이니까. 신경 쓰지 마."

그렇게 말하며 제시 선생님이 차분한 얼굴로 고개를 끄덕였다. 어쩐지 선생님은 최근 자주 어두운 얼굴이었는데 지금은 매우 온화하게 보였다.

"나, 계속 너를 오해했어."

"네?"

"네가 괜찮다고 하는 거, 도움이 필요 없다는 뜻으로 계속 받아들였는데, 너는 괜찮지 않을 때도 괜찮다고 말하잖아. 버릇이나 반사적으로 나오는 것처럼."

선생님이 내 눈을 똑바로 바라봤다. 하지만 나는 힘들 때면 제대로 힘들다고 말했던 것 같은데.

"지금까지 미안했어. 알아채지 못해서. 나는 교사로서도, 한 사람의 인간으로서도 너를 제대로 대하지 못했어. 정말, 미안."

"서, 선생님은 좋은 선생님이에요. 제가 지금까지 살아오면서 본 선생님 중에 가장 좋은 분이세요. 사과하지 마세요."

"그렇지 않아. 어른조차 되지 못한 나쁜 선생이야, 나는. 너를 제대로 지켜보지 못했고, 너를 따라다니는 녀석이 있다는 것도 알아채지 못했고, 정말, 몹쓸 인간이야."

선생님은 큰마음을 먹은 것처럼, 그러면서도 본인을 매우 비하하는 말을 한다. 이 모습은 본 적이 있다. 로베르토 와이즈가 아카데미를 그만두겠다고 말했을 때와 닮았다. 나는 고개를 빠르게 가로저으며 선생님의 팔을 붙잡았다.

"하지만 나는, 너를――."

"잠시만요. 저, 저한테는 선생님이 필요해요. 배, 배우고 싶은 게 아직도 잔뜩 남아 있어요!"

제시 선생님이 눈을 크게 떴다. 나는 "절대로 아카데미 그만두시면 안 돼요!"라고 이어붙였다. 그러자 선생님은 눈을 가늘게 뜨더니 "뭐야, 항상 네가 먼저 말하네."라며 웃었다.

"나도 같은 마음이야. 제대로 3년간 네 선생님을 맡을 테니까 안심해. 제대로, 있어 줄 테니까."

"감사합니다!"

역시 제시 선생님은 그만둘 생각이었나. 역시 숙박 체험 학습에선 학생이 절벽에서 떨어지고 문화제에선 부상자가 나오고.

사고가 빈발하니 학생을 아끼는 선생님은 정신적으로 괴로워졌겠지. 나는 안심하며 "앞으로도 잘 부탁드려요."라며 고개를 숙였다.

　잠시 보건실에서 쉰 나는 아픈 다리를 어떻게든 끌고 연극이 열리는 무대의 위…… 스태프용 통로를 향해 계단을 올랐다.
　사고를 미연에 방지하기 위해 어제도 샹들리에 설치가 제대로 되었는지 확인했고 오늘 아침에도 확인했다. 시나리오에 있는 조명 낙하 사고는 일어나지 않았지만, 레이드 녹터는 내가 넘어질 때 폐유 같은 것을 봤다고 했다. 그런 건 게임에는 나오지 않았다. 내가 다친 것으로 넘어가면 다행이지만 게임에서 떨어지는 샹들리에의 존재가 신경 쓰였다.
　아래에선 마침 앨리스가 마법사 루키트 님의 마법을 받아 빠르게 옷을 갈아입으며 변신하는 중이었다. 그 모습을 바라보며 마침 계단을 다 올랐는데, 샹들리에 바로 위의 통로에 누군가가 서 있는 것이 보였다. 집중해서 바라보니 어두워서 흐릿하게만 보였던 모습이 확실히 드러났다.
　"와이즈 씨."
　"아렌 양……."
　어째서인지 벌레를 씹은 듯한 표정의 로베르토 와이즈였다. 순간 무대 천장에 깃든 악령인 줄 알았다. 미안한 일이었다. 그에게 말을 걸자 그는 "갑작스러워서 믿지 못할지도 모르겠지만 할 얘기가 있어."라며 나를 바라봤다.

"네게 위험이 닥치고 있을지도 몰라."

"네?"

무대 위에서는 마침 신데렐라가 왕자와 춤을 추는 장면이 펼쳐지고 있었다. 대대적으로 곡이 연주되고 있다. 흘려듣지 않기 위해 귀를 기울이자 로베르토 와이즈는 잠시 주저하더니 입을 열었다.

"……진정하고 들어 줘. 너는 투옥당할지도 몰라."

"……네?"

로베르토 와이즈의 말에 머리가 새하얘졌다. 어떻게, 그가, 그걸……?

"갑자기 이런 말을 해도 믿지 못하겠지만 정말 그렇게 될지도 몰라."

어리둥절해 하는 나를 보고 내가 믿지 않는다고 느꼈는지 로베르토 와이즈는 조용히 이야기를 이어나갔다.

"누군가가 녹터를 밀친 적이 있었지."

"네."

"실은 그날 밀쳐지는 건 하트펄 양이었어. 뭔가 다른 원인이 있어서 녹터로 바뀌었지만 그날 그곳에서 누군가가 밀쳐지는 건 정해진 일이었어. 그렇게, 어느 수첩에 적혀 있었어."

"수첩이요?"

"그래. 숙박 체험 학습날 밤에 나는 여러모로 생각이 정리되지 않아서 산책을 하러 나갔는데, 그때 아카데미 지정 체육복을 입은 누군가와 부딪혔어. 얼굴도 보이지 않고 머리카락 색도 잘 보이지 않았지만……. 그 사람이 떨어트린 수첩에 정신이 팔려서 누구인지 알아내지는 못했어. 그때, 분명 봤어."

수첩을 떨어트린 사람……. 수첩에, 시나리오에 관한 내용을 적은 사람이 있고 그것을 본 후에 로베르토 와이즈는 내가 투옥된다는 것을 알게 되었어……는 건가?

"마침 그 사람과 부딪혔을 때 수첩이 펼쳐져서, 거기엔 꼭 공략한다는 글자와 함께 숙박 체험 학습 중에 하트펄 양이 추락하는 것, 내년 봄에 네가 투옥되는 것이 빨간 글씨로 적혀 있었지. 그리고 문화제 당일에 이 조명 장치가 떨어지는 것도 말이야."

로베르토 와이즈의 말에 내 심장이 쿵쿵 소리를 내며 뛰는 것이 전해져왔다.

"그래서 나는 무대 장치 담당을 맡았어. 결과적으로 너는 넘어지고 말았지만……. 이렇게 그 수첩에 적힌 내용을 바꿀 수 있었어. 그러니까 아마 네가 투옥되는 것도 막을 수 있을 거야."

"그렇, 군요."

수첩에 앨리스의 추락에 관해 적은 사람. 그건 아마 레이드 녹터를 밀친 사람일 것이다.

"나는 네가 투옥되는 미래를 바꾸고 싶어. 아니, 바꿔야만 한다고 생각해."

그렇다면 누군가를 공략할 목적으로 레이드 녹터를…… 밀친 건가? 왜 그걸 위해 레이드 녹터를 밀쳐야만 했을까. 그 자리에 있었으면서, 레이드 녹터가 있어서 방해받을 사람은…….

"그러니 하나만 알려 줘."

손잡이를 붙잡고 생각에 빠져있자 로베르토 와이즈가 한 발짝 다가왔다.

"아렌 양."

"네."

"왜 너는, 여기로 왔지?"

꿰뚫는 듯한 시선으로 로베르토 와이즈가 나를 바라봤다. 고개를 숙이자 무대 위에서는 레이드 녹터가 앨리스의 발에 유리 구두를 신겨주고 있었다.

번외. 마음이 통한 두 사람

SIDE: Jey

[이렇게 신데렐라는 행복해졌답니다. 끝.]

나레이션 역을 맡은 반 학생의 목소리와 함께 좌석을 가득 메운 관객들이 갈채를 보냈다. 오전 공연에서 미스티아가 다치는 바람에, 오후 공연에서는 앨리스 하트펄이 대역을 맡았으나 연극은 성공적으로 끝났다고 해도 되겠지. 실패로 끝났다면 분명 미스티아는 평생 자책했을 것이다. 나는 가슴을 쓸어내리며 안도했다.

실은 계속 미스티아를 따라다니고 싶었지만, 교내를 순찰해야 해서 옆에 있어 주지 못했다. 순찰하는 업무를 맡았을 땐 연극을 볼 수 있다고 생각해서 들떴으나, 순찰 대신 구호 담당이 되는 편이 나았다.

——하지만 제대로 일해야지. 그렇지 않으면 내 아내——미스티아가 화낼 테니까.

미스티아와 헤어진 후 나는 미련이 남아 미스티아를 계속 지켜봤다. 그리고 알아챘다. 그 녀석이 평상시에도 '괜찮다'라는 말을 자주 쓰는 것을. 나는 계속 그 말을 그저 '도움이 필요 없다'라는 뜻으로 받아들이고 있었다. 내가 하는 일은 쓸데없는 참견이고 의미가 없다는 뜻으로. 그렇게 생각했는데 그 녀석은 절벽에서 떨어져 찰과상을 입어도 괜찮다고 말했다.

그제야 깨달았다. 여름 전에 내게 무뚝뚝하거나 상관하지 말라는 듯한 태도를 취한 것은 나를 지키기 위함이 아니었을까.

생각해 보면 미스티아는 성실한 아이다. 헤어지고 싶었다면 자연스럽게 멀어지는 것보다는 나를 불러 제대로 작별 인사를 고했을 터였다. 그 남자가 따라다니는 것은 몰랐지만 뭔가 신변의 위험을 직감한 미스티아가 일부러 나를 멀리했을 가능성은 충분히 있다.

나와 연인이란 것이 밝혀지면 그 남자는 분명 나를 죽이려 할 테니까. 나를 죽이려 한다면 내가 반대로 죽여버리겠지만. 나는 최대한 미스티아에게 상냥하고 평화로운 신사와 같은 모습을 보여줬으니 내가 반격할 수 있으리라고는 생각하지 못했겠지.

위험인물이 내게 접근하지 않도록 하고, 일부러 다른 남자와 친하게 지내면서 나를 지키려 했다.

놓치고 있던 사실을 미스티아가 절벽에서 떨어진 후에야 깨달은 나는 미스티아를 믿지 못한 것을 후회했다. 내가 버림을 받았다느니, 나를 향한 미스티아의 마음이 식었다느니 하면서. 계속 나만 생각했던 것을 절절히 후회했다.

하지만 미스티아를 그만두게 할 수가 없었다. 무대 위에서 넘어져 불안한 눈빛으로 변한 미스티아를 보고 나는 차마 마음을 억누르지 못하고 보건실에서 충동적으로 미스티아에게 고백하려 했다.

그런데 또다시 미스티아가 먼저 내게 고백을 해 왔다. 내가 필요하다고, 그렇게 말하며, 내 팔을 붙잡았다.

행복하게 만들어 줄 수 없을지도 모른다. 하지만 이렇게 나를 생각해 준다.

그런 기특한 모습을 보고 두 번 다시 미스티아를 의심하지 않겠다고 맹세했다.

제대로 연인으로서, 미래의 남편으로서 미스티아를 제대로 지지해 줘야지. 이제부터는 미스티아를 제대로 보고, 미스티아의 말을 제대로 듣고, 제대로 미스티아의 마음을 받아 줘야지.

그 녀석은 나를 위해서 이것저것 숨기는 데에 능숙해졌고, 나를 위해서라면 연기까지 한다는 것을 알게 되었으니까. 이제, 절대 놓지 않을 것이다. 미스티아를 무섭게 하고 슬프게 하는 모든 것으로부터 그녀를 지킬 것이다.

남편으로서, 미스티아를 세계에서 가장 행복한 신부로 만들 것이다.

악역 영애입니다만
공략대상의 상태가 이상합니다

나와 너는 친구가 아니야

SIDE: Helen

후작이 내 생활에 관여하지 않게 된 이후로 내 일상은 바뀌었다.

최근엔 누군가가 뒤에서 다가오거나, 뒤에서 어깨를 붙잡지만 않으면 호흡도 편안히 할 수 있게 되었다. 후작의 그림자를 찾을 필요가 없어진 만큼, 조금은 주변 상황을 파악하게 되었다.

"너, 그런 데서 뭐 하는 거야?"

"우왓."

한여름의 어느 날, 방과 후. 복도 구석에서 벽에 달라붙어 매우 수상한 행동을 취하는 미스티아 아렌에게 말을 걸자 그녀는 놀란 것인지 뭔지 모를 미묘한 반응을 보이며 뒷걸음질을 쳤다. 좀 더 '꺅!'이라거나, '히익!' 하는 소리는 못 내는 건지 궁금해졌지만 어려워하는 것도 이해는 갔다.

"아…… 루키트 님이셨군요……. 다행이다."

"뭐야? 숨바꼭질이라도 하는 중이야?"

"아뇨. 잠시 볼일이 있어서……."

나는 사람에 따라 말투를 의식적으로 바꿨다. 남자에게는 달콤한 목소리로, 여자에게는 애교를 슬쩍 줄여서. 결국 남자가 다가오면 여자들은 손바닥을 뒤집듯이 얌전한 체를 한다거나 헤프다면서 흉을 보곤 했으니 일시적인 것이었으나, 결국은 둘 다 내 진짜 말투는 아니다.

하지만 내가 내 모습 그대로 대화하면 주변의 사람들이 줄어

든다. 말투가 거칠고, 상스럽고, 냉정하다면서. 냉정하단 건 나도 자각하고 있다. 그러니 아무리 친한 사이여도 신경 쓴 말투로 대하려고 했는데 어째서인지 친하지도 않은, 한 달 전에는 연적이었던 그녀와 단둘이 되면 꾸미지 않은 말투가 나온다.

"그러고 보니 루키트 님은 어쩐 일이세요?"

"잠깐 선생님이 맡기신 일이 있어서 추종자들한테 대신해 달라고 부탁하고 오는 중이야."

"아―, 수고하시네요."

미스티아 아렌은 딱히 개의치 않는다는 얼굴로 대답했다. 보통이라면 자기 일을 남에게 떠넘기지 말라는 등 잔소리를 할 텐데, 전에 이 여자는 "부탁을 거절하면 기분 나빠하는 사람도 있죠. 힘드시겠네요……."라며 이해한다는 듯이 말한 적이 있었다. 이 여자는 습격당한 적이 있으니 잘 알고 있는 거겠지.

"그래서, 너는 지금 누구한테서 도망치고 있는데?"

"아니…… 그런 건 아닌데요……."

누가 봐도 얼버무리려는 듯한 시선이 방금까지 향하던 곳으로 고개를 돌려보니 그곳에는 레이드 님이 있었다. 그는 책을 한 손에 들고 햇살이 드는 복도 중앙에 서서 주변을 둘러보고 있었다.

"레이드 님이네."

처음에 나는 미스티아 아렌의 고집으로 레이드 님이 부당하게 붙잡혀 있다고만 생각했다. 그의 미모에 이끌려서 연심을 품는 영애는 실제로 많았고, 귀족 아카데미에 입학한 후 그에게 연애편지를 건넸다가 거절당하는 광경은 몇 번이나 봐 왔다.

게다가 아렌가는 이전에 오만한 것으로 유명했다고 들었다.

지금은 자비롭다는 말을 듣지만, 예전의 나쁜 인상을 불식시키려고 필사적으로 착한 척을 한다고 생각했다. 게다가 나는 후작을 보고 조악한 부모에게서 조악한 자식이 태어난다고 굳게 믿고 있었다.

"이리로 와."

나는 미스티아 아렌의 손을 잡고 레이드 님의 반대편 복도 끝── 사용되지 않는 자료실의 문을 열어 그녀를 집어넣었다.

"어, 여길 어떻게⋯⋯ 평소엔 잠겨 있는데⋯⋯."

"여기 자물쇠가 고장 났다는 이야기를 우연히 들었어. 밖에서는 잠그지 못한다나 봐. 직원한테 알려야 한다고── 학생회 부회장이 동생이랑 대화하는 걸 들었어."

"아, 네인 선배 말이죠?"

"그럼 나는 이만. 너는 잠시 여기에 있다가───⋯⋯."

그렇게 말하려는데 시야 구석에 레이드 님이 들어왔다. 어쩐지 좋지 않은 예감이 들어서 나도 자료실 안으로 들어가 문을 닫았다. 문에는 창문이 달려 있었고, 이 자료실 안에는 시야를 가리는 선반이 없어서 창문으로 방 전체 풍경이 보인다. 나는 당황하는 미스티아 아렌의 입을 막고 벽에 딱 붙었다.

"조용히 해. 네 약혼자가 오고 있어."

작게 말하자 미스티아 아렌의 몸이 딱딱하게 굳었다. 호흡까지 멈추는 모습을 보고 역시 예전의 나는 공포에 휩싸인 탓에 실상을 제대로 보지 못했다는 것을 실감했다.

첫사랑이 끝날 때까지, 나는 미스티아 아렌이 레이드 님을 쫓아다닌다고 생각했지만 실은 완벽히 반대였다. 레이드 님이 그녀를 쫓고, 그녀는 계속 도망쳤다.

이유는 모르겠다. 하지만 그것이 미스티아 아렌에게 기인한 것이라고 해도 레이드 님의 집요함은 후작을 떠올리게 만들었고, 이렇게 알 수 없는 충동으로 움직일 정도로, 그녀를 동정했다.

"미스티아. 벌써 돌아간 건가……그래도 설마 창문을 넘어서가 버리진 않았을 테고……."

문을 사이에 두고 바로 옆에서 목소리가 들렸다. 나도 모르게 미스티아 아렌을 끌어안은 팔에 힘을 주고 기척을 숨기듯이 숨을 멈췄다. 그러나 원래부터 아슬아슬하게 걸쳐 있었는지 자료 선반에 놓인 책 한 권이 바닥으로 툭 떨어졌다.

"미스티아?"

레이드 님이 문을 덜컹덜컹 흔들었다. 고개를 들면 밖에서 보일 것 같아서 움직이지 못했지만 아마 창문으로 안쪽을 살펴보고 있겠지. 눈까지 감고 내가 왜 이러고 있는지를 생각하며 시간이 지나는 것을 기다리고 있자 "돌아갔나?" 하고 중얼거리는 목소리가 들려와서 안도했다.

미스티아 아렌도 안도했는지 몸을 움직였지만 나는 왠지 예감이 좋지 않아 자세를 바꾸지 않고 그녀의 입을 막은 손에 힘을 더했다. 그러자 곧바로——,

"역시 없네."

문의 바로 옆에서 중얼거리는 목소리가 들려왔다. 분명 문

너머에 레이드 님이 있다. 우리는 언제까지 이러고 있어야 하는지도 모르고 가만히 초침이 째깍이는 소리를 듣고 있었다. 그리고 얼마 지나지 않아 시크 선생님이 그를 부르는 목소리가 들려왔다.

"어이, 레이드 녹터. 잠시 도와줬으면 하는데."

"네. 지금 가겠습니다!"

방금과 다르지 않은 발소리가 들리고, 이내 멀리에서 "뭘 하고 있었던 거야?"라며 선생님이 그에게 묻는 목소리가 들려왔다. 나는 어깨의 힘이 풀려서 자연스레 미스티아 아렌의 입에서 손을 뗐다.

"감사합니다. 루키트 님……."

"아냐."

둘이서 문 옆에 주저앉았다. 바닥에 주저앉고 싶지는 않았지만, 온몸의 힘이 빠져나가 일어설 수가 없었다. 그건 미스티아 아렌도 마찬가지였는지 그녀는 몇 번이나 심호흡을 했다.

"정말 오늘은 덕분에 살았어요…… 루키트 님."

"그거."

"……?"

"루키트 님이라고 부르는 거, 그만둬."

이 여자는 나를 루키트 님이라고 불렀다. 남들 앞에서 부르진 않았지만 대화하는 도중이나 자연스러운 흐름으로 그렇게 부르는 것을 보니 아마 마음속으로 그렇게 부르는 듯했다. 마음속으로 얕보고 경멸이 담긴 호칭을 쓰는 사람은 많이 있겠지만 '님'

까지 붙여 부르는 사람은 드물다. 그리고 그 호칭은 어울리지 않았다.

"너는 백작가 영애잖아? 자작가 영애한테 님을 붙여서 부를 필요가 없다고."

"하지만 루키트 님은 루키트 님이고……."

"불리는 건 나야. 그냥 헬렌이라고 불러."

"……헬, 렌?"

"뭐가 그렇게 어색해?"

미스티아 아렌의 발음은 이제 막 말을 배우기 시작한 아이 같았다.

"뭐, 부르다 보면 익숙해지겠지. 어쨌든 3년간 우리는 같은 아카데미에 다닐 테니까."

"아, 그러면 저도 미스티아라고 불러주세요. 딱히 님은 붙이지 않아도 괜찮아요."

그보다 다들 미스티아라고 불러도 괜찮지만 말이에요. 라고 덧붙이는 여자를 곁눈질했다. 분명 예전에 이 여자가 같은 반의 평민──앨리스 하트펄에게 님을 붙이지 않아도 된다고 말하는 것을 봤다. 평민 여자는 고개를 붕붕 가로저으며 "미스티아 님은 빛이라서!"라며 이성을 잃고 도망쳐 버렸지만.

"미스티아."

"네. 그렇게 불러 주세요."

"뭐, 자작가의 여식인 내가 반말하는 것도 좀 그러니까 단둘이 있을 땐 불러 줄게."

나는 일어서서 바닥에 떨어져 있던 책을 주워들었다. 운명인지, 아니면 그저 우연인지, 떨어진 것은 우정에 관한 책이었다. 그것을 책장에 돌려놓고 미스티아 아렌을 향해 뒤돌았다.

"그래도 되지? 미스티아."

나와 그녀는 친구가 아니다.

하지만, 뭐, 머지않아 바뀔 수도 있다——고는 생각한다.

후기

오랜만입니다. 이나이다 소입니다.

다들 건강하셨나요? 힘든 일상을 보내고 계시진 않나요. 힘든 일상을 보내시는 분이 계신다면 정말 수고하십니다. 이 책이 조금이라도 휴식이 되었으면 좋겠습니다.

자, 2권 끝에서 등장한 헬렌이 본격적으로 등장하고, 앨리스가 원래는 현대를 살던 아이라는 것을 알게 되고, 게임에서는 피나가 죽었다는 것을 알게 되고, 멜로가 원래 미스티아에게 복수하러 온 암살자라는 것을 알게 된 3권이었습니다.

그리고 드디어 공략 대상들에게도 드디어 그림자가 나타나기 시작했죠. 레이드는 드디어 미스티아의 웃음을 추구하기보다는 이상적인 세계를 만들겠다고 결심하고, 에릭은 이상적인 세계에 가두는 것을 결심하고, 제이는 이상적인 세계를 꿈꾸기 시작한 3권이기도 했습니다. 또한 이번 권에서 추가된 에릭의 데이트 장면에 나온 향에는 그의 감정이 숨겨져 있습니다. 시간이 되신다면 찾아봐 주세요.

참고로 문화제에서 연극을 하는 건 같지만 웹 버전에서는 미스티아가 무대 감독을 맡습니다.

'공략 대상 이상'과 관한 공지사항도 있는데요. 드디어 만화판 1권이 발매되었습니다. 미스티아와 레이드의 표지를 찾아봐 주세요. 아타카 선생님께서 '레이드 엔딩의 드레스로······.'라는 제 부탁을 듣고 매우 행복한 결말을 맞은 두 사람을 그려주셨습니다. 소설의 담당 일러스트레이터가 하치피스☆왕 선생님, 만화가 아타카 선생님이라는 정말 훌륭한 시각 정보에 둘러싸인 공략 대상 이상을 부디 앞으로도 잘 부탁드리겠습니다.

그리고 공지사항이 하나 더 있는데요. 여러분의 따뜻한 관심과 성원 덕분에 공략 대상 이상의 굿즈가 나오게 되었습니다. 1권 후기에서 아크릴 굿즈가 가지고 싶다고 했는데 설마 정말 이루어질 줄은 몰랐기에 깜짝 놀랐습니다. 게다가 미스티아, 레이드, 에릭, 제이, 로베르토의 5종이 나옵니다.

공략 대상 이상은 정말 호불호가 갈리는 이야기입니다. 그런데도 이렇게 기쁜 소식을 전달해드릴 수 있게 된 것은 모두 지금까지 공략 대상 이상을 지켜봐 주신 여러분, 팬레터를 보내주신 여러분 덕분입니다.

마지막으로 1권부터 캐릭터 디자인, 표지, 권두 일러스트, 삽화를 담당해 주시고 이번 권에서도 깜짝 놀랄 정도로 미려하고 섬세한 일러스트를 그려주신 하치피스☆왕 선생님, 번잡한 본편을 신규 독자분들께도, 기존 독자분들께도 잘 이해가 가도록 귀엽고 깜찍하게 만화로 만들어 주신 아타카 선생님, 담당 편집을 맡아주신 야마시타 님, 1권부터 교정을 맡아 주신 교정자님, 디자이너님, 영업 담당자님, 굿즈 발안자님께 진심으로 감사의 말씀 드립니다.

그리고 계속 저를 지지해주고 고민을 들어준 유일한 친우에게도 깊은 감사를 전합니다.

4권에서는 1권에선 웃음, 2권에선 분노, 3권에선 수줍음을 보인 변덕스러운 그가 드디어 본성을 드러냅니다. 3권에서 해결되지 않은 정체불명의 인물에 관해서도 밝혀집니다.

그러면 지금까지 읽어주셔서 감사합니다.

CHARACTER KARTE

여 성 향 게 임
두근💗두근
러브💗스쿨2
두근러브

재기를 이룬 악마 소녀

헬렌 루키트
(CV:-- --)

소속/직업: 2학년 A반
생일: 8월 24일
키: 155cm
혈액형: A형
좋아하는 음식: 달콤한 것
취미: 봉제 인형 수집
특기: 디저트를 잔뜩 먹는 것

"레이드 님과 나는
운명의 실로 이어져 있어."

"평민 여자 따위에겐 지지 않을 거야."

현재

좋아하는 음식: 닭고기
취미: 힐링 음악 듣기
　　　 풍경 보기
특기: 흥분한 사람 달래기
이미지 플라워: 복사꽃

여성향게임

두근♥두근 러브♥스쿨2

두근러브

아카데미의 비밀이 많은 이사장

다리우스 필진

(CV:-- --)

소속/직업: 귀족 아카데미 이사장
생일: 11월 12일
키: 180cm
혈액형: 불명
좋아하는 음식: 없음
취미: 없음
특기: 불명

"귀족과 평민의 격차는 소소한 건이지."

"이 세계를 재구축할 거야."

현재

좋아하는 음식: 그라탕
취미: 일기 쓰기
특기: 청소
이미지 플라워: 하얀 달리아

여 성 향 게 임

두근♥두근
러브♥스쿨

두근러브

아렌가 저택
스폿 소개

【 미스티아의 방 】

빨간 장미와 검은 장미를 모티브로 한 다크론으로 구성되어 있으며,

언뜻 보기에는 악역의 방처럼 보이지만 사용인들의 선물이 가득 차 있다.

또한 방의 한구석에는 문지기 토마스가 만든 내장 인형이 잔뜩 쌓여 있어서

미스티아도 어떻게 수납해야 할지 고민 중 이다.

【 멜로의 방 】

가구에 흥미가 없으므로 침대와 책장,

미스티아와 차를 마실 때만 사용하는 의자와 테이블밖에 없었다.

너무 휑한 데다가 하얗기까지 해서 미스티아가 독특한 센스로 고른 장식이나

가구를 선물한 덕분에 방의 환경은 미스티아의 취향으로 몰드는 중이다.

(미스티아의 방보다 미스티아의 취향이 질게 배어 있다.)

【 아렌가 부부의 방 】

미스티아의 방과 배치는 같지만

미스티아의 방처럼 다양한 사람들의 취향이 섞여 있지 않기 때문에

귀금속 상자나 서류가 수납된 선반 등이 놓여 고급스러우면서 생활감이 배어있다.

미스티아가 태어나기 전에는 같은 방을 썼고, 태어난 후 3년 정도 각방을 쓰던 기간이 있었다.

【 사용인들이 주거하는 층 】

각 부문의 책임자와 브람, 토마스, 포레스트는 개인실을 사용한다.

각 방은 사용인의 개성이 반영되었으며 특히 랜스데이 의사의 방에는 오래된 와인과

고급 글라스가 늘어서 있고 분위기도 좋아서 가끔 그곳에서 모임이 열리기도 한다.